습지 장례법

신종원 장편소설
습지 장례법

펴낸날 2022년 8월 12일

지은이 신종원
펴낸이 이광호
주간 이근혜
편집 김필균 이주이 허단 방원경 윤소진 유하은
펴낸곳 ㈜문학과지성사
등록번호 제1993-000098호
주소 04034 서울 마포구 잔다리로7길 18(서교동 377-20)
전화 02) 338-7224
팩스 02) 323-4180(편집) / 02) 338-7221(영업)
전자우편 moonji@moonji.com
홈페이지 www.moonji.com

ISBN 978-89-320-4040-0 03810

이 책은 2021년 대산문화재단 대산창작기금을 받아 출판되었습니다.

습지 장례법

신종원 장편소설

문학과지성사

차례

"이제 열매는 꽃의 약속을 넘어섰도다."
프랑수아 드 말레르브
(「Priere pour le roi henri le grand, allant en limousin: poeme」)

1부. 임종臨終

조심해요. 당신은 지금 물가에 서 있어요. 물은 나이가 많아요. 시간을 많이 삼켰거든요. 유령들이 속삭이기를, 늪은 시간이 퇴적되는 장소라는 거예요. 너무 오래 머물렀다가는, 누구든 예외 없이 가라앉아버리고 만다고요. 당신의 집안 어른들은 사람이 죽으면 매장하는 대신 늪에다 던졌어요. 자랑스러운 영산의 전통! 그 일을 대대로 도맡았던 늪지기 식솔의 마지막 전승자가 당신 앞에 있어요. 길쭉한 막대기를 연거푸 허공에 휘두르면서.

훠이. 훠이.

발밑의 물을 좀 내려다봐요. 여자 남자 할 것 없이, 말쑥한 수의를 지어 입은 모습으로, 두 손을 가지런히 배꼽 위에서 맞잡은 채, 조용히 눈을 감은 선조들의 주검이 물빛에 비쳐요. 수면에 비친 당신 얼굴에서, 이들의 이목구비와 당신의 이목구비가 살며시 포개어져요. 오차 없이. 결락 없이. 한때 당신은 이들의 이름을 외울 수도 있었어요. 비결은 종가의 나전칠기 수납장 안에 보관되어 있지요. 물고기 부조로 장식된 순금 자물쇠는 지금도 걸쇠를 물고 있을까요? 붉은 끈을 당겨 잠금을 풀면, 오랜 세월 구금되어 있던 부산물들이 한꺼번에 풀려나지요. 부패한 냉혈동물의 아가리가 열리듯이. 악취와 어둠이 가장 먼저 바깥으로 달아나는 한편, 한 무더기의 문헌만은 마지막까지 자리에 남아 있어요. 수납장 깊숙이 팔을 넣으면, 단단한 책등이 목뿔뼈처럼 손에 잡혀요. 이들은 말린 새끼 암소 창자로 엮여 있는데, 고통으로 일그러진 불수의근의 꼬임새가 아직까지 장정용 끈에 남아 있어요. 속지를 펼쳐 봐요. 세월에 의해 변색된 면지 위로 그림들이 나타나요. 아니. 실은 글자들이에요. 훈차로 옮겨 적은 한자식 이름들. 세로쓰기 양식으로 세 칸. 이따금 외자는 두 칸. 이름들은 굵고 반듯한 직선으로 연결되어 있는데, 다른 구성원들과의 이음매를 의미해요. (당신이 어떤 사람의 중간 이름만 듣고도 얼른 머리를 숙여야 했던 이유가 여기에 있지요.) 혈족 사이에 흐르는 유전학적 관계망에 도식을 씌운 거예요. 질긴 섬유질 혈관처럼. 이 책 어딘가에는 당신의 이름도 작은 핏방울 크기로 맺혀 있어요. 다른 수만 개의 이름과 함께. 소름. 불현듯 섬뜩한 기분에 휩싸였던 기억이 나요. 조부가 그런 사실들을 당신에게 알려줬을 때 말이에요. 아닌가요? 조부는 이 책들을 족보라고 발음했지만, 당신은 그물로 알아들었잖아요. 조부는 마른 손가락 끝에 침을 묻히면서. 끊임없이 확장되는 그물 격자들을 지그시 따라 내려가며. 당신은 전혀 식별조차 할 수 없었던 그림들을. 네 기원이랍시고. 정성 들여. 한 자 한 자 읽어주곤 했잖아요. 그러고 나면 다시 위로 거슬러 올라가면서. 이 사람은 누구. 이 사람은 누구. 방 안에 단둘이, 나란히 앉아서. 아득한 시간을 거꾸로 되감으며. 백 년은 금방. 3백 년. 5백 년. 왕조가 바뀌고. 나라가 사라지고. 자그마치 천 년을 손짓만으로 건너다니지 않았겠어요.

그러는 동안 너희 둘은, 세상이 또 망하고 다시 일어나든 말든. 작고 안락한 안채 구석에 양반다리를 하고 앉아. 시간을 늘리고 줄이는, 마법 같은 책 귀퉁이에 침이나 묻히면서. 죽은 선조들의 이름을 주문처럼 중얼거리면서. 그런 놀이가 언제까지고 영원할 것처럼 착각하지 않았겠어요. 그래서 당신 조부가 어떻게 되었더라?

나룻배 바깥으로 휙—

늪지기가 말을 걸어와요.

도련님도요. 죽을 때가 되거든 그만 서울에서 내려오셔야 해요. 그러면 제 손으로 도련님을 휙— 돌아가신 부곡 아재 옆으로 돌려보내드리지요. 암요, 그러고말고요. 지금은 때가 아니니, 옛사람들의 혼이 말을 걸거든 그저 못 들은 체 하시라고요.

그러거나 말거나. 노령기의 소택지는 아침 안개에 가려져 있어요. 저 멀리서 한 사람이 다가와요. 지친 걸음새로. 장례식장에 다녀왔는지 검은 양복을 차려입었어요. 누구의 장례식이었을까요? 남자는 당신과 나이가 얼추 비슷해 보여요. 터덜터덜 걸어와서 당신 옆에 멈춰 서요. 골초 냄새. 당신은 반사적으로 미간을 찡그려요. 한편, 남자는 수심이 얕은 물가를 바라봐요. 황달 증상으로 노르스름하게 착색된 눈알을 굴리면서. 물 밑에 수장된 사체들을 두리번두리번 내려다보면서. 남자는 노련한 손짓으로 담뱃갑을 꺼내 들고, 당신에게 물어요.

담배 피우십니꺼?

당신에게. 다른 누가 아니라 바로 너에게.

당신이 사양하면 남자는 혼자 불을 붙일 거예요. 짧은 대화를 나눌 수도 있어요.

별일 없소?

그가 물으면 당신은,

다 괜찮습니다.

아래턱의 봉합선을 따라 질긴 섬유조직이 늘어나는 소리.

밥은 잘 챙겨 먹소?

아래턱의 봉합선을 따라 질긴 섬유조직이 늘어나는 소리.

노력하고 있습니다.

아래턱의 봉합선을 따라 질긴 섬유조직이 늘어나는 소리.

가족들은 몸 건강히 지내오?

아래턱의 봉합선을 따라 질긴 섬유조직이 늘어나는 소리.

잘 모르겠습니다.

아래턱의 봉합선을 따라 질긴 섬유조직이 늘어나는 소리.

어른들이 밉지 않소?

아래턱의 봉합선을 따라 질긴 섬유조직이 늘어나는 소리.

밉습니다.

시시한 안부 인사는 여기서 끝이에요. 멀리서 늪지기가 허겁지겁 달려오고 있거든요.

훠이. 훠이.

늪지기는 장대를 휘둘러 남자를 쫓아내요. 남자는 왔던

길을 되돌아가는 대신 물가에 앉은 안개 속으로 사라져버려요. 남자가 밀알 같은 수분으로 낱낱이 분해될 때, 당신은 연초 자국으로 검게 그을린 빗장뼈를, 다섯 종의 침수식물로 뒤덮인 두개골을 알아봐요. 물가에 죽은 자의 한숨 소리가 울려 퍼져요. 당신은 내달리기 시작해요. 숨도 한번 쉬지 않고. 몇 분이나. 이제 뒤를 돌아보면, 악취를 풍기는 그물 하나가 바람에 흔들리고 있어요.

당신은 전화를 받아요. 어둠 속에서. 날이 밝으려면 아직 멀었어요. 귓속으로 느닷없이 물소리가 들려와요. 단출한 각운으로 이루어진 속삭임. 밤새 머리뼈에 고여 있던 콧물이 중이 안으로 미끄러져 내려오는 소리일까요? 2세대 항히스타민제 복용을 중단한 게 잘못이었을까요? 염증이 더 나빠져서 환청을 들려주는 건지도 몰라요. 갑작스러운 재채기. 잠깐만, 한 번 더. 다시 전화기를 들어 올릴 때까지, 물소리는 잠자코 당신을 기다려줘요. 그러니까 물소리는 건너편 통신 회선에서 넘어오는 거예요. 찰랑…… 찰랑…… 이제 물어볼 시간이에요.

여보세요?

누구에게서도, 응답은 없어요. 한참이나. 그래도 얼마간은 전화기를 더 붙잡고 있어도 괜찮아요. 물소리가 외딴 곶 끄트머리에 홀로 서 있는 무인 등대 하나를 떠올려보게 하거든요. 새하얀 방염 페인트로 빠짐없이 몸을 칠했고요. 때

마침 물가에 바람이 불어서, 수면 위로 미세한 떨림이 나타나요. 담수는 특정한 주파수를 흉내 내는 방식으로, 보이지 않는 손을 드러내요. 잠든 아기의 등을 토닥이는 리듬. 가볍고 또 조심스럽지만, 적당한 양의 눌림도 없어서는 안 돼요. 등대는 이처럼 비밀스러운 무용을 벌써 수만 번째 지켜보고 있어요. 말없이. 사설 극장의 무대 바깥, 텅 비어 있는 스탠딩 라운지를 혼자 지키고 서 있는 1인 관객처럼. 꼿꼿이 허리를 편 상태로. 이따금 아무도 눈치채지 못하게 앞뒤로 몸을 기울이면서. 바로 지금, 대뇌반구를 떠받치고 있는 당신 목의 경추 관절들처럼 말이에요. 이들은 인체의 가장 멀고 높은 부위에서 자라나, 무색투명한 액체로 이루어진 머릿속의 호수를 하루 종일 올려다보고 있잖아요. 당신의 뇌수가 혼란과 분노로 썩어갈 때면, 어김없이 그 같은 바람이, 보이지 않는 손이, 가볍고 또 조심스러운 리듬이 나타나서, 한 번씩 머리를 휘저어주곤 했잖아요. 당신은 왜인지 모르게 눈물이 나려하고, 거의 훌쩍이면서 다시 물어요.

여보세요?

다행히도 이번에는 어떤 목소리가 당신의 절박함을 들어줘요.

오-홍. 오-홍. 오-호야. 오-홍.

목소리는 심각한 통신 장애 속에 엉켜 있어요. 신호가 미약한 장소에서 가까스로 녹음된 소리처럼. 초장거리의 전화 혹은 열세 시간 이상의 시차만이 이따위로 음질을 손상

시킬 수 있지요. 아니면 단순한 합선일지도 몰라요. 교신 회로에 갇혀 있던 전기 음성이 우연히 당신을 찾아온 걸까요? 드물게 어떤 사람들은 수십 년 전 송화구에 취입된 옛날 사람들의 목소리를, 도청 방지 목적으로 편집된 비닐판 음악의 노이즈를 엿듣는 경우가 있다던데. 그러나 그런 종류의 통신 재앙은 유선전화기 산업이 사장되면서 함께 쫓겨나지 않았던가요? 지금 이건 폐기된 아날로그 가전들의 무덤에서 흘러나오는 장례 음악일까요?

오-옹. 오-옹. 오-오야. 오-옹.

전파에 끼어 있는 소리 먼지의 굵기가 점점 팽창해요. 이제 잡음은 목소리에서 안울림소리까지 탈락시키고 있어요. 모조리. 심지어는 자음이 머물렀던 흔적조차도. 목소리가 또다시 돌아올 때는 모음을 구분해 들을 수 없겠지요. 그다음에는 음소가 실종되고요. 끝끝내 야생 맹금류의 울음소리나 다름없게 될 거예요. 일어날 일들을 미리 따져 물을 필요 없이, 목소리는 지금 당장 당신에게서 멀어져가고 있어요. 그것만이 사실이고, 이 불안한 거리감을 당신은 온몸으로 실감 중이에요. 붙잡지 않아도 괜찮을까요?

여보세요?

늦었어요. 목소리는 영영 떠나버렸어요. 길 잃은 음성들이 흘러가 사라지게 될 안개 같은 죽음 속으로. 드롭아웃. 나이 먹은 카세트테이프들에서 종종 감지되곤 했던, 무한한 길이의 공백 속으로 말이에요. 당신은 당황하고, 침묵 속에서 오픈 릴 테이프 데크의 헤드만이 돌아가요. 아니. 사실 돌아가는 건 당신의 머리예요. 약통에서 타이레놀 두 알을 골라내보세요. 옥수수 분말로 염색된 이 아세트아미노펜 과립 제품은 9밀리미터 규격의 탄약들과 무척 닮았어요. 크기만 같을 뿐 아니라, 둘 다 머리에 잘 듣지요. 제약 회사의 밝은 무균실에서 진공 포장되었든, 군수 공장의 어두운 용광로에서 포금을 입었든 알 게 뭔가요? 언제까지고 자빠져 잠이나 자게 해주면 그만인데. 빵! 160밀리그램의 장방형 졸음이 당신 목 안의 약실 내벽을 긁으면서 미끄러져 내려가요. 눈 근육의 경련과 맥동하는 관자놀이가 점차 멎어요. 줌아웃. 까마득히 멀어져간다고나 할까요. 이제 당신은 수면 중인 당신의 육체를 위에서 조감할 수도 있어요. 저 밑에, 무기력하게 잠들어 있는 껍데기 속의 고깃덩어리에게 남아 있는 의식은 손톱보다도 작아요. 해마에 각인된 잠버릇 따위가 전부라고요. 모든 고통을 저 아래 남겨두고 떠나세요. 멀리. 돌아보지 말고. 떠나서 다시는 돌아오지 마세요.

돌아오라, 돌아오라. 림보에서 나가는 길을 찾기. 양쪽 귓속의 얇은 근막이 눈꺼풀보다 앞서 열려요. 세상을 구성하는 지질학적 성분 가운데 가장 부드러운 종류의 입자들이 귓속뼈를 떨게 해요. 음향들은 대체로 라디오파 성질을 띠고요. 전기 양의 케라틴 체모만큼이나 보송보송한 전파를 들려줘요. 예컨대, 이번에도 얼마 도망가지 못했구나, 얘야, 같은 탄식들. 그다음에는, 바스락바스락, 누군가 다가오고 있어요. 목탄 가루로 뒤덮인 지면을 밟으며. 당신은 눈 감은 채로 보이지 않는 보폭의 속도를 가늠해요. 그가 와서 용건을 말할 때까지, 아직 스무 걸음 정도 남았어요. 암전 속에 얼마간 더 머무르고 싶으신가요? 좀만 더. 조금만 더.

도련님.

노인은 자꾸 당신을 도련님이라고 불러요. 세상에. 신분제 따위는 벌써 한 세기도 전에 없어졌을 텐데. 이 사람이 살고 있는 시간대야말로 림보라고 부를 만해요. 그렇지 않나요? 15년 전, 조부의 장례식이 있었던 그날도 노인은 당신을 저렇게 불렀잖아요. 당신은 새까만 교복을 입고 있었고요. 노인은 조상들이 안치된 습지 밑바닥의 궤짝들을 구경시켜주었어요. 나룻배를 움직일 때나 쓰는, 넓적한 물푸레나무 목공품으로 수면을 휘저으면서. 50년 넘게 배 부림으로 단련된 전완근이 부풀었다가 줄어들기를 몇 번. 노인은 노를 움켜쥔 손으로 안개의 바깥 영역을 가리켜 보이더니: **자식들은 모두 도시로 떠나버렸어요. 더는 아무도 늪지기가 되려 하지 않는답니다. 그러니 제가 이 습지의 마지막 늪지기인 셈이지요. 이 늙은 몸뚱어리는 도련님을 조상님들 곁으로 돌려보내드릴 수만 있다면 소원이 없겠습니다. 노망이 들기 전에 말입지요. 도련님은 혈족의 마지막 남은 가주이시니까.** 그러면서 노인은 맞은편에 앉은 당신을 가만히 쳐다보았어요. 주름살에 가려진 노인의 집요한 눈빛은 외과용 수술칼 같았어요. 당신의 얼굴 가죽을 파고들고 있었거든요. 정확히는 눈가를. 아니. 실은 눈두덩 뒤의 뇌. 당신 조상들에게 죽음과 망각을 안겨주었던 대뇌변연계의 퇴행성 병변이 어디까지 진행 중인지 살펴보려고요. 시상하부에 잠들어 있던 가족력의 씨앗이 꿈틀거리던 기억이 나요. 늪지기의 기대에 부응하려는 것처럼. 그날부터 악몽 같은 두통이 시작되었지요.

도련님.

늪지기는 이번에도 노를 들고 있어요. 안타깝게도 그것이 늪지대를 덮친 대화재의 현장에서 오롯이 간수할 수 있었던 유일한 물건이 되고 말았어요. 주위를 둘러봐요. 오랜 시간 늪을 숨겨주었던 무색, 무취, 무특성의 천연 장막이 모두 걷혔어요. 담수는 거무스름한 잿개비들과 타르 덩어리로 뒤덮여 있고요. 당신은 산업용 등급의 방진 마스크를 잠깐 턱까지 내려요. 쓰고 매운 유독성 공기가 여전히 도처에 남아 있어요. 잇단 기침. 문자 그대로, 목이 타들어가요. 침을 뱉으려고 몸을 숙일 때, 다리에 실리는 하중만큼 땅 밑으로 발이 들어가요. 재가 눈처럼 쌓인 거예요. 결정화된 철분, 칼륨, 마그네슘. 하나하나가 불연소성 광물질들.

늪지기가 얼른 다가와 등을 두드려줘요. 당신은 마스크를 다시 쓰면서 노인을 올려다봐요. 늪지기는 당신이 죽기를 바라지 않는 걸까요? 당신은 늪지기의 손에서 노를 옮겨 받아요. 수장된 조상들의 관이 멀쩡한지 확인해보려고요. 노는 얼마쯤 잘 들어가다가 곧 어딘가에 가로막혀요. 막대 끝이 물 밑 감탕에 닿은 거예요. 천천히 수중을 저어보면, 노질이 멎은 자리마다 사체가 서너 구씩 떠올라요. 희고 기름진 뱃가죽들을 까뒤집고. 이들은 하나같이 가스로 양껏 부풀어 있어요. 민물고기인지 양서류 동물인지 하나하나 제대로 분간하기는 어려워 보여요. 그런 분류가 의미 있지도 않겠고요. 늪은 그보다 가벼운 소화물들을 이어서 뱉어 올려요. 검게 그을린 버드나무 껍데기와 줄기가 녹은 물풀들. 또, 불탄 머리 같은 검불 섶. 철새 깃털도 하나둘 떠오르는데, 사체나마 보존된 수상 동물들과 달리 가엾은 조류들은 형체조차 남기지 못했나 봐요. 푸르죽죽한 익사체들은 끝도 없이 물 위로 올라와요. 당신이 그것들을 내려다보면, 동시에 그것들도 당신을 올려다보는 것 같은 기분. 그러는 동안에도 거뭇거뭇한 분진과 타고 남은 찌꺼기들은 새로 엉기거나 뭉치며 물귀신처럼 물가를 떠돌아다니지요. 이들을 계속 늪이라고 부를 수 있을까요? 악취를 풍기는 점액질 덩어리들을? 고개를 들어 보세요. 백 수십 헥타르에 이르는 면적을 이제는 앙상한 잔해들과 그을음 자국만으로 헤아려야 해요. 펑. 때마침 멀리서 사체가 하나 폭발해요. 곪아터진 내장들이 수면에 엎질러져 있어요. 펑. 이번에는 여기서. 펑. 이번에는 저기서. 당신은 늪지기에게 다시 노를 건네줘요. 늪지기는 재빨리 당신 손에서 자기 물건을 받아가요.

늪지기에 의하면, 늪이 모조리 불타 스러지는 데는 사흘이 걸렸어요. 사흘. 기억하세요? 이곳으로 내려오는 고속버스 우등석에 앉아 전화를 받았잖아요. 조부는 말했어요. 늪은 당신 책임이라고. 늪과 경계를 맞대고 있는 부근의 토지를 당신의 이름 앞으로 물려주면서. 이곳은 공장이 들어서고 고층 건축물로 뒤덮인 국토의 다른 지역들과는 아주 다른 땅이라고요.

약 천 년 전, 그러니까 고려 시대. 통일 삼한 왕조의 17대 군주인 인종仁宗이 재임하던 시기. 한 승려가 국난을 일으켰어요. 내전은 1년 넘게 이어졌는데, 반군이 항전지로 삼았던 서경이 왕국 수도에 버금가는 기반을 갖추고 있었기 때문이죠. 토벌대장 김부식은 하루빨리 반란을 가라앉히라는 정치적 요구에 시달리는 한편, 점증하는 국경 지대의 위협에 맞서 군사를 보전해야만 했어요. 별다른 계책 없이 관군과 반군 양측이 공격을 주고받는 가운데, 김부식의 부관 둘이 은밀히 지휘 천막으로 찾아와 기습을 제안했죠. 이때 관군은 화살과 돌덩이를 반군의 머리 위에서 퍼부을 목적으로 성곽보다 높게 토산을 짓고 있었고요. 토목공사에 투입된 인력과 시간이 이미 막대했기 때문에, 김부식은 제안을 거절했어요. 하지만 부관들은 쉽게 물러가지 않았지요. 확신! 그해 갓 문과에 급제한 영동도 출신의 젊은이 하나가 겁도 없이 군영을 떠돌며 장수들을 설득하고 다녔던 거예요. 젊은이는 서경 내부의 상황을 훤히 꿰뚫고 있었는데, 매일 아침 망루에서 내려오는 보초들의 정찰 일지와 정확히 일치했어요. 젊은이에 따르면, 반군은 겹성을 쌓느라 이미 크게 지쳐 있고, 관군의 토산 축조가 끝나기만을 기다리는 중이었어요. 이튿날 관군이 사방에서 공세를 펼치니, 과연 반군은 큰 타격을 입었고, 수세에 몰린 지도부가 밤새 스스로 목숨을 끊으면서 비로소 내전이 종식되었지요.

당신 집안에만 구전되어 내려오는 야사로, 정사 역사서 어디에도 기록되지는 않았지만, 이름 없는 젊은이는 문과에 응시하기 전에 이 땅을 밟은 적이 있어요. 당신과 똑같은 장소. 우리가 지금 발 딛고 서 있는 바로 이곳. 약 천 년 전에. 나라를 구할 힘과 지혜를 빌리고자 늪에 찾아와 발원을 올렸던 거예요. (이어질 일화가 너무나도 비현실적으로 들렸던 나머지, 집현전의 문필가들은 이 부분을 고려사에서 의도적으로 누락시켰어요.) 습지 가장 깊은 곳. 토착민에 의해 살아 있는 신령으로 숭배받던 물푸레나무 아래에서. 지푸라기를 꼬아 엮은 발을 펴고. 그 위에 공손히 무릎을 꿇고 앉아, 몰락한 왕조의 문자: 향찰로 지어진 발문을 사흘 밤낮 동안 쉬지 않고 외운 끝에. 낮게 부는 바람의 말을 빌려 습지가 말하기를, **내가 너에게 권세를 주면 너는 무엇을 돌려주겠는가?** 젊은이는 매해 불가에 공물을 바치겠다고 대답했어요. 습지는 침묵으로 제안을 거절했지요. 한참이 지나 다시 묻기를, **내가 너에게 권세를 주면 너는 무엇을 돌려주겠는가?** 젊은이는 자신이 줄 수 없는 것을 제외하면 무엇이든 내주겠다고 말했어요. 이에 습지가 만족하며 이르기를, **가라. 가서 너의**

적들을 무찌르고 만방에 너의 이름을 알려라. 그런 다음, 죽을 때가 되면 다시 돌아오라. 너뿐만 아니라, 너의 자손들 모두. 나는 오늘 이 서약으로 천 년을 더 살리라.

약속대로, 젊은이는 개경으로 올라가 문과에 급제하고, 왕실의 적들을 쳐 죽이는 데 일조했던 것이죠. 나중에 개선 장군들을 치하하는 연회에서 인종이 다가와 묻기를, **공은 역모자들의 농간을 어찌 그리 훤히 꿰뚫어 볼 수 있었소?** 이에 젊은이가 대답하기를, **이겨야 할 곳에 있었을 따름이옵니다. 그 모든 전장이 옛 기억처럼 떠올랐나이다. 마치 오래전에 일어났던 일을 다시 겪는 듯. 꿈인 듯, 생시인 듯…… 이미 지나간 시간으로 돌아가고, 돌아가고……**

인종은 값비싼 보물과 관직은 물론, 자기 가문을 이룰 땅과 성씨를 젊은이에게 내려주었어요. 이 사람이 혈족의 시조예요. 금자광록대부金紫光錄大夫 문하시랑평장사門下侍郎平章事 신경辛鏡. 자기 밑으로 187,731명의 자손을 만들고, 이 불운한 후예의 피하조직에 남몰래 그물을 친 사람. 족보의 머리. 뒤집으면, 혈연관계를 나타내는 모든 직선 도식들이 하나로 수렴하는 뿌리 자리에, 영원히 잠들어 있는 사람. 동시에 끊임없이 아래로, 아래로 파고드는 집요한 힘! 멈추지 않는 벡터! 수십만 명의 피붙이가 하나의 이름 뒤에 이끌려 가는군요. 당신 육친들의 두개골 안에 퇴행성 뇌질환의 전조가 주름 주름 새겨져 있다는 사실. 그것참 우습지 않나요? 결국은 당신네 문중 사람 모두가 암흑 밑으로 처박히고 있다는 신호이니까. 1817년 제임스 파킨슨에 이어, 1907년 알로이스 알츠하이머에 의해 밝혀진 신경학적 암전 속으로 앞서거니 뒤서거니 뛰어드는 일가붙이들을 보세요. 1천 년 길이의 시조를 완성하기 위해! 아마도 당신께서 서른두번째 시행이 되셨겠지요. 늪이 사라져버리지 않았더라면! 그리하여 불길은 장엄한 전설마저 끝장냈나요? 정말로 다 끝난 걸까요?

종가의 가주들은 죽을 때가 되면 늪으로 돌아오곤 했어요. 늪의 시간, 안개의 일부가 되려고. 이런 특별한 공양 의식으로 당신 혈족은 끈질기게 이어져 내려왔던 거예요. 실제로 어떤 왕조보다, 정권보다 오래 살아남아 어느덧 천 년을 바라보고 있지 않나요. 믿기지 않는다면 지금 당장 물 밑에서 아무 궤짝이나 건져 올려봐요. 죽음에서 인양된 망자들의 얼굴은 여전히 빛을 잃지 않았을 테니. 숙련된 석고 장인의 손에서 정성껏 주물러진 황산칼슘 이수화물 조각 작품처럼. 비탄으로 우그러진 울혈 자국을 피부 곳곳에 간직하고 있겠지요. 몇 대손인지 알아볼 수 없는, 머나먼 선대 가주의 입술이 파르르 떨려요. 미약한 전압과 연결된 음극선 축음기처럼. 입속에 물고 있는 집전장치는 한때 혀라고 불렸어요. 발성의 예비 동작들이 만들어지는 장소예요. 헤아릴 수 없는 세월 동안 딱딱하게 굳어 있던 이 구강 기관으로부터 별안간 불꽃이 퍽 튀어 올라요. 심연의 박물관에서 마침내 자신을 붙잡아 꺼내준, 까마득한 후대의 자손에게 질문을 던지려고!

당신의 머리털을 쭈뼛 서게 만드는 음성신호예요.

이제 네 차례니?

또는,

드디어 천 년이 지났니?

그리고,

도련님.

늪지기의 목소리는 정신이 퍼뜩 들게 만들어요.

슬슬 돌아가지요.

당신은 늪지기를 따라 습지에서 빠져나가요. 15년 전에 그랬던 것처럼. 들어올 때도 늪지기 뒤를 따랐고, 나갈 때도 늪지기 뒤를 따라야 하지요. 늪에서는 늪지기가 왕이니까. 늪지기와 당신은 나룻배 앞뒤에 나누어 앉아요. 늪지기가 노질을 시작해요. 당신을 바라보고 있어요. 15년 전에 그랬던 것처럼. 이번에도 그는 당신의 수명을 점치고 있는 걸까요? 아니. 총기를 다 잃고 흐릿해진 눈빛은 더는 섬뜩해 보이지 않아요. 얼굴에서 세부를 파낼 만큼 날카롭지도 않고요. 백내장 같은 안개 한 모금을 시종일관 머금고 있을 뿐이에요. 노인은 시대착오적인 연상법으로 당신의 이목구비를 살펴보고 있어요. 당신 외모에 드러나 있는 골상학적 흔적들을 알아보기 위해 몰두하는 것이지요. 옛날 사람들은 인간의 두상에서 운명을 엿보곤 했으니까요. 노인은 당신 둘만 들을 수 있는 크기로 말해요. 감탄하면서. 약간의 감동을 숨기지 않으면서.

그거 아시나요? 도련님은 부곡 아재를 쏙 빼닮았어요.

노의 넓적한 부분이 물을 퍼 올리는 소리.

묘하네. 마치 그분이 지금 다시 내 앞에 있는 것처럼……

노의 넓적한 부분이 물을 퍼 올리는 소리.

부곡 아재 서울로 떠나셨을 때, 도련님과 정확히 같은 나이였는데.

노의 넓적한 부분이 물을 퍼 올리는 소리.

도련님은 부곡 아재가 보고 싶지 않으신가요?

노의 넓적한 부분이 물을 퍼 올리는 소리.

한 번 더.

두 번 더.

세 번 더.

저는 할아버지에 대해서 아는 게 없어요.

그만. 이제 육지로 가자, 육지로 가.

늪지기가 기둥에 뱃줄을 묶는 동안 당신은 미리 나루터 계단을 올라가요. 경사진 언덕 너머로 전통 가옥 한 채가 몸체를 드러내요. 가옥은 좁은 흙길을 사이에 두고 늪과 이웃해 있어요. 비탈이 시작되는 산기슭 바로 아래 지어져, 습지의 시작과 끝이 두루 내려다보이는군요. 토목과 공업에 소질을 보였던 초대 조상들은 왜 하필 이런 부지에 건축 부재를 댔을까요? 사시사철 허파처럼 축축한 소택지. 습지가 내뱉는 날숨이 집 안 곳곳으로 스며들어 목조 자재들을 썩게 만들었을 텐데요. 하지만 발걸음이 대문 앞까지 다다르면 더는 따져 물을 필요가 없어져요. 선조들은 유달리 늪 쪽으로 돌출된 산지의 끄트머리 부분을 일종의 현관으로 삼고 싶었던 거예요. 늪과 가장 가까운 곳: 일어나는 모든 일을 두 눈으로 지켜볼 수 있는 장소로! 실제로 가옥은 낙엽송 무늬목으로 축조된 망루처럼 벌써 천 년째 늪을 감시하고 있는걸요. 이름을 알 수 없는 원경의 관찰자들이 대대로 가옥을 물려받았고요. 발밑에서, 지금 당신이 딛고 있는 바로 그 대지 위에서, 죽은 선대 가주들의 디딤새를 느껴보세요. 당신과 같은 성씨를, 외모를, 운명을 물려받은 이 호습성 유령들은 죽어서 가벼워진 한편, 살아생전의 책무만은 여전히 내려놓지 않은 모양이에요. 심지어는 늪이 모조리 불타버린 지금도.

이제 집 쪽으로 몸을 돌려봐요. 대문은 적송을 썼는지 넓은 송판 곳곳에서 붉은빛이 어른거려요. 마차가 드나들 수 있을 만큼 높고 널찍한 솟을대문으로 설계되었고요. 청자 기와로 덮인 맞배지붕을 머리에 이고 있어요. 문짝은 양쪽으로 열고 닫히는 2짝 안여닫이로, 상부에는 팔괘 그림을, 하부 궁판에는 연꽃 문양을 묵서해놓았어요. 이제 손잡이를 살며시 밀어보면, 고택의 얼굴이 비로소 당신을 마중 나와요. 마당 바닥에 깔린 백사 한 알마다 햇볕이 이슬처럼 맺혀 있군요. 미간을 찌푸린 와중에도, 고택은 주인을 알아보는 걸까요? 토담을 따라 앉아 있던 먼지 위로 바람이 불면서 낯익은 소리가 들려와요. 처마 끝에 매달린 황동 풍경이 흔들리며

내는 소리예요. 가느다란 금속 바늘에 몸통이 꿰인 놋쇠 붕어가 말하기를,

문중 어른들은 모두 돌아가셨어요. 촌락 전체가 비어 있답니다.

그건 사실 같아요. 주위를 둘러봐요. 당신의 선대 육친들이 한때 걸어 다녔을 마당. 일말의 족적조차 남아 있지 않아요. 토담 바깥을 바라보면 또 다른 단층 한옥들이 눈에 띄는데, 마당 양옆에 만들어진 중문 두 개로 다른 가옥들과 왕래하곤 했던 것 같아요. 이 문들은 주인 없이 내내 열려 있고, 당신은 기둥 사이에서 목만 내밀어 문지방 건너편을 들여다봐요. 개구부 안쪽에도 넓은 뜰이 있어요. 크고 작은 한옥이 네다섯 채씩 지어져 있고요. 몸을 돌려서 반대쪽 중문을 내다봐도 같은 풍경이 펼쳐지지요. 택지를 모두 둘러보지 않아도 알 수 있는 사실이 하나 있어요. 당신의 머리가 이미 저절로 끄덕이고 있잖아요. 이런 마당이 안쪽으로 얼마든지 계속되겠구나. 이곳은 고가의 입구에 지나지 않는구나.

문중 어른들은 모두 돌아가셨어요. 촌락 전체가 비어 있답니다.

늪지기가 다가와서 한두 가지 사실을 직접 확인시켜줘요.

곧 날이 질 테니, 얼른 안채에 짐을 부리셔야겠군요.

당신은 가까운 고택 몇 채를 바쁘게 살펴봐요.

죄송하지만 어르신, 안채가 어딘지……

늪지기는 이마를 소리 나게 짚어요. 멋쩍은 웃음소리.

나도 참, 오늘 처음 오셨지. 이 몸이 직접 모셔다 드립지요.

늪지기와 당신은 천천히 마당 안쪽으로 움직여요. 늪지기가 당신에게는 들리지 않는 크기로 소리 죽여 중얼거려요. *부곡 아재가 돌아오셨다.* 연거푸. *부곡 아재가 돌아오셨다고.* 그러든지 말든지. 끝도 없이 늘어선 전통 가옥들이 당신의 주의를 남김없이 빨아들이고 있군요. 늪지기를 뒤쫓아 걷는 발 옮김이 한 박자 두 박자 늦어질 만큼. 한옥들은 안으로 들어갈수록 더 높아지고 더 빽빽해져요. 산지에 우거진 솔송나무 숲처럼. 흔들리며 속삭여요. *부곡 아재가 돌아오셨다.* 연거푸. *부곡 아재가 돌아오셨다고.* 한편 토담이 돌담으로 바뀌고, 돌담이 벽돌담으로, 벽돌담이 다시 대리석 또는 화강암으로…… 담장의 외관과 자재가 조금씩 달라지는 까닭은 아마도 시간만이 알고 있겠지요. 그럼에도 집을 짓는 양식만은 고집스럽게 지켜졌던 모양이에요. 그렇게 지어 올린 전통 가옥들이 길목마다 즐비해 있잖아요. 끝날 것 같은 데서 도로 길이 이어지기도 해요. 당신이 조부로부터 물려받은 유산은 집채 하나 혹은 한쪽 마당만을 말하는 게 아니었군요. 일대의 고가 전체가 상속 목록에 들어 있었던 거예요.

이제 발뒤꿈치로 어둠이 질질 끌려와요. 걷는 동안 해가 졌을까요? 아니. 조금 오래 걷기는 했지만, 저물녘이 오려면 아직 멀었어요. 실은 마침내 우리가 택지 끝에 다다른 거예요. 이마 위에서 추녀 장식을 맞대고 있는 기와지붕들을 봐요. 담 쌓을 공간마저 모자랐던 거죠. 산기슭을 파내고 들어갈 수는 없었을 테니, 공사를 여기서 멈춘 거예요. 당신 선조들과 산신령 사이에 어떤 조약이 맺어졌을지도 몰라요. 그런 가능성을 부인할 수 없을걸요. 저길 좀 봐요. 택지가 끝나는 동시에 숲이 시작되는 장소. 양쪽 지역의 중간 지대에— 오래된 누각 하나가 서 있어요. 고가의 다른 전통 건축물들과 달리 홀로 팔작지붕을 덮어 썼고요. 복층형 다락 양식으로 만들어졌어요. 머리를 조금만 들면, 상층 대들보 밑으로 구리 범종의 유곽이 돋보이지 않겠어요? 다가가면서 조금 더 자세히 살펴볼 수도 있어요. 계단을 오를 때마다 바니시 냄새도 한 뼘씩 짙어지는데, 용매의 성분이 아니라 도료가 머금고 있는 수백 년 된 습기 때문에 머리가 지끈거리는 거예요. 한 걸음. 두 걸음. 다락 바닥 위로 걸을 때는 조심하지 않으면 안 돼요. 벌목당한 물푸레나무 목신의 울음소리가 복사뼈를 접질리게 만드니까. 마침내 범종 앞에 다다라 당목을 쓸어보려는 순간. 밑에서 늪지기가 다급하게 소리쳐요.

건드리면 안 돼!

당신은 난간 밑에서 팔랑거리는 늪지기의 손등을 지그시 내려다봐요.

그냥 구경만 하는 것도 안 되나요?

늪지기가 답하기를,

그럼 건드리지 말고 눈으로만 보셔야 해요.

당신은 뒤돌아 다시 범종 앞으로 가요. 머리 뒤로 늪지기의 시선을 느끼면서. 그래요. 이 외딴 금속 악기를 파악하기 위해 반드시 손으로 두드려볼 필요는 없을지도요. 범종이 당신에게 보여주고 싶은 부분들을 알아보는 데 집중해보세요. (이 고전 악기의 표기 방식은 당신의 중간 이름을 쓰는 법과 정확히 같지 않던가요!) 1) 비스듬히 잘려나간 용뉴 장식물의 머리 부분이 가장 먼저 눈에 띄어요. 종을 걸어서 매달아놓는 고리 역할마저 손상되지는 않았지만. 단단한 청동 주조물이 어떻게 이다지도 깔끔하게 잘려나갈 수 있었던 걸까요? 흔적을 빌려 추측해보건대, 부러지거나 깎이지 않고 끊어졌어요. 청동보다 강도 높은 주조물로 절삭-단절된 거죠. 과거에 이름 좀 떨쳤던 탄소강 명검들은 평범한 쇳덩이를 문자 그대로 베어버리곤 했다던데. 누군가 범종을 한칼에 떨어뜨리려다 실패한 걸까요? 2) 범종 몸통에 양각으로 파낸 돌기 문양들. 옛날에 종 제작자들은 종의 둘레를 따라 보상당초무늬를 수놓곤 했어요. 꽃과 덩굴을 본뜬 식물무늬 말이에요. 연꽃새김 당좌 사이에는 비천상을 팠는데, 이들의 정체는 악기를 연주하며 날아다니던 선녀들로 밝혀졌지요. 지금은 생황과 태평소를 불고 있군요. 부처의 힘을 빌려 소리가 멀리 퍼지길 바랐던 거예요. 3) 조금 전부터 들려오는 재잘거림 소리. 넓은 마당 가득 깔린 백사 알갱이들이 바람에 떠밀려 날아오더니 종구 안에 머물렀다가 사라져요. 작은 구슬들이 놋쇠 그릇 내부를 굴러다니는 소리와 비슷해요. 이건 아주 완곡한 성격의 경고문 같군요. 사람의 소리가 머무를 수 있는 마지막 지점. 이 바깥으로 나가지 말 것. 실제로 난간 바깥을 바라보면 낙엽성 교목림이 무성하게 자라 있어요. 숲 안쪽은 벌써 밤처럼 어둡고, 이곳에서는 잎사귀 하나 보이지 않는 나뭇가지들이 목피를 부딪치며 내는 소리가 당신의 귓속 연골들을 떨게 만들어요. 예컨대,

이제 네 차례니?

그리고 뒤를 돌아보면,

이 종은 천 년 동안 접근이 금지되어 있었답니다.

어깨 뒤에서 늪지기가 인기척도 없이 나타나요.

안채에 보관된 선친들의 관찰 일지에도 다 적혀 있지요.

나무 몸통에 뚫린 작은 구멍들로 바람이 드나드는 소리.

이 종을 치는 사람은 반드시 죽게 되니까요.

나무 몸통에 뚫린 작은 구멍들로 바람이 드나드는 소리.

제가 살아 있는 동안 도련님이 이 종을 치는 일은 없을 겁니다.

나무 몸통에 뚫린 작은 구멍들로 바람이 드나드는 소리.

한 번 더.

두 번 더.

세 번 더.

절대로.

그만. 이제 안채로 가자, 안채로 가.

늪지기와 당신이 안채 입구에 다다랐을 때는 이미 해가 저물어 있어요. 가옥으로 이어지는 12층 높이 돌계단을 오

르는 동안 당신이 등진 풍경들은 한 층씩 낮아지고 작아져요. 선조들 가운데서도 오직 소수만이 이 같은 종류의 부가 시설을 오르내릴 수 있었을걸요. 세상을 작게 만드는 고전 건축 기술. 손가락 대신 양쪽 종아리 힘으로 풍경의 배율을 조절하는 것이죠. 자, 선대 가주들이 매일 아침마다 딛고 섰던 바로 그 자리에서, 온몸으로 느끼고 전율하라. 강대한 가문의 위세와 영광을! 택지에 머물렀던 수십 가구의 친인척과 늪지기들이 당신을 올려다보았겠지요. 언제나 아래에서 위를 올려다보도록 지어졌으니까 말이죠. 그런고로, 시절이 이러한들 누가 감히 우리 가문의 몰락을 말하는가. 하! 어때요? 웅변할 기분은 영 들지 않나요? 하긴. 오늘날 남아 있는 명성은 아궁이 밑에서나 찾아볼 수 있을 텐데. 저기 계단 밑에서 홀로 당신을 지켜보는 왜소한 망령에게나 한번 물어봐요. 당신 손에 뭐가 남았는지.

저를 왜 부르셨는지 알고 싶어요.

늪지기가 당신을 물끄러미 올려다봐요.

우리 집안은 오래전에 늪에 대한 소유권을 다 잃어버리지 않았던가요?

집채는 경사가 가장 가파른 구간에 기단을 높여 지은 까닭에 고가 전체가 내려다보여요. 이따금 안개가 걷힌 날에는 늪지도 구석구석 살펴볼 수 있었겠지요. 까맣게 불탄 습지 잔해들이 지금 이곳에서 빠짐없이 건너다보이잖아요. 당신은 오후 7시 40분만큼 가까워진 밤의 얼굴에 속지 않아요. 좋은 눈. 아동기 시력 검사 때 확인된 양질의 눈에 따르면, 어둠과 그을음은 동일한 색 분류에 속하지 않거든요. 그러니까 다시, 저 늪이 다 타버리든 말든. 대관절 당신과 무슨 관계가 있다는 걸까요? 아마도 람사르협약: 1971년에 이란에서 조인된 웬 종이 쪼가리가 1997년, 당신 집안의 손아귀에서 늪을 영영 빼앗아갈 줄 누가 알았겠어요? 외지인들이 습지와 습지 자원들을 보호하겠답시고 나라 안팎으로 난리를 치는 바람에, 당신 집안은 늪과 관련된 모든 권한을 정부에 이양하지 않았던가요. 그 후로는 사체를 습지 바닥에 수장하는 풍속도 비밀리에 치러져야 했죠. 종종 관할 공무원에게 값비싼 뇌물을 먹이기도 했는데, 아마 이 시기였을 거예요. 가문 내부의 연줄들이 하나둘 끊어지기 시작했죠. 코앞에서 새천년이 다가오고 있는데, 단속까지 감수해가며 시시한 전통 따위 지키고 싶었겠어요? 종가는 발을 동동 굴렀겠죠. 직·방계 친족들이 왕래는 물론 연락까지 뚝뚝 끊어버렸으니. 그래서 마침내 누가 이 땅의 역사를 이어가기로 했을까요? 당신의 할아버지, 신용길 씨. 그런데 조부조차도 생전 돌보지 않았던 늪을 당신더러 어쩌라고? 지금은 등기 서류에 따라 명백히 국토에 속해 있는 땅을. 어쩌려고 늪지기는 당신을 이곳까지 내려오게 만든 걸까요?

도련님이 마지막 남은 가주이기 때문이죠.

늪지기는 당신을 검지 끝으로 지목해요. 당신이 서 있는 높이와 위치도 한꺼번에.

이 늙은이는 다른 건 잘 모릅니다. 도련님 말대로 늪은 이제 나라에서 관리하고 있지요. 하지만 아직 이 집안의 어르신들은 저 밑에 잠들어 계시지 않습니까. 늪이 이대로 죽은 거라면, 도련님은 상주로서 마땅히 장례를 지내주어야 합니다. 그건 공무원들이 할 일이 아니고, 도련님이 해야 할 일이에요. 도련님이 할 일을 하는 동안 늪지기는 늪지기가 할 일을 하면 됩니다. 그것만이 늙은이가 알고 있는 사실입니다.

늪지기가 가리켜 보이려던 건 당신이 아니라 당신 뒤의 건물이었어요.

오늘 하루만 여기 머물면서 조상님들이 남기신 자료들을 찾아보세요. 이 늙은이 말이 틀렸다면, 내일 당장 이곳을 떠나셔도 말리지 않겠습니다.

그 말은 믿을 수 있어요. 늪지기는 사실만을 말하고 있는 것 같아요. 적어도 지금은. 당신은 늪지기가 함께 열고 들어왔던 대문을 도로 닫는 모습을 지켜봐요. 말없이. 1, 2, 3…… 초시계와 엇비슷한 박자의 걸음걸이가 점점 집 밖으로 멀어져가요. 늪지기는 왔던 길을 내려가면서 담장 곳곳에 매달린 노간주나무 횃대에 불을 밝혀요. 대문 머리에 얹은 청자 기와 위로 노르스름한 불빛이 구름처럼 떠오르고, 당신은 이 밝기를 빌려 안뜰 정면의 4분합 여닫이문을 안쪽으로 밀어요. 외관은 고려식 의장이 그대로 보존된 나머지 엄숙한 표정을 짓고 있던 반면, 내부는 평범한 가정집 같아요. 20세기 초엽, 이름난 목수이자 당신의 증조부였던 신한식 씨가 말년에 이곳을 현대식 거주 시설로 증수한 결과예요.

당신은 신발장 위에 얌전히 누워 있는 성냥갑을 집어요. 성냥 한 개비는 안채 입구와 마루를 밝히는 데 쓰고요, 나머지는 안채 내부를 가로지르는 복도 곳곳의 양초를 켜는 데 쓰면 족해요. 복도 바닥을 걸을 때, 당신의 발뒤꿈치에서 하나둘 깨어나는 나무 먼지들. 당신 주위에서 들키지 않게 꿈틀거리는 원목 무늬들. 촛불은 유성 착색료로 반들거리는 물푸레나무 각재들을 어둠 속에서 끌어내는데, 꼼꼼한 대패질 자국이 아직까지 횡단면에 남아 있어요. 이 곰삭은 목재들은 시간은 물론이고 당신 조상들의 숨결마저 머금고 있죠. 숨을 깊게 들이쉬어봐요. 대흉근 가득 저릿저릿한 통증이 사무칠 테니. 이 집 자체가 하나의 목공품 같아요. 가장 작은 가구부터 가장 무거운 뼈대 부품까지. 모두가 잘 다듬어진 목기나 다름없어요. 그런 관점에서 보면, 안채 내부의 무수한 방도 흡사 나무 안에 파낸 구멍들 같아요. 어느 뛰어난 목수가 손수 끌질을 해서 비워둔 공간들 말이에요. 욕실 하나, 회의실 하나, 화장실 둘, 사무실 둘, 침실 셋, 창고 셋…… 그리고 그보다 많은 서재. 사람만 비어 있고 살림살이들은 부려진 그대로 남아 있어요. 몇몇은 가구사 자료로 수집된 개인 소장품들보다 수집 가치가 높을지도 몰라요. 집 전체를 수공예 박물관으로 내놓아도 손색없어 보여요.

늪지기가 알려주었던 자료들은 서재에 있어요. 어차피 당신이 열람하여 볼 수 있는 문서들은 얼마 되지 않을걸요.

불과 60년 전까지만 해도, 훈차로 조합된 한자어들은 한자 그대로 표기하곤 했거든요. 게다가 역대 가주들이 남긴 수기 기록물들은 서예와는 아주 달라서, 획을 그리는 습관이나 필기구 종류, 심지어는 붓의 호수나 먹을 섞는 비율에 따라서도 얼마든지 다르게 읽히지요. 됨됨이에 따라서는 너무 급하거나 너무 느긋한 성격도 가독성을 떨어뜨리고요. 하지만 무엇보다 당신은 고등학교 재학 시절 한자자격시험에 낙방한 이후, 이 지긋지긋한 표기 문자에 눈길 한번 주지 않았잖아요. 그 결과 육서는커녕 당신 이름조차 쓸 줄 모르는 까막눈이 되고 말았지요. 벌써 10년도 더 지난 일이지만, 당신 조부 귀에 절대로 들어가선 안 될 일이죠. 앞으로도 영원히. (지금은 그가 죽어서 없으니 얼마나 다행이에요?)

[1970~1979] 그래서 당신은 연대 표시가 또박또박 정서된 향나무 목패로 머리를 돌려요. 책장의 다른 선반들이 두꺼운 서적들: 주로 도록, 연감으로 빈틈없이 채워진 반면, 이쪽 선반에는 얇은 편지 봉투들만 드물게 수납되어 있어요. 그마저도 양이 많지 않아, 굳이 세워서 꽂지 않고 그냥 눕혀 놓았어요. 당신 앞의 서가를 열려 있는 페이지처럼 살펴볼 때, 가장 앞쪽 부분, 다시 말해, 진술이 시작되는 첫머리 자리에— 힘없이 누워 있는 편지 한 통을 꺼내어 읽어보세요. 봉투를 열고, 무려 50년 동안이나 허리가 꺾여 있던 글자들을 마침내 바르게 펼쳐줘요. 종이 위에 인쇄된 0.5밀리미터 실선을 따라 반듯하게 그려져 있는 문자들을 좀 봐요. 당신은

갑자기 눈이 따갑고 목이 막히는데, 편지 어귀에서 공백을 몰아내는 잉크 자국들 때문일까요? 물론 종이 겉면에 눌어붙어 있는 퀴퀴한 냄새 때문일 수도 있겠고요. 이 악취는 거의 미라의 입 냄새만큼이나 고약하니까요. 그보다 강직한 기울임이 돋보이는 이 필기체를 알아볼 수 있겠어요? 세상에서 오직 두 사람만이 같은 꼴로 글자를 눕힐 줄 알지요. 오직 두 사람만이 두음 시옷을 빗줄기처럼 떨어뜨리고요. 오직 두 사람만이 리을 받침을 정확히 3획에 나누어서 완성해요. 당신과 신용길 씨. 오직 두 사람만이 말이에요. 이제 조부의 음성을 당신 입으로 직접 되살려보세요.

대체 언제까지 이따위로 사실 겁니까.

밭이나 매고. 씨나 뿌리면서.

일 끝나면 우르르 몰려가 화투 치고, 돈 떨어지면 집에 가서 뺏어.

술 먹으면 가족들 때려서 풀고.

지겹습니다. 나는 그렇게 못 해 먹겠습니다.

내 자식들이, 또 그들의 자식들이
천 년이고 만 년이고
손에 흙이나 묻히면서
흙먼지나 죄 마시면서
바깥세상이야 변하든 말든
외따로 동떨어진 이 농지 두렁에 퍼져 앉아

흉년이야 풍년이야
부처님, 하느님, 신령님 찾으며 비느라 애를 먹고
골병 들어 병신 되는 꼴은 못 보겠다 이 말입니다.

다음 편지도. 그다음 편지도 당신의 조부가 쓴 편지예요. 지금은 늙고 병들어 죽은 지 오래된 조부가 당신 나이 때 남겼던 목소리들이지요. 초기 편지들은 대부분 짧고, 아주 드문 시차를 두고 송달되었어요. 삭아서 너덜거리는 이 종이들에서 당신은 분노와, 혼란과, 슬픔을 읽어요. 당신이 사랑하는 사람들이 지금 당신에게서 읽는 것들과 비슷한 종류의 감정들을. 조부의 견해가 백번 옳아요. 무슨 대단한 핏줄이라고. 마치 약속이라도 한 듯, 대대손손 터전을 버리지 않은 혈족의 선조들. 이런 지긋지긋한 인신 공양으로 당신 집안은 끈질기게 이어져 내려왔던 거예요. 실제로 어떤 왕조보다, 정권보다 오래 살아남아 어느덧 천 년을 바라보고 있지 않은가요. 그래서 도망친 걸까요? 집안의 모든 비자금을 훔쳐서? 그리하여 조부는 1천 년 된 일가의 전통을 마침내 끝장낼 수 있었을까요? 정말 다 끝난 걸까요?

[1980~1989] 이제 당신의 손이 다음 선반의 향나무 목패로 가요. 죽은 촌로들이 말하기를, 당신 조부의 전성기가 시작되는 시기지요. 한국수출산업공단. 지금은 한국산업단지공단으로 이름이 바뀐 그곳에서, 당신의 조부는 기회를 엿보았어요. 마침내 손에서 흙을 털고. 바깥으로는 나라 발전에

이바지하고. 안으로는 아직 고토에 남아 있는 친지들을 먹여 살릴 기회를. 조부는 국가에서 수출을 장려하던 2차 산업, 섬유 가공품을 하루에만 수만 개씩 생산해내면서, 성공한 사업가로 자리 잡았어요. 요절한 형님을 대신해 큰집 자식들을 부양하고, 그를 닮고 싶어 했던 고향의 살붙이들을 서울로 불러들이면서, 이곳에서 조부는 본명보다 별명으로 이름을 떨쳤어요. 부곡 아재. 그들 말로, 부자 아저씨라는 뜻이지요. 그런데 이 시기에 조부가 부친 편지들 뒤편, 이름난 사업가의 명함 종이에서, 당신은 수작업 테이블 가까이 숙인 새까만 머리들을 봐요. 집으로 돌아가면 남희, 윤희, 현희, 숙희라는 이름으로 불리는 십대 여공들이 일일 작업량을 채우느라 하루 열두 시간씩 바느질 기계를 돌리는 모습. 수출의 역군이니, 집안의 가장이니 하는 말로 낮은 임금과 열악한 처우를 둘러댔을까요? 상경한 조카들이 하루 한 끼 굶는 일은 안타까워했으면서, 야간학교에서 졸고 있는 여공들은 한번 생각해봤을까요? 이곳 집성촌 어르신들의 지긋지긋한 전통이 정말로 끝난 게 맞을까요? 사람으로 땅을 지키는 인신 공양 풍습이 서울에서 새롭게 부활한 게 아니고요?

[1990~1999] 머리를 들어. 계속 읽어야지. 움직여라. 다음 선반의 향나무 목패 앞으로 가. 이 선반은 한 줄뿐이고, 양쪽 끄트머리에 하나씩 편지 봉투가 놓여 있다. 하나는 가장 앞에. 하나는 가장 뒤에. 선반 안의 공란들을 앞뒤로 묶고 있는 모습으로. 편지 한 통은 1992년에, 다른 한 통은 1999년에 송

달되었는데, 1992년은 너의 출생 연도, 1999년은 너의 초등학교 입학 연도. 이 사이에 일어난 일들은 종이가 아니라 너의 전두엽에 압흔처럼 새겨져 있다. 네 기억을 스크립터로 고용해보기. 혹은 내가 대신 읽어줄 수도 있다. ~~암전~~. 조부가 경험했을 어두컴컴한 정신 격리를 상상해보기. ~~암전~~. 우리 조상들에게 죽음과 망각을 안겨주었던 퇴행성 뇌 질환이 마침내 조부에게까지 찾아왔던 것임. ~~암전~~. 조부는 공장을 매각한 다음. ~~암전~~. 고척동 340번지. ~~암전~~. 지금은 중앙로12길로 이름이 바뀐 그곳에서. ~~암전~~. 긴 요양을 시작함. ~~암전~~. 기백과 고집으로 이글거리던 눈에서 빛이 꺼지고. ~~암전~~. 손발이 떨리기 시작하더니. ~~암전~~. 체중은 점점 줄어 살아 있는 해골이나 다름없어짐. ~~암전~~. 종일 TV를 틀어놓고. ~~암전~~. 끊임없이 반복되는 음향을 암기하려 애쓰지만. ~~암전~~. 머지않아 말까지 더듬게 됨. ~~암전~~. 너, 너는, 어…… 왜 이 장면을 떠, 떠, 떠올릴 때, 때마다 누, 누, 눈물이 날 것 가, 가, 같습니까? 가엾은 신용길 씨. 너, 너, 너의 할아버지. 보라. 멀리서 다가오는— 영원한 암흑을. 영원한 암전을.

[2005] 오-홍. 오-홍. 오-호야. 오-홍.

2부. 수시收屍

이곳은 어디냐? 내가 어디에 있는지 말해라. 이 불길한 암흑 속에서 당장 나를 끄집어내란 말이다. 내가 누군지 모르느냐? 내 목소리가 들리지 않느냐? 거기 아무도 없다는 말이냐? 옳거니. 너희가 누구든지, 나는 여기서 나가야만 하겠다. 크고 높으신 조상님들께 맹세컨대, 나는 여기서 나가야만 하겠다. 일단 나가기만 하면, 너희 모두에게 똑똑히 가르쳐줘야겠다. 거기 그대로 있어라, 천한 것들아. 내 손으로 직접 너희에게 영산의 전통을 일러주마.

이것 봐라. 아주 꼼꼼히도 못질을 해두었구나. 있는 힘껏 밀어 올려봐도 미동조차 없으니, 내가 누군지 알기는 아는 모양이구나. 어리석은 놈들. 잡아다가 몸값을 흥정할 셈이면 내가 아니라 우리 형님을 노렸어야지. 그 괴팍한 양반이 장남을 얼마나 애지중지하는지 알기는 아느냐? 이 똥구덩이 같은 동네에서는 쥐새끼마저도 아는 사실을 모르느냐? 알겠다. 너희 불손한 놈들은 틀림없이 외지인이렷다. 이제 곧 쥐도 새도 모르게 잡혀 죽을 테니 솔깃한 제안을 하나 하마. 우리 잘나신 부친께서는 아래로 자식 여섯을 두었는데, 아들놈이라고는 둘뿐이다. 큰놈은 공부를 잘해 수석으로 사범대학에 들어갔다. 어디 머리만 좋을 뿐이냐. 매사에 성실하고, 예의 바르고, 인물도 빼어나 배경 좋은 처자들이 줄을 섰다. 근데 이놈이 어렸을 때부터 시름시름 앓아온 병이 있는데, 대가리가 문제다. 뇌를 너무 많이 쓰고 살아서 그런가? 공부하다 쓰러지고. 걸어가다 쓰러지고. 인사하다 쓰러지고.

여간 나약한 놈이 아닐 수가 없다. 그러니 나이 서른이 다 되어가는데도 제 몸 하나 가누지 못하는 게 아니겠는가. 지난번에는 그 고집불통 영감탱이가 다 큰 아들놈을 들쳐 업고 읍내 의원이며 병원이며 밤새 찾아다니느라 진땀을 뻘뻘 흘렸는데, 그 모습이 얼마나 우스웠는지 아느냐? 한편, 작은 놈은 게으르고, 그저 싸움질이나 일삼고, 밖에서 일가 어른들을 만나도 그냥 무시해버리는, 보통 버르장머리 없는 놈이 아니다. 이놈이 얼마나 괘씸한 놈인 줄 아느냐? 머리는 굵을 대로 굵어져서는 가정을 꾸릴 생각일랑 없는지 자기 아비와 이름난 집안만 믿고 벌써 여러 해나 철없이 설치고 있다. 큰 놈이 병들어 죽거든 작은놈이 집안을 물려받게 될 텐데, 여간 골칫거리가 아니란 말이다. 그러니 너희 도둑놈들은 내 아비에게서 가장 필요 없는 걸 훔쳤구나.

가만. 이놈들 봐라. 오히려 아버지가 네놈들을 샀구나. 내 말이 옳지 않으냐. 사람을 써서 집안의 문제를 없애려는 작정이다. 그렇다면 차라리 잘됐다. 나를 멀리, 아주 멀리 데려가다오. 사람이 살지 않는 곳이면 더 좋고. 그러지 못할 요량이면 나를 못 알아보는 사람들만 잔뜩 있는 곳으로 가자. 사요나라さようなら, 아버지. 짜이찌엔再见, 어머니. 다 스비다니야До свидания, 누이들. 형님? 퍽Fuck. 형님에게는 인사하고 싶지 않다. 그놈이 아쉬울 게 뭐가 있다는 말이냐. 나갔다 하면 문제만 일으키는 동생이 영영 집을 나가 속이 다 시원하지 않겠느냐. 내 말이 틀렸다면 얼른 말해봐라. 그런데

이놈들아, 나는 왜 눈물이 나는 것이냐? 분해서 그런 것이냐? 슬퍼서 그런 것이냐? 말을 해라, 이놈들. 안 되겠다. 형님에게는 내가 직접 전할 말이 있다. 궤짝을 내려놓아라. 당장 내려놓으라는 말이다!

부곡 아재께서 원하시니, 궤짝을 내려놓아드리지요. 바로 여기, 질지 않고 반듯한 흙길 위에 말이에요. 덮개 바깥에서 누군가 하나씩 대못을 뽑아내는군요. 단단하게 붙잡힌 망치 머리가 앞뒤로 움직이면서 판자 밑으로 우지끈우지끈 소리가 들려와요. 마지막 대못이 노루발에 걸려 나올 때, 당신은 당신을 덮고 있던 불길한 나무토막을 밀어 올려요. 이 빌어먹을 목공품은 무시무시한 무게를 자랑해서, 감히 당신의 완력을 시험에 들게 만들지요. 근방에서 장사로 이름 좀 떨쳤다지만, 아무리 당신이더라도 원목 판재를 그냥 들어서 던져버릴 수는 없어요. 한 뼘씩 옆으로 옮기는 방법뿐이에요. 분노. 그리고 수치심. 따닥따닥 저절로 어금니가 맞부딪고, 심장 판막의 주름들이 그만 빗장뼈를 빠개고 가슴 바깥으로 튀어나올 것만 같아요. 당신은 벌떡 일어나면서 양손을 바위처럼 말아 쥐시죠. 금세 자란 손톱 끝이 손바닥 살을 지그시 짓누르는 감각. 아직 아무 일도 일어나지 않았는데, 중수골 사이사이에서 벌써 저릿한 통증이 느껴져요. 불운한 턱뼈 하나를 이미 박살 내기라도 한 듯. 당신은 언제나 무언가를 때려 부수는 방식으로 스스로를 상처 입히고, 경미한 골절상을 거의 부적처럼 지니고 다니시잖아요. 흉터는 당신이 가장 아끼는 소지품인데, 몸 부리는 일을 업신여기는 일가 어른들 사이에서는 그저 흉악한 표징으로만 여겨졌어요. 하지만 누구 하나 때려눕히기도 전에, 당신의 노기는 금방 누그러져요. 당신을 내려놓은 사람들. 이들은 삼 껍질로 지어 만든 전통 상복을 입었어요. 머리에는 하나같이 삼베 모자를 썼고요. 쉰 목소리로 울부짖고 있어요. 당신 이름을 부르면서. **용길아, 용길아.** 계속. **먼저 가면 우예 하노.** 계속. **아이고, 아이고.** 이름이 아니라 어떤 역할로 당신을 부르는 사람도 있어요. **상기 아버지, 상기 아버지.** 궤짝 안에서는 들리지 않았던 소리들. **가지 마오, 가지 마오.** 당신은 갑자기 불안해져서 중얼거려요. **상기가 누구냐? 그럼 내가 죽었다는 말이냐?** 어느 의젓한 목소리가 당신에게 대답해요.

그래, 용길아.

당신이 증오하는 목소리.

사랑하는 내 동생아.

당신이 시기하는 목소리.

사람은 모두 다 죽는단다.

당신이 사랑하는 목소리.

하지만 오늘은 네가 가는 날이 아니구나.

이 사람은 당신이 누워 있던 궤짝 안으로 대신 들어가 누워요. 당신에게는 비좁게만 느껴졌던 궤짝 내부의 높이와 너비가 이 사람 몸에는 썩 잘 맞아요. 목공들이 직접 이 사람의 신체 치수를 재서 만든 것처럼요. 그렇다면 이 사람은 스스로 죽음을 예감하고 있었던 걸까요? 틀림없이 그렇겠지요. 그게 이 사람의 품격에 어울리니까. 아마 주위 사람 누구에게도 알리지 않았을걸요. 오늘, 바로 지금 이 순간까지도 말이에요. 이 사람은 잠자코 몸을 누인 채 궤짝 구석구석을 손가락 끝으로 두드려봐요. 똑똑. 똑똑. 똑똑. 목관은 오동나무로 만들어졌어요. 천연 방습 효과가 뛰어난 이 낙엽활엽수는 제법 오랜 시간 동안 시신이 부패하지 않도록 막아주지요. 당신 집안의 가주들은 죽은 뒤에 늪지 깊숙이 던져지곤 하니, 수장에 퍽 어울리는 재질이에요. 운이 좋아 당신이 오래 살아남는다면, 이 사람은 당신 자손들보다 젊은 모습으로 줄곧 잠들어 있겠지요. 이제 당신과 이 사람의 위치가 완전히 뒤바뀌었어요. 당신은 목관 안에 눈을 감고 누워 있는 당신의 형제를 내려다봐요. 당신은 자꾸 눈물이 나는데, 일종의 징조인 것 같아요. 어떤 알 수 없는 흐름을 뒤쫓아, 당신의 일부가 끊임없이 흘러내리고 있는 것이죠. 같은 방향으로. 아래로, 아래로. 모든 인간이 죽어서 가게 되는 곳으로! 목수들이 의뢰비를 공갈치지 않고 정직하게 일해주었기를 바라야만 해요. 그러지 않았다면 부력에 떠밀려 벌어진 작은 틈으로 물고기들이, 민물 게와 빨대 모양의 주둥이를 가진 미생물 포식자들이 당신 형제를 남김없이 뜯어먹을 테니 말이에요. 이런 걱정과 상관없이, 당신 형제는 가장 먼저 내장을 다 잃겠지요. 그런 다음에는 손발이 썩어서 없어지고요.

이 사람이 입고 있는 백색 수의보다 잡티 하나 없이 창백한 살점들이 먼저 분해되고 말 거예요. 당신 형제의 얼굴을 잘 들여다보세요. 깡마른 체중 때문에 지금도 안면 골격이 다 드러나 보이지만, 일단 죽은 다음에는 거추장스러운 비곗덩어리들이 알아서 다 떨어져나갈걸요. 무기질 조직들은 가장 마지막에 없어지지요. 당신도 벌써 이 사람의 백 년 뒤, 2백 년 뒤 얼굴을 이 사람의 이목구비 위에 겹쳐서 보고 있잖아요. 말을 만드는 조음 법칙만은 죽은 다음에도 얼마간 버릇처럼 남아 있을 거예요. 몇 세기 뒤에도, 누군가 부르기만 하면 금방 대답해줄지도 몰라요. 상악골과 하악골을 딱딱 부딪치면서. 한때 후두를 구성했던 성대 돌기와 기도 근막을 가까스로 벌렁거리면서. 이미 상상만으로도 벌써 죽어버린 것 같아서, 당신은 얼른 당신의 형제를 불러요. 앞으로 이 사람을 다시는 볼 수 없어요. 다시는 볼 수 없으세요.

형님, 거기 있소?

당신의 형제가 대답해요. 여전히 눈은 감은 채로,

응, 용길아.

당신이 증오하는 목소리.

조상님들이 부르신다. 나는 이제 가야 해.

당신이 시기하는 목소리.

미안하다. 염치없지만 가족들을 부탁하마.

당신이 사랑하는 목소리.

그리하여 당신을 싣고 왔던 바로 그 궤짝에 실려 형제

가 길을 떠나요. 아주 먼 길. 이승의 시간으로 49일 걸리는 길. 상여 행렬의 선두에 서 있던 사람들이 목관 위로 다시 덮개를 올리고 못 자리를 찾아요. 망치 머리가 한 번 두 번 내려앉을 때마다 새까만 대못들이 3.5센티미터 두께의 목피를 뚫고 안으로, 안으로 들어가 고정되고요. 당신만큼 신장이 길고, 당신만큼 힘이 세 보이는 젊은이들이 당신을 밀쳐내더니 콧김을 씩씩거리며 목관을 어깨에 짊어져요. 상복을 입은 수없이 많은 일가붙이가 당신을 지나쳐 가는군요. 조문객들이 그 뒤를 바로 따르고요. 당신은 잠시 혼자 남겨졌다가, 서둘러 행렬을 뒤쫓아 달려요. 슬프게도 그들과의 거리는 좀처럼 좁혀지지 않아서, 당신은 점점 더 마음이 졸여지고 안달이 나요. 가지 마라, 가지 마라. 급기야 까마득히 어린 시절 칭얼거리며 불렀던 이름으로 당신 형제를 찾지요.

행님아, 가지 마라. 내 혼자 냄기두고 가지 마라. 행님아, 행님아.

행렬은 곧 습지 안쪽에 다다라요. 그곳은 인력을 들여 조성된 보행용 제방길이 마침내 끊기는 곳으로, 나룻배 없이는 더 나아갈 수 없어요. 기억나요? 당신 할아버지가 숨을 거두었을 때도, 고가의 온 가족들이 여기까지 걸어와서 우뚝 멈추었죠. 이것은 당신네 문중에 전승되는 몇 안 되는 무형 유산으로, 터무니없이 과장된 가짜 설화들과 달리 실제로 믿음을 가지게 만들었어요. 마지막 인사이자 일종의 배웅으로서, 슬픔에 짓눌린 어른들을 따라 당신도 습지 안쪽으로 손을 흔들어 보였죠. 아주 오랫동안. 당신 할아버지가 충분히 지켜볼 수 있는 거리에서. 충분히 기억할 수 있는 시간만큼. 늙은이의 시신이 보관된 관이 자욱한 안개를 건너가, 늪 어딘가에서 첨벙 가라앉을 때까지. 똑같은 일이 지금 다시 일어나려고 해요. 저 앞을 좀 보세요. 늪지기들이 배 위로 조심조심 목관을 옮겨요. 당신 형제가 잠들어 있는 상자를. 이런 동작들을 알아볼 수 있을 만큼 그들과 가까워진 거죠. 점차 좁아지는 언덕 위에서 당신은 자주 고꾸라지고 비틀거려요. 발목을 물가에 빠뜨렸다가 가까스로 끌어당기기를 몇 번. 늪지기들이 노를 젓기 시작해요. 당신은 상여 행렬을 비집고 앞으로 나서며 외쳐요.

이놈들아, 멈춰라! 돌아오란 말이다!

귀먹은 놈들. 늪지기들은 뒤도 돌아보지 않고 말없이 노를 저어 가요. 당신은 망설이지도 않고 물속으로 뛰어들어요. 누가 신발을 벗겼는지 몰라도, 민물 바닥의 침전물들이 발바닥에 푹푹 밟혀요. 매끄럽게 깎인 돌멩이나 잘게 분해된 흙모래부터 물이끼, 부레옥잠 뿌리, 규산질 토양이 발뒤꿈치로 밀려나죠. 어느 지점부터는 한 발자국도 더 움직일 수가 없는데, 깊은 수심 때문이 아니라 단단한 손아귀들 때문이에요. 물 밑에서 홀연히 나타난 수백 개의 손가락은 오므리는 힘이 너무나도 강한 나머지 양쪽 다리를 납지처럼 우그러뜨릴 수도 있을 것만 같아요. 당신은 악에 받쳐서 소리를 지르는데, 이거 놓으라고, 당장 놓으라고, 지치지도 않고. 내가 누군지 모르느냐고, 저기 가는 저 배 안에 누가 타고 있는지 아느냐고, 멍청할 만큼 착하고 예의가 발라, 조상들이 부른 답시고 넙죽 죽으러 가는 저 남자가 어느 집안 장남인지 아느냐고. 네 이놈들. 왜 보고만 있어. 네 이놈들. 집단으로 정신이 나가서는. 이 육시랄 놈들. 버러지 같은 놈들. 짐승만도 못한 놈들. 행님아, 가지 마라. 듣지 마라. 와 가는데. 좋은 머리 어데 쓰는데. 행님아, 내 이제 말 잘 들을게. 내 어찌라고, 행님아……

첨벙.

아재, 아재, 부곡 아재. 물소리를 듣고 꿈에서 깼을 때, 당신은 태어나 처음으로 오한을 앓아요. 물속으로 던져진 당신 형제가 뼈에 사무치도록 체감했을 추위와 공포의 혼합물을 동시에 체험한 셈이에요. 바깥은 여전히 무더위로 이글거리는데, 개도 안 걸린다는 한여름 감기라도 걸린 것 같아요. 와들와들 떨리는 몸을 겨울용 솜이불로 감쌌지만, 한증의 징후들은 좀처럼 숨겨지지 않아요. 당신 손목에는 일본에서 만들어진 초침 시계가 채워져 있는데, 이 가느다란 바늘이 한 바퀴를 다 돌기도 전에 안뜰에서 누군가가 당신을 찾아 불러요. 당신은 당신을 부르는 호칭만 듣고도 그가 누구인지 알 수 있지요. 늪지기의 아들. 그는 당신과 나이가 비슷해서, 당신 둘은 거의 친구처럼 자랐어요. 집안 어른들은 당신 둘을 떼어놓기 위해 애썼지만, 당신은 몰래 그와 벌레를 잡거나 물장구를 치면서 지루한 시간들을 쫓아내곤 했어요. 둘만 있을 때는 이름만 불러도 좋다고 몇 번이나 이야기했지만, 그때마다 그는 말없이 머리를 흔들곤 했었죠. 그런 다음에는 언제나 낮고 진지한 목소리로 이렇게 말했어요.

작은 도련님.

당신은 눈만 겨우 움직여 그를 올려다봐요. 평소 같았다면 그가 얼른 당신을 일으키고 꿀물이라도 한잔 달여 먹였겠지만, 지금은 다른 용무가 앞서 있는 것 같아요. 그보다 중요한 일이 있다는 뜻이죠. 그의 표정을 봐요. 엉터리 관상쟁이조차도 저 얼굴에서 혼란과 근심을 읽어낼 수 있을걸요. 굳이 그에게 다음 말을 재촉할 필요는 없어요. 말문이 좀처럼 열리지 않고 연거푸 저절로 닫히는 까닭을 당신도 알 것 같거든요. 똑딱. 똑딱. 손목뼈를 가볍게 두드리는 금속 재질의 자율 리듬을 느껴보세요. 지금 잠깐 시간이 느리게 가고 있어요. 그가 망설이고 있는 말. 작은 도련님, 다음에 도래할 말. 직언과 귀띔 사이. 사실과 암시 사이. 무너졌다가 만들어지기를 반복하느라 행간만 무한히 늘리고 있는 문장의 전조를 읽으세요. 그가 말하려고 하는 문장 말고, 말하지 않으려고 하는 문장을 읽어보시라고요. 어찌나 중요한 내용인지 시간마저 지연시키고 있는 그 문장을, 그냥 당신 입으로 말해버리시라고요.

형님이 죽었지?

늪지기의 아들은 입을 다물고 머리만 끄덕여요. 당신

이 고인의 부음을 미리 알고 있었다는 사실에 놀란 건지, 단조롭고 건조한 말투에 놀란 건지 알 수 없는 표정으로요. 그 사실의 경중을 알면서도 애달프거나 비장한 수사법을 쓰지 않은 까닭은 무덤덤함 때문만은 아닐 거예요. 오히려 형제를 잃은 충격은 여전히 다리뼈를 잘근잘근 조이고 있지요.

운구차가 곧 도착한답니다. 채비하시는 게 좋겠습니다.

그 말을 듣고도 당신은 움직이지 않았어요. 고가에 머무는 온 가족들이 대문 앞으로 나가 울면서 목관을 쥐어뜯을 때도. 어른들이 하나씩 당신 방으로 찾아와 눈을 흘기며, **저 썩을 놈은 제 형이 죽었는데,** 한마디씩 지껄일 때도. 그냥 그 자리에 등을 돌리고 누워 끔뻑끔뻑 눈만 감았다 뜨고, 감았다 뜨고, 감았다 떴어요. 이 동작이 천 번쯤 반복됐을 때 고가가 조용해졌고, 만 번쯤 반복됐을 때 가족들이 돌아왔으며, 10만 번쯤 반복됐을 때 장례식이 끝났죠. 당신은 계속 누워 있었어요. 계속. 이따금 어른들이 찾아와 찬물을 퍼부을 때도. 물건을 던지거나 발길질을 할 때도. 계속. 그때마다 늪지기의 아들이 나서서 어른들을 말려주었죠. 당신이 지독한 고뿔에 걸렸다고요. 개도 안 걸린다는 한여름 감기 말이에요. 늪지기의 아들은 밤낮으로 식사를 차려 왔는데, 당신이 며칠이나 먹지 않아서 숭늉과 식혜만 조금씩 들여다 놓았어요. 오랜 시간. 장례식 내내 누구에게도 얼굴 한번 내비치지 않고, 방 안에 누워서, 당신은 계속 잠만 청했어요. 잠이 보약인 양. 잠에 중독된 양. 그러다 보면 스스로도 모르는 사이

잠에 빠지곤 했는데, 자고 일어나면 더 피로하기만 할 뿐 꿈 한번 꾸지 않았죠. 형제가 다시 꿈에 나올 거라고 믿으면서, 나와달라고 혼자 중얼거리면서, 낮이고 밤이고 머리를 뉘었지만 아무 일도 일어나지 않았어요. 아무 일도. 그리고 마침내 49일째. 식구들이 모두 사십구재를 지내러 떠난 사이. 까치 한 마리 울지 않는 조용한 고가에 홀로 남아 있는 동안. 당신은 형제가 죽고 나서 처음으로 울었어요. 거의 20년 만에. 아기처럼. 당신을 익사시킬 수도 있을 만큼 많은 양의 눈물이 흐르고, 마르고. 흐르고, 마르고. 늪지기의 아들은 자주 당신 방에 찾아와 창문을 열고 커튼을 걷어주었죠. 이 젊은이의 각별한 관심이 없었더라면, 벽지 곳곳에서 자라난 호기성 곰팡이들이 새로운 사육 버섯 종으로 발견됐을지도 몰라요. 아무렴. 진균식물 도감이 족보 따위보다는 훨씬 더 값어치 있죠. 귀먹은 놈들. 집단으로 정신이 나가서는. 이 육시랄 놈들. 버러지 같은 놈들. 짐승만도 못한 놈들.

매해 여름, 습지는 우기에 접어들어요. 한반도 남단을 가로질러 형성된 장마전선의 영향으로 한동안 비가 퍼붓는 것이죠. 늪은 2.31제곱킬로미터 크기의 천연 홈통이나 다름없어서, 이 기간에만 빗물 수십만 톤을 받아내요. 이따금 폭우가 쏟아지는 날이면 늪지기들은 교대로 습지에 나가곤 해요. 짚으로 엮어 만든 우의를 뒤집어쓰고, 동물 기름이 발린 횃불을 이리저리 기울여 비추면서. 물이 불어나는 바람에 정성 들여 수장한 오동나무 목관들을 잃어서는 안 되니까. 수면에서 서로 부딪히거나 물길에 떠내려가지 않도록 감시하려는 목적으로. 앞서 죽은 선조들의 유해를 보호하기 위한 전통이죠. 한편, 늪지기들 사이에서 전래되는 『습지 장례법』을 떠올려보세요. 시간의 흐름으로 주름지고 착색된 이 고문서에는 늪지기들에게 부과된 책무와 속례가 항목별로 기입되어 있어요. 물론 홍수가 우려될 때 사체 유실을 막는 방법 또한 자기 몫의 진술 영역을 나눠 받았죠. 그런데 이다지도 숭고한 임무 바로 밑에 누군가가 불경한 수기 각주를 남겨놓았어요. **남의 시체를 지키자고 네 목숨을 걸 필요는 없다!** 삐뚤빼뚤한 필체로 부기된 이 주석 때문에, 불상을 깎듯 공들여 쌓아올린 글자들이 와르르 무너지고, 꼼꼼하게 계산된 줄 간격과 문장 비례가 망가지고, 마지막으로 서면을 떠받치고 있던 기하학적 도형들이 힘을 잃고 말아요. 이 오래된 종이에 배어 있던 마력이 실종되는 순간이죠. 이들이 사라진 자리로 공포와 불안이 살며시 스며드는데, 이제 아시겠어요? 당신네 고가 사람들이 조상들의 묫자리를 걱정하는 동안 늪지기들은 자기 목숨을 내던져야 했던 거예요.

거의 두 달 만이에요. 당신은 유분기로 절어 있는 두피를 감고, 몸 곳곳에서 마른 땀자국들을 닦아내요. 오랫동안 쓰지 않았던 신체 부위들을 하나둘 움직여줄 때마다 뼈가 울려요. 관절 돌기를 덮고 있던 시간의 각질이 한 꺼풀씩 벗어지는 소리예요. 종일 잠들어 있던 신경세포들이 찬물을 얻어맞고 깨어나는데, 통증에 가까운 이 감각이 당신에게는 차라리 반갑게 여겨져요. 안채에 모여 관절염을 달래고 있는 노인들을 가엾게 여길 줄 아셔야 해요. 장마에서 기운을 얻는 사람은 당신뿐이잖아요. 사주에 물을 머금고 있다는 명리학적 관점 따위 개나 주더라도. 이미 당신의 영혼이 흐르는 물과 정확히 같은 주파수를 공유하지요. 형제의 사십구재 이후, 몸 바깥으로 누출되었던 영혼의 용량은 자그마치 수백 밀리리터에 달해요. 이제 하늘 위에 거대한 구멍이 뚫려, 미온의 알칼리성 용매들이 쏟아져 내리니, 무기력하게 주저앉아 있던 경추 관절들이 당신 머리를 들어 올려요. 쇠사슬에 녹이 슬어 있는 권양기처럼. 삐거덕거리면서. 처마 장식물 밑에 서서 비를 맞는 당신은 아주 오랜만에 머리를 빗어 넘기셨죠. 면도날에 허리를 잘린 수염 모낭들이 하관 곳곳에 푸르죽죽한 자국으로 남아 있고요. 검지에 끼운 순금 반지를 돌릴 때 말끔하게 다듬은 손톱들도 눈에 띄어요. 장가갈 때 입으라고 모친께서 맞춰주신 고급 양장은 또 어떻고요. 죽은 형제에게 당신 가족들이 해주었던 일들. 좋은 물로 몸을 씻기고, 머리를 빗기고, 손톱과 발톱과 수염을 깎이고, 수의를 입히는 전통 상례를 당신도 똑같이 받았어요. 다른 누구의 손도 빌리지 않고, 오직 당신 손으로요.

당신은 횃불을 하나 훔쳐 고가 바깥으로 가요. 빗줄기가 대문 여는 소리를 집어삼킬 만큼 커서, 누구도 당신의 외출을 미처 알아차리지 못해요. 빗속에서 불꽃 하나가 춤을 춰요. 택지와 멀어지면 멀어질수록 달리 기댈 수 있는 신호가 없죠. 천천히. 아주 천천히. 조심조심. 위태롭게 일렁이며 불꽃이 다가가는 장소는 나루터예요. 어둠은 당신 눈 밖에 은폐되어 있는 나룻배를 들키지 않으려고 안간힘을 다해 버티죠. 곧 횃불이 다가와서 지방질로 덩어리진 불똥들을 떨구기 전까지만. 당신은 납작하게 마름질된 목조 선박의 외관을 알아봐요. 외판의 높이가 낮아서 짐을 옮겨 싣기 좋아 보여요. 어렸을 때 당신은 늪지기들을 졸라 어른들 몰래 뱃놀이를 다니곤 했어요. 그러다 부친에게 발각되어 종아리에 피멍이 들도록 회초리를 맞았지요. 부친은 그와 같은 체벌로 엄중한 교훈을 당신 다리에 새겨 넣고 싶었던 것 같아요. 늪지기들을 제외하면, 오직 죽은 사람만이 배에 오를 수 있다는 가르침이죠. 매 맞은 자국이 모두 사라진 뒤에도, 당신은 나룻배 근처만 가면 다리가 떨리곤 했어요. 부친에게 대들 수 있을 만큼 다 자란 지금도 바들바들 다리를 떨고 있잖아요. 당신은 그날 부친에게 얻어맞은 이유를 형제에게서 찾았어요. 그가 어른들에게 일러바쳤다고 생각했던 것이죠. 실제로 이 사건 이후 당신과 형제 사이의 관계는 걷잡을 수 없이 나빠졌어요. 중간에서 누이들이 아니라고, 오해라고 귀띔해주었지만, 당신은 듣는 척도 하지 않았죠. 사실이 아니라면, 형제가 직접 자기 입으로 말해주길 바랐던 거예요. 하지만 형제는 그러지 않았죠. 지금 당신이 올라타려는 이 배에 실려 가기 전까지. 죽어서 마지막 뱃놀이를 가기 전까지. 다정하지 않은 사람.

이제 기둥에 묶인 뱃줄을 끌러요. 삼으로 꼬아 엮은 밧줄은 굵고 단단하면서도 군데군데 가닥들이 삐져나와 있어서 금방 손바닥을 상하게 만들어요. 당신은 열기로 화끈거리는 두 손을 쥐었다 펴면서 나루터 횃대 밑에 비춰 봐요. 커다란 손바닥 가득 약한 찰과상이 배어 있어요. 늪지기들은 어떻게 그렇게 아픈 내색 한번 없이 뱃줄을 당기고 묶을 수 있었던 걸까요? 숱한 노동으로 살가죽이 벗어지고 아물고, 벗어지고 아무는 과정에서 그만 굳어져버렸겠죠. 말굽처럼 딱딱했던 늪지기들의 손을 떠올려보세요. 이들이 물려받은 책임과 의무를 다하기 위해 아직까지 양손 안에 죽은 피부조직을 쥐고 사는 반면, 문중 어른들은 입으로만 전통 운운하며 제사 예법과 세보 편찬에만 혈안이 되어 있지 않던가요. 『습지 장례법』 가장 앞쪽에는 간단한 서지 사항이 표기되어 있어요. 이름난 명필가의 손을 빌렸죠. 이 책이 한때 당신 집안의 가보로 전해져 내려왔다는 정황이, 묵필의 재료만큼이나 지울 수 없는 사실로 기재되어 있어요. 다시 말해, 늪지기들 앞으로 일임된 습지의 온갖 속례와 절차가 처음부터 당신들 몫이었던 거예요. 까마득한 윗대의 선조들은 관직과 작위에 상관없이 모두 늪지기였겠죠. 언제부터 이런 일을 바깥 사람들 몫으로 내맡겨왔는지 알 수 없지만, 한 가지 사실만은 확실해 보여요. 당신 집안이 오만하고 나태해진 결과, 청동처럼 굳건했던 선조들의 손은 어디로 사라졌는가? 없다.

잃어버렸다. 내 손이 이다지도 볼품없으니 이게 어찌 된 일이냐. 우리 모두가 이 손만큼 물러지고, 이 손만큼 약해졌다. 우리는 우리가 포기한 의무의 무게만큼 가벼워졌다. 오래전에 우리 앞에 주어졌던 소임을 짐이랍시고, 멍에랍시고 하나둘 벗어던진 까닭에, 이제 이 손에는 아무것도 남지 않았다. 아무것도. 내가 어쩌면 좋다는 말이냐.

이번에는 회초리로 끝나지 않을 겁니다.

늪지기의 아들이 등 뒤에서 나타나요. 그는 당신을 도와 뱃줄을 마저 끌러요. 단단하게 감겨 있던 밧줄이 기둥을 한 바퀴 돌 때마다 들이는 힘은 곱절로 늘어나요. 나룻배 밑에서 요동치는 물살이 말뚝 대신 당신을 끌어당기는 까닭이에요. 늪지기의 아들이 아래턱을 들더니 나룻배를 가리켜요. 두 팔은 여전히 밧줄을 붙들고 있어요. 당신과 나룻배가 떠내려가지 않도록. 그가 복부에 힘을 주고 내뱉은 말들이 빗속에서 가까스로 울려 퍼져요. 몇몇 음절은 발음되자마자 빗방울에 적중당한 나머지 일시적으로 떨림을 잃어버리지요.

혼자 가세요! 손을 놓자마자 배가 갈 거예요.

이런 말로 알아듣고, 당신은 횃불을 낚아채 나룻배 위로 뛰어올라요. 과연 늪지기의 아들이 밧줄을 풀자 배가 저절로 움직여요. 속력이 아주 빨라서 당신 둘은 금방 멀어지죠. 늪지기의 아들이 결국 물살을 버티지 못하고 물가에 빠지는데, 이 급박한 상황을 눈앞에서 놓쳐버릴 만큼 가파른 급류에 올라탄 거예요. 당신은 범람하는 물이 당신을 어느 강줄기로 데려갈지 알 수 없죠. 횃불을 아무리 기울여봐도 넘실대는 물결밖에 보이지 않는 까닭이에요.

머지않아 당신은 날이 궂을 때 야간 수색에 나섰던 몇몇 늪지기가 급성 심부전증을 앓고 돌아왔던 이유를 알게 돼요. 직접 체험하는 쪽에 더 가깝죠. 어둠에 휩싸인 모든 수면이 엎드린 딱정벌레의 갑피처럼 시시때때로 파르르 떨리는데, 이 섬뜩한 율동을 느끼고 수중에서 작은 사물들이 하나둘 떠올라요. 경악. 두 눈을 의심하세요. 밤의 불온한 아가리에서 주인을 잃은 유실물들이 기어 나와요. 그와 동시에 좀처럼 가라앉을 줄 모르던 풍랑도 잠잠해지죠. 저기 물결에 떠밀려 다가오는 나무 궤짝들이 소리 없는 자맥질로 습지를 달래고 있는 까닭일까요? 나룻배 주위로 슬금슬금 몰려드는 이 정방형 몸통들에게도 한때 이름이 있었죠. 당신은 덮개 위에 못질된 명패들에서 몰락한 삶의 기억들을 읽어내요. 성씨는 언제나 출신을 나타내고, 중간 이름은 대개 세대 내 서열을 구분 짓는 단서가 되죠. 마지막 이름에 이르러서야 한자식 표의문자 하나가 운명의 어근처럼 주어져요. 복중에 잠들어 있는 태아들의 손아귀 앞에. 자, 그래서 조상들은 그들에게 어울리는 운명을 거머쥘 수 있었나요? 그 오랜 세월, 자기 이름값을 제대로 치른 사람이 있기는 했느냐고요. 눈을 뜨고 직접 보세요. 노간주나무 횃불 밑에서 낱낱이 윤곽을 드러내는 망자들의 함을. 엄선된 고급 재목을 썼는지 어느 한 부분도 부패하지 않았어요. 들리세요? 이들이 평평하게 마름질된 나룻배 밑판까지 다다라 툭툭 모서리를 부딪치는 소리가. 말없이. 무언가 요구하는 것처럼. 어느새 나룻배는 목관들에 꼼짝없이 둘러싸여요. 뱃머리가 나아갈 길을 잃어버렸죠. 을씨년스러운 장대비 속에서, 분노한 손뼈들이 관 덮개를 두들기고 밀치느라 덜그럭거리는 소리. 덮개에 박힌 쇠못이 들썩일 때마다 부장품으로 관에 넣은 진토 한 움큼이 바깥으로 튀어나와요. 사체들은 심지어 아직까지도 콜타르 냄새를 풍겨요. 그렇지 않아요? 당신은 나룻배 바닥에서 노를 집어 들어요. 그리고 작대기 끝으로 목관들을 하나씩 멀리 밀어 보내면서 외쳐요. 정당한 권리 행사!

망령들은 그만 돌아가라!

그래요. 목소리를 내세요. 이들이 비록 한때 계보상으로 당신보다 서열이 높았다고 한들, 지금은 당신께서 가주가 아닌가요. 장남이 죽으면서 당신 앞으로 옮겨진 시대착오적 권한에 따라, 어둠 속에서 억양을 가다듬는 한 사람의 구강 복도에서 일어나는 일들. 예컨대 당신이 돌아가라고 외칠 때: 가장 처음 목젖이 콧길을 막고, 혀끝이 윗잇몸에 붙어 날숨을 막았다가, 마침내 떨어지면서 단단하게 조음된 파열음 하나가 입 밖으로 튀어 나가는 일 따위들. 기억하세요? 아직 형제가 살아 있던 시기에는, 어느 누구도 당신 말에 귀 기울이지 않았잖아요. 하지만, 돌아가라. 혀의 위치가 네 번 바뀌는 이 한 문장을 발음할 때, 느닷없이 대기가 진동해요. 아직 문자에서 운율이 실종되지 않았던 시기에, 떠돌이 시인들은

45자 안팎의 시구만으로 폭우를 잠재우고 불길을 꺼뜨렸지요. 안채 내측의 은밀한 방, 어두운 수장고에 처박혀 있던 고전 서예 작품들을 잠시 떠올려보세요. 전서체로 휘갈겨 쓴 먹빛 문자들은 팔목 힘과 손떨림은 물론 어슴푸레한 묵향마저 머금고 있었지요. 이 네모꼴 필적들이 각기 다른 음절들과 일대일로 대응한다는 사실을 감히 모른다고 말할 수 없을걸요. 불과 백 년 전까지만 해도, 이들은 말의 권능이 수납된 7비트 용량의 아스키ASCII 코드로서 노래와 시조의 기본 양식이 되었어요. 이 모든 음운론적 유산이 오늘날 어디로 사라져버린 걸까요? 그야 망각의 뜰로 쫓겨나버렸지요. (드물게 무형문화재로 살아남은 사례도 있겠고요.) 하지만 주위를 둘러보세요. 고대 작사가들에 의해 발명된 태초의 음소들은 아직 당신 곁에 머물러 있어요. 주술의 형태로, 혹은 전통의 형태로. 영취산의 귀신 같은 무당들을 제외하면, 오직 뼈대 깊은 가문의 자손들만이 특별한 일람 없이도 즉흥 소네트를 조합할 수가 있지요. 유한한 용량의 족보 책자 안에서, 천년만년 같은 운명을 끊임없이 되풀이하는 이 미련퉁이 혈족이야말로 음악 그 자체나 다름없으니까요. 우습기도 해라! 부친도 당신의 이름 석 자를 기재하는 조건으로 쌀가마니 한 수레를 집안 어른들 곳간에 가져다 바치지 않았던가요. 이 값비싼 종이 위에서 당신을 나타내는 검은색 글씨들이 말라가요. 그래요. 이미 당신의 이름이 음악의 한 성부 혹은 무용의 한 동작이 되었군요.

돌아가라, 돌아가라. 너희가 있을 곳으로. 있어야 할 곳으로.

당신의 목소리는 위조가 불가능한 파동으로 울려 퍼져요. 이 불운한 후손의 성대 떨림은 습지에 조성된 부드러운 공기 막 위로 스크래치를 남기지요. 서예용 붓의 머리가 종이에 눌리며 이름을 남기듯. 돌아가라. 윗잇몸 두 번, 입천장 한 번, 다시 윗잇몸 한 번. 혀끝이 단단한 경구개 점막들을 두드릴 때마다 망자들의 분노도 한 뼘씩 누그러져요. 관 속에서, 생기를 잃고 하나둘 배꼽 위로 주저앉는 손목들. 조상들이 마침내 당신의 목소리를 알아듣고 하나둘 수중으로 돌아가요. 그들이 있을 곳으로. 있어야 할 곳으로. 백 년이고 천 년이고 인양되기만을 기다리는 심해의 익사체들처럼. 불후의 암흑 속으로. 오동나무를 깎아 만든 목조 가면을 쓰고. 영영 가버려라. 영영 가버려. 그러나 목관 하나만은 여전히 수면에 남아서 당신의 목을 졸라요. 말하자면, 슬픔을 불러일으키는 것이죠. 당신은 눈앞의 오동나무 궤짝이 다른 목관들과 달리 유난히 밝다는 사실을 외면하고 싶어 해요. 아직까지 지상의 빛을 잃지 않은 채, 연거푸 나룻배를 두드리는, 말없는 상자. 이것 좀 보아라, 이 나무 궤짝은 누구를 가두고 있느냐? 내 형님이냐? 그렇다면 내가 이제 작별 인사를 해야겠다.

당신은 검지에 끼운 순금 반지를 내려다봐요. 빗물에 젖어 반들거리는 이 귀금속 겉면 위, 낯익은 눈매와 콧대가 왜곡된 상으로 맺혀 있어요. 반지에 새겨진 미세 부조들을 알아보시겠어요? 반지 정면: 도톰하게 쌓아 올린 양각 장식물은 십자화과의 황새냉이속 식물 잎사귀를 떠올리게 만드는데, 사실은 꽃잎이 아니라 사각 별이에요. 평안남도 강서군에서 출토된 7세기 고분벽화에 따르면, 이 땅의 토착민은 변덕스러운 기후에서도 신화적인 근거를 찾으려고 애썼던 것 같아요. 신성한 동물 네 마리가 동서남북을 나누어 다스리고 있다고 본 것이죠. 이 케케묵은 상상력이 얼마나 많은 보석 세공사의 작업 도면 위에 사각 별 아이디어를 제공했을지 한번 생각해보세요. 한편, 사각 별 중앙에 박아 넣은 홍옥은 적색 미광을 띠는데, 열반에 오른 부처들의 이마에서 종종 확인되곤 했던 표징이죠. 제작 당시 국교였던 불교의 영향이 여기까지. 아니면 대대로 불가를 숭앙하는 일이 고려 말기 추락했던 당신 가문의 권세를 일으켜줄 거라고 기대했다던가. 반지를 천천히 한 바퀴 돌려보세요. 그런 사실을 증명이라도 하듯, 반지 둘레는 구렁이의 몸체와 같이 묘사되어 있어요. 당신 검지 밑동에서, 구불구불 똬리를 틀고, 중심에 자리 잡은 사각 별 문양과 진귀한 보석을 보호하는 모습으로요. 그런데 이 뱀이 구렁이가 아니라 이무기라는 사실도 아셔야만 해요. 이 환상종 생물은 물속에서 천 년을 기다려야만 숭고한 존재로 승천할 수 있다던데. 아마도 당신 조상들은 물가로 죽으러 가, 용이라도 되고 싶었던 걸까요? 천 년이 지나면, 이 늪에 수장된 귀신들이 창백한 뺨 안에 여의

주를 한 알씩 물고 하늘 담을 오르게 될까요? 아니. 천만에. 모두 돌아가라.

복!

집안에서 사람이 죽으면 어른들은 이렇게 외치곤 했어요.

복!

죽은 이를 옮기기 전에. 침구 위에 누워 있는 주검 바로 앞에서.

복!

세 번. 그러고 나면 망자의 코와 귀를 솜으로 막고, 양 다리를 모으고, 두 손은 악수를 시키고, 바람이 들어가지 못하게 병풍을 거꾸로 친 후 곡을 했지요. 장례 방식에 따라 망자의 물건을 함께 태우거나 묻어주었는데, 이때는 반드시 이렇게 말해야 했어요.

네 짐이나 가져가라.

그리하여 당신은 예비 가주들만이 물려받는 상징적인 가보이자 값진 장식품을 손가락 밑에서 붙잡아 올려요. 반지는 검지의 중간 마디 뼈에 걸려서 잘 빠지지 않아요. 스스로 의지를 가진 것처럼. 안간힘을 다해 당신 손가락을 둘러 묶고 있을 속셈으로. 이 특별한 사물은 처음부터 탈착식 장신구로 제작되지 않았어요. 당신을 옭아매고 있는 운명과 정확히 같은 방식으로 작동하지요. 그러니 완력만으로는 절대 반지를 뺄 수 없을걸요. 손이 아니라 입을 움직여야 할지도 몰라요. 당김이 아니라 울림이 필요한 때. 지금 당신이 가장 중오하는 힘. 천 년의 핏줄이 당신에게 허가한 권한에 따라, 당신의 목소리로 직접 말씀하세요. 나는 이따위로 살지 않겠다. 당신들의 자손으로 남지 않을 것이고, 이 땅의 주인으로 남지 않겠다. 썩어빠진 전통들을 내 손으로 끊겠다. 천 년 역사는 여기서 끝이다. 복! 복! 복! 망령들은 돌아가라. 너희가 있을 곳으로. 있어야 할 곳으로. 돌아가라, 돌아가라. 마침내 반지가 손에서 빠져나와요. 그러자 위중한 무력감이 당신을 덮쳐오죠. 인체의 한 부위가 영구적으로 탈구된 것처럼. 이 무시무시한 손실로 1.9미터 높이의 장신이 비좁은 갑판 위에서 기우뚱 기울어요. 금방 물속으로 머리를 박겠어요. 당신은 쓰러지기 직전에 반지를 형제의 관 위로 던져버려요.

네 짐이나 가져가라!

저절로 고꾸라지는 몸을 멈출 힘은 남지 않아서, 머리는 그대로 낙하해요. 차가운 수면 말고. 나룻배 옆판의 납작한 받침 위로. 운이 좋았다고 해야 하나. 찢어진 이마 부위 밑으로 피가 마구 흐르는데, 이때 입은 찰과상이 주름처럼 깊게 남아 뭇사람들에게 무서운 인상을 남기게 돼요. (특히 미래에 당신이 죽으며 찾게 될 손자에게!) 그러든지 말든지. 마지막까지 남아 있던 관 하나가 비로소 가라앉아요. 재목의 무게 때문이 아니에요. 당신이 덮개 위로 옮긴 황금 주조물: 이 작은 금속 테두리에 보이지 않게 아로새겨진 권능과 질서, 세월의 깊이가 목관을 지그시 물 밑으로 내리누르는 것이죠. 당신은 갑판 위에 드러누워 비를 맞아요. 이마의 상처를 손바닥으로 지압하면서. 젖은 목에서 넥타이를 당기고. 아이처럼 울면서. 이놈들. 이놈들. 울먹이며 중얼거리는 이 사람은 누구냐고. 이 육시랄 놈. 버러지 같은 놈.

물가에서 돌아온 유령 하나가 안채를 헤맨다. 이 귀신은 누구냐? 소리 없이 안채를 걸어 다니는 이 발자국의 주인이 누구냐는 말이다. 문지방마다 뚝뚝 물방울을 떨어뜨리면서. 코쟁이들에게나 어울리는 검은 양복을 빼입고. 이 유령이 찾고 있는 것이 무엇이냐? 복수냐? 목숨이냐? 힘주어 조를 목이나 토막토막 분지를 뼈를 찾는 것이냐? 사람이냐? 제삿밥이냐? 노잣돈이냐? 정체를 밝혀라, 이놈. 불길한 암흑 속에서 당장 얼굴을 드러내란 말이다. 여기가 어딘지 모르느냐? 내 목소리가 들리지 않느냐? 거기 아무도 없다는 말이냐? 옳거니. 네가 누구든지, 나는 알아야만 하겠다. 크고 높으신 조상님들께 맹세컨대, 나는 네 정체를 밝혀야만 하겠다. 일단 누군지 알아내기만 하면, 네놈 갈 길을 똑똑히 가르쳐주마. 거기 그대로 있어라, 미친한 귀신놈아. 내 손으로 직접 너를 저승으로 돌려보내줄 테니.

그래. 얼마든지 잡아가봐라. 나는 귀신이 아니다. 나는 도둑놈이다. 나는 한때 이 집안의 자손이었다. 내가 오늘 이 집안의 재산을 모조리 훔쳐가야겠다. 네가 누구든지, 내 할 일을 가로막지 마라. 나는 여기서 나가야만 하겠다. 미련한 놈들. 버러지 같은 놈들. 이 똥구덩이 같은 집안이 그렇게나 애지중지하는 보물들을 내가 오늘 모두 가져가야만 하겠다. 이것 봐라. 걸쇠를 숨겨두지도 않았구나. 어리석은 놈들. 도둑질 걱정은 생전 해본 적도 없는 것이 틀림없다. 그래, 사방이 가족이고 하나같이 부유하니 누가 육친들의 재산을 탐하겠느냐. 그래서 내가 도둑놈이 되었다. 내가 이 집에서 돈을, 보물들을, 허울뿐인 전통과 한 줌 남은 권세를 모조리 훔쳐가야만 하겠다. 그리고 마지막에는 이 집안의 차남을 훔쳐가야만 하겠다.

어리석은 도둑놈아. 작은놈은 게으르고, 그저 싸움질이나 일삼고, 밖에서 일가 어른들을 만나도 그냥 무시해버리는, 보통 버르장머리 없는 놈이 아니다. 이놈이 얼마나 괘씸한 놈인 줄 아느냐? 머리는 굵을 대로 굵어져서는 가정을 꾸릴 생각일랑 없는지 자기 아비와 이름난 집안만 믿고 벌써 여러 해나 철없이 설치고 있다. 큰놈이 병들어 죽거든 작은놈이 집안을 물려받게 될 텐데, 여간 골칫거리가 아니란 말이다. 내 아비에게서 가장 필요 없는 걸 훔치겠다고 벼르는구나, 멍청한 놈아. 차라리 장남을 훔치지 그러느냐. 이 까다로운 집안이 장남을 얼마나 애지중지하는지 모르느냐? 이 똥구덩이 같은 동네에서는 쥐새끼마저도 아는 사실을 모르느냐? 네 이놈, 외지인이렷다. 이제 곧 쥐도 새도 모르게 잡혀 죽을 테니 솔깃한 제안을 하나 하마. 우리 잘나신 부친께서는 아래로 자식 여섯을 두었는데, 아들놈이라고는 둘뿐이다. 큰놈은 공부를 잘해 수석으로 사범대학에 들어갔다. 어디 머리만 좋을 뿐이냐. 매사에 성실하고, 예의 바르고, 인물도 빼어나 배경 좋은 처자들이 줄을 섰다. 근데 이놈이 어렸을 때부터 시름시름 앓아온 병이 있는데, 대가리가 문제다. 뇌를 너무 많이 쓰고 살아서 그런가? 공부하다 쓰러지고. 걸어가다 쓰러지고. 인사하다 쓰러지고. 여간 나약한 놈이 아닐 수가 없다. 그러니 나이 서른이 다 돼가는데도 제 몸 하나 가누지 못하는 게 아니겠는가. 지난번에는 그 고집불통 영감탱이가 다 큰 아들놈을 들쳐 업고 읍내 의원이며 병원이며 밤새 찾아다니느라 진땀을 뻘뻘 흘렸는데, 그 모습이 얼마나 우스웠는지 아느냐?

그래. 우습다, 우스워. 너희 모두가 우습구나. 우스워서 눈물이 다 나는구나. 너희 집안이 끔찍이도 아끼던 장남. 그 가엾은 사내아이는 지금 어디로 갔느냐? 어디로 사라졌느냐? 저기 물 밑으로 가라앉았다. 단단히 못질한 나무 궤짝 안에 고분고분 틀어 갇힌 채. 같은 방식으로 늪지에 수장된 조상들을 뒤따라서. 부질없다. 다 부질없는 짓이다. 차남아, 내가 이렇게 거울 앞에 서 있으니, 네가 나를 모른다고 우길 작정이냐? 못 알아보겠다고 머리를 돌릴 셈이냐? 나를 봐라. 이제 가자. 그만 가자. 멀리 가자. 아주 멀리. 사람이 살지 않는 곳이면 더 좋고. 그러지 못할 요량이면 우리를 못 알아보는 사람들만 잔뜩 있는 곳으로 가자. 사요나라さようなら, 아버지. 짜이찌엔再见, 어머니. 다 스비다니야До свидания, 누이들. 나는 이따위로 살지 않겠소. 이 집안의 자손으로 남지 않

을 것이고, 이 땅의 주인으로 남지 않겠소. 썩어빠진 전통들을 내 손으로 직접 끊어버리겠소. 천 년 역사는 여기서 끝입니다. 복! 복! 복! 망령들은 돌아가라. 너희가 있을 곳으로. 있어야 할 곳으로. 돌아가라, 돌아가라.

작은 도련님.

안채를 빠져나올 때, 당신은 놀라서 잠시 숨이 멎어요. 안뜰 가득 내려앉은 안개 때문에 달빛은 평소보다 세 배쯤 부풀고 과장된 밝기를 띠는데, 이 풍성한 광자 구름 속에서 하나의 머리가 잘 닦인 도자기처럼 드러나 있죠. 12층 높이 돌계단 아래. 물기를 머금은 망령 하나가 당신을 올려다보고 있어요. 어깨뼈에 매달린 보자기 속에서 금은보화가 몸서리쳐요.

정말로 집안의 망신이 되실 작정이십니까?

당신은 늪지기의 아들을 내려다봐요. 어느 때보다도 엄중하고 의연한 눈길로.

가서 종을 쳐라. 가문에 위기가 닥치거든 누구라도 그러라고 하지 않던.

보자기 끈을 붙잡고 있던 손아귀에서 검지 하나가 홀로 일어나 안개 바깥을 짚어요.

가서 네 할 일을 해라.

늪지기의 아들은 가만히 머리를 저어요.

저 불길한 종은 앞으로도 영영 다시 울리지 않을 겁니다.

당신은 그가 돌계단 옆으로 뒷걸음쳐 물러나는 모습을

봐요.

가세요. 눈감아드리지요.

안채에서 대문까지. 박석을 놓은 길 주위로 물방울이 점점이 떨어져 있어요. 늪지기의 아들이 일부러 피해서 걸어온 흔적이죠. 대문은 솟을삼문 양식: 가운데 칸을 특별히 높이고 맞배지붕을 씌웠는데, 혼령들이 드나드는 출입구로 봉양되었음이 틀림없어요. 당신은 차례나 제사, 기일을 제외하면 종가의 어르신들마저도 평시에는 감히 밟지 않는 돌바닥 위를 걸어가요. 구두 뒤축으로 죽은 조상들의 무지근한 걸음새를 느끼면서. 안뜰을 빠져나와 미로 같은 고가에서 벗어날 때까지, 늪지기의 아들은 말없이 당신을 뒤따라 내려와요. 열다섯 걸음쯤 되는 간격을 두고. 멀찍이 떨어져서. 대화를 나누기에는 아슬아슬하게 모자란 거리예요. 습기로 지그시 눌려 있는 귓속의 박막들. 너희 둘. 돌담 사이 가스처럼 배어 있는 안개 속에서, 귀뚜라미 울음소리가 전류처럼 흐른다. 이따금 택지를 둘러싼 숲속에서 야조가 부스스 날아오르는 소리. 도적들이 활보하기 좋은 밤! 고급 양복을 빼입은 불한당 하나가 금은보화를 이고 유유히 촌락을 벗어난다. 저 도둑놈 좀 봐라. 어찌나 점잖은지 지붕 한번 넘지 않고 두 다리로 터덜터덜 걸어 다니는구나. 심지어 배웅까지 받으면서. 늪지기의 아들이 손수 고택의 정문을 열어줘요. 당신은 들어요. 닳을 대로 닳은 적송 문짝들이 안쪽으로 당겨지며 내는 소리를. 격노와 울분으로 소용돌이치는 노구들의 아우성 소리를. 피하지 않고. 우두커니.

약속 하나만 하시지요.

당신의 가벼운 고갯짓.

죽을 때가 되면 다시 이곳으로 내려오셔야 해요.

한 번.

제가 도련님을 조상님들 곁으로 돌려보내드릴 수 있도록.

두 번.

그것만이 제 일입니다.

이제 그만 가세요, 부곡 아재. 뒤도 돌아보지 말고 떠나세요. 림보에서 나가는 길을 찾기.

2-1. 작은 몸

깨지 마오, 꼬마 영감님. 듣지 마오, 총성을. 듣지 마오, 비명을. 바람은 낮고, 잠은 달구려. 깨지 마오. 부디 깨지 마오. 영취산 산마루, 산두발골 사람들의 무덤. 까마귀 떼가 날고, 늑대들이 우짖는 밤. 골짜기에 울리는 저 망할 잡귀들의 곡소리: 억울하오, 억울하오. 내 이마를 보시오. 내 가슴을 보시오. 진토로도 메워지지 않는 이 박탈륜 안으로, 초여름의 높새바람이 드나드오. 억울하오, 억울하오. 꼬마 영감님, 꼬마 영감님. 산두발골 양민들을 가엾게 여겨주오. 모른 척하지 말고. 자는 척하지 말고. 남은 가족들에게 전해주오. 우리 여기 묻혀 있다고. 우리 50 사람. 아무도 찾지 않는 땅속에. 군경들이 파낸 흙구덩이 안에. 직경 5밀리미터, 차가운 납덩이. 아직도 몸속에 박혀 있어, 우리 혼백을 여기 매어놓고 있다고. 원통하오, 원통하오. 꼬마 영감님, 꼬마 영감님. 여기 이 탄환들을 굽어보시오. 충격으로 우그러진 조약돌 크기의 구리 합금들을. 한때의 열기일랑 일찍이 다 잃고. 나사 모양 강선흔과 병사들의 지문 자국, 화석처럼 간직한 채. 썩은 육신 안에 박혀 식어가며. 냉랭하게 굳어버린 주조 공장의 생산품들. 백골에 부딪히며 깨진 금속들은 닮았구나, 산지에 분연히 피어난 야생화를. 동네 아이들이 꺾어오곤 했던 하늘말나

리야, 애기범부채야. 찌그러지며 열린 총알 머리들을 좀 들여다보시오. 이제 우리 앞에 어둠만이 놓여 있구나. 추위뿐이로구나. 바야흐로 죽음이 성하는구나. 어이하여. 어이하여.

깨지 마오, 꼬마 영감님. 울지 마오, 오늘은. 울지 마오, 장삿날에는. 그늘이 짙고, 구름은 높구려. 깨지 마오. 부디 깨지 마오. 우리는 노래하네. 영감님, 영감님, 우리 꼬마 영감님의 귀에. 그는 그늘 아래 누워 있다네. 때는 오후. 한낮의 햇볕이 뜨겁게 내리쬐는 가운데. 물푸레나무 밑동에 기대어, 기우뚱기우뚱 옆으로 쓰러지는 오뚝이 같은 몸. 행복한 꿈을 꾸시오. 총성은 듣지 말고. 비명은 듣지 말고. 살육의 현장. 뒷산을 물들인 산머루 빛깔의 악몽일랑 쫓아내고. 우리는 기억하네. 아장아장 첫걸음마를 떼던 꼬마 영감님의 모습. 작고 약한 몸통을. 붉은 뺨. 곤히 잠든, 늠름한 가주를 보라. 우리 집안의 자랑, 우리 가문의 희망. 높게 자란 물푸레나무, 나이 많은 형제들의 이름이 새겨진 나무껍질 아래에서. 어린아이 하나가 뒤척이며 잠꼬대를 하네. 형님들, 삼촌들, 아재들. 버리고 가지 마오, 나를. 홀로 남겨두고 가지 마오, 나를. 모두 가오, 어디로. 이 좋은 날에, 이 예쁜 날에. 어이하여. 어이하여.

그리운 형제들이여, 아버지들이여, 살붙이들이여. 보세, 보세. 혈육이 돌아오네. 국방색 제식 전투복을 입고. 위장용 풀잎으로 뒤덮인 방탄모를 덜그럭거리며. 둥근 챙 밑으로 드리운 짧은 그림자. 옅은 어둠 속에서, 하나둘 모습을 드러내는 상악골을 보세. 친애하는 육친이여, 살가죽은 어디에 두고 왔소. 해골들은 대답 없네. 선지처럼 굳은 핏덩이, 탄입대 밑으로 흘러내리고. 카빈 소총 개머리판, 땅에 끌리네. 전쟁이 끝났소? 아주 끝났소? 그렇다면 돌아오라, 친애하는 육친이여. 그리운 세월이여, 돌아오라. 해골 분대, 노래를 부르네: ***Echo. November. Echo. Mike. Yankee. [……] Alpha. Hotel. Echo. Alpha. Delta.*** 또는, **빨갱이들이 내려온다. 빨갱이들이 내려와.** 다른 모든 꿈과 기억, 퇴각 지역에 묻어버리고. 저주에 가까운 전선의 방언, 하나 남은 의무처럼 암송한다네. 어이하여. 어이하여. 듣지 마오, 원혼들의 아우성. 듣지 마오, 저승의 소문. 깨지 마오, 꼬마 영감님. 깨지를 마오.

사수 앞으로.
전방 조준.
격발!

일제사격. 공중에서 나란히 줄을 맞춘 총부리 끝에서 불꽃이 튀어요. 5밀리미터 규격의 탄환들이 껍데기를 벗고 앞으로 튀어 나가요. 이들의 황동 몸통은 아직까지 포화에 휩싸여 있고, 총열을 빠져나가는 동안 나사 모양의 거무스름한 흠집을 뒤집어써요. 가늠좌로 고정된 10미터의 길이의 비좁은 사로. 탄환들은 자기 앞의 공백을 뚫고 날아가 표적에 들어맞아요. 밧줄 또는 철사에 손목을 묶인 채 무릎 꿇린 육신들이 총격으로 우수수 무너져 내리죠. 이들 뒤로 깊은 토굴이 파여 있어서, 대부분 그 안으로 굴러떨어져요. 드물게 앞으로 고꾸라진 몸뚱이들은 장교가 다가와 밀어 넣어요. 아직까지 숨이 붙어 있던 표적들마저도, 그들의 어깨를 걷어차는 군홧발에 떠밀려 매장지 밑으로 내려 박히지요. 이 장면은 아주 느린 속도로 되풀이돼요. 그런데 당신은 영취산 골짜기 근처에 가본 적도 없다는 사실을, 지금 다시 상기하셔야 해요. 다시 말해, 이 참사를 오직 상상에 기대어서만 떠올릴 수 있다는 말이에요. 당신의 창의적인 두뇌가 트라우마를 다스리는 한 방편인 셈이지요. 정신 질서를 위협하는 끔찍한 사건을 계속 떠올려보게 만들기. 이런 과정에서 끊임없이 귀환하는 악몽과 친구가 될 수 있다면 어때요? 지금 당신이 나무 밑동에 머리를 대고 있는 쪽, 이른바 측두엽 내부에서 움찔거리는 가짜 사실들. 회백질로 이루어진 기억의 현관에서, 지금 다시 병사들이 총부리를 들어 올려요. 맞아 쓰러졌던 사체들이 어느새 다시 구덩이 입구에 무릎을 꿇고 있지요. 매장지 깊숙이 곤두박질쳤던 궤적을 거꾸로 되감아 돌아와서. 또 한 번, 총성.

마침내 잠이 좀 달아나요. 꿈속의 소리가 잠시 바깥으로 새어 나온 걸까요? 머리 위로 한 무리의 까마귀 떼가 날아올라요. 시끄럽게 울면서. 울창하게 자란 솔송나무 숲 사이로 사라져버리지요. 당신은 눈매를 따라 굳어 있는 눈곱들을 정리해요. 잠들어 있는 동안 해가 많이 움직였어요. 아직

내려갈 시간은 아니지만, 가솔이 오늘도 돌아오지 않을 거라는 사실만은 뚜렷해 보여요. 어른들은 남쪽으로 피란을 가며 약속했었죠. 언젠가 전쟁이 끝나면 반드시 돌아오겠다. 바로 이곳, 물푸레나무 밑에서 다시 만나자. 한편, 징집된 형제들은 그와 같은 약속을 말씨 따위가 아니라 글자로 남겼어요. 당신이 기대어 앉아 있는, 나이 많은 수목의 겉껍질에 자기 이름들을 하나씩 적어주었죠. 우리가 어디에서 싸우든지, —**증식曾植**— 우리의 고향은 이곳뿐이고, —**정식正植**— 비록 몸은 멀리 떠나더라도, —**원식原植**— 영만은 여기 남기고 가니, —**윤식尹植**— 얘, **경식瓊植**아, 너는 혼자가 아닐 것이다.

목소리들. 시간이 지나면서, 형제들의 음성은 차츰 음향학적 충실도를 잃어버리게 되었어요. 그들 각자의 성대 떨림을 구분해주던 진동의 모양과 높낮이가 모조리 실종된 지금은, 하나의 웅얼거림만이 귓가에 남아 있을 뿐이에요. 그렇지 않아요? 당신은 이처럼 불분명한 음절들에 이런저런 음가를 새로 붙여봐요. 그러지 않으면 최후에는 형제들이 약속을 했다는 사실마저 손실되고 말 테니까. 그러나 시간 속에 방기되어 있는 다짐들, 맹세가 끝끝내 시효를 잃어가요. 다가오는 겨울의 얼굴을 알아보시겠어요? 며칠 이내로 늪지기들이 갈탄을 나르겠지요. 주물 난로의 아가리 주위에 삼삼오오 모여 앉을 그림자들을 미리 떠올려보세요. 늪지기들이 추위를 죽이는 동안, 멀리 전선에서는 사람을 연료로 쓰겠지요. 늪지기들은 당신 몰래 뿔 난 도깨비나 늑대 이야기를 속닥거리곤 했어요. 전말을 엿듣기 전까지, 당신은 그처럼 무시무시한 존재들이 남하하고 있다는 사실을 몰랐어요. 일종의 소외. 아직 어리다는 이유로, 무지함이 안전을 보증해줄 거라고, 어른들은 판단했던 것이지요. 당신은 이제 봐요. 늪과 고을이 모두 내려다보이는 이 높은 벌 언덕배기에 서서. 북쪽에서 꽹과리를 두들기며 내려오는 이북의 괴물들. 이에 맞서 형성된 수십 개의 저지선. 형제들은 총칼을 닦거나, 포격을 피해 참호 밑에 웅크려 있겠지요. 지금 불고 있는 바람에게 물어봐요. 바람이시여, 만약 그대가 전선을 지나오는 참이라면, 나에게 들려주오. 형제들의 소식을, 목소리를, 꿈을. 천식과 폐렴, 기흉으로 오그라진 행려병자의 허파를 상상해보세요. 비록 바람이 그처럼 부실하고 허전한 음색으로 속삭일지언정, 이 떠돌이 전령의 입술이 열리도록 만들어야 해요. 예의 바른 바람은 들릴 듯 말 듯 나지막한 음높이로나마 전선의 소식을 들려줄지도 몰라요. 예컨대, 다음과 같은 목소리를 흉내 내기. ***경식아, 경식아. 빨갱이들이 내려온다. 빨갱이들이 내려와.*** 쿨럭임, 밭은기침, 떨림과 기관지 저림. 바람의 억양은 단단한 음절로 조형되지 못하고 금세 허물어질 뿐이지만, 이와 같은 중언부언 따위 몇 번이고 다시 들을 수 있지 않겠어요. 당신께서 원하신다면, 얼마든지. 무엇이든 일단 한번 반복되기만 하면, 리듬을 붙이는 건 일도 아니에요. 이미 하나의 음악이나 다름없는 당신 가문의 혈통과 의례에 따라, 간단히 되감기 장치만 상상할 줄 알면 되죠. 먼 미래에나 발명될 이 약식 용수철 단추는 복잡한 조작법조차 요구하지 않아요. 기실 너무나도 다루기 쉬워서, 늙은 아브라함마저도 수메르인 혈통을 배신하라는 어느 이방인 신의 속삭임을 얼마든지 다시 들어볼 수 있었지요. 손가락 인대를 살짝 움직이는 동작만으로, 바람이 다시 말하게 만들어보세요. 너무 빠르지 않게. 그러나 충분히 강하게. 무한히 줄이 달린 현악기를 연주하듯이. 당신의 손목이 이미 줄감개집이고, 보이지 않는 공중의 선들이 거미줄 패턴으로 매달려 있어요. 세상은 가장조로 다시 조직되어야만 하고, 바로 당신께서 기준음 라를 물려받았으니. 이 엄숙하고 고귀한 음악적 권능에 따라, 이미 지나갔던 바람이 보이지 않는 손아귀에 붙들려 돌아와요. 그리고 이르기를, ***경식아, 경식아. 빨갱이들이 내려온다. 빨갱이들이 내려와.*** 이어서, ***Echo. November. Echo. Mike. Yankee. [……] Alpha. Hotel. Echo. Alpha. Delta.*** 행간이 짧고, 경직된 어조로 지시되는 군사용 전보 신호예요. 당신은 긴급하게 반복되는 교신 내용을 그만 손에서 놓아줘요. 그리고 정적이 다시 돌아오지요.

사수 앞으로.
전방 조준.
격발!

고정사격. 학살에 사용된 총의 기종은 모두 6종으로 파악

돼요. 38구경 리볼버, 브라우닝 M1919 기관총, 콜트 M1911, M1 카빈, M1 개런드. 탄약을 아끼려고 군용 대검으로 급소를 찌르고, 땅굴에 몰아넣은 다음 MK2 세열 수류탄을 터뜨리기도 했죠. 소이탄은 몇몇 장소에서 사체를 소각하기 위해 점화되었어요. 황린 냄새. 산화철 화염은 섭씨 3천 도까지 타오르고, 이 고열의 지옥 속에서 무기력하게 숨이 끊어진 송장들. 불길은 육신뿐 아니라 영혼마저 불사를 만큼 맹렬하게 타올라요. 고주파의 비명. 이들이 내지르는 음향은 고막을 거치지 않고 곧장 두개골 안으로 찔러 들어와요. 물성을 따질 수 있다면 몹시 날카롭고 가느다란 바늘과 같지요. 외상 봉합에 쓰는 의료용 도구. 침 또는 거의 가시 같은 가늘기의 인공 주물이 대뇌피질들을 꿰매고 다니는 느낌. 전쟁이 발발하기 이전에는, 영취산 산중 사찰의 주지 승려들이나 이름난 만신들만이 이같이 끔찍한 골전도 현상을 체험할 수 있었지요. 지금은 남쪽으로 피란을 가지 않은 16개 고을의 모든 식솔이 밤낮으로 가위에 눌려요. 그토록 많은 전쟁 병기가 표적을 정확히 겨냥했다는 사실을 잊으시면 안 돼요. 저 수입산 무기 목록이 죽은 보도연맹 회원들의 직접적인 사인이 되었다는 사실 말이에요. 오늘도 고가 앞에 몰려와 있는 유족들을 보세요. 50여 명은 영취산 뒷산에서 총탄에 맞아 쓰러졌고, 150여 명은 여섯 대의 트럭에 실려 남해안 끄트머리로 끌려갔어요. 군경들은 암석 벼랑 앞에 네다섯 명을 세워두고, 한 사람을 쏘아 맞혔죠. 그가 총격에 떠밀려 추락하면, 밧줄로 굴비 꿰듯 엮인 나머지 사람들도 저절로 끌려가 떨어졌어요. 군경들은 총살당한 시신을 영취산 어디에 매장했는지 알려주지 않았어요. 군용 트럭 여섯 대의 행방에 대해서도 똑같이 입을 다물고 있지요. 유족들은 매일 당신에게 찾아와 외쳐요. 원통하오. 원통하오. 목울대가 아니라 쇠붙이를 긁어서 발음하는 사람들처럼. 안간힘을 다해 쌕쌕거리면서. 쉬어빠진 음성들은 깊숙한 지하 공동에서, 바다 밑바닥에서 실종된 가족을 잠깐씩 끌어 올려요. 지금쯤 부패성 종창으로 뒤덮여 있을 무기명 송장들의 후두 기관과 닮은 소리를 내거든요. 이를테면 억울하오, 억울하오.

그만들 하시오! 우리 영감님도 힘이 없다니까.

이번에도 늪지기들이 나서요. 이들은 당신의 사지를 붙드는 손아귀들을 하나씩 뿌리쳐줘요. 당신은 매일 아침 살그머니 고가를 빠져나와야 했는데, 바로 이런 일들 때문이었어요. 아무도 찾지 않는 높은 벌 언덕배기에 앉아 종일 시간을 죽여야 했던 까닭이죠. 늪지기들이 제안한 일이었어요. 고가에 머물러 있다는 사실을 알면, 유족들이 계속 찾아온다는 이유로. 인파를 돌려보낼 구실이 필요했던 것이죠. 당신을 대문 안쪽으로 떠미는 손. 유족들을 가로막고 서서 버티는 넓적한 등판들. 당신은 종종 당신을 뒤돌아보는 늪지기들의 눈에서 책망과 피로감을 읽어내요. 모두 당신이 너무 일찍 돌아와서 생긴 일들이죠.

영감. 뭐라 말씀 좀 해보시오. 어떻게 국군이 국민을 잡

아 죽일 수가 있소?

늪지기가 뒤도 돌아보지 않고 말해요.

영감님, 어서 들어가시지요.

이번에는 다른 유족이 앞으로 나서요.

보시오, 영감. 기축년 여름에 이 나라 관리가 직접 사람을 모았소. 사람을 모으면서 그랬소. 반공 단체에 가입하면 양곡을 주고 생필품을 주겠다고. 내 자식이 다섯인데, 막내 딸 말고는 모두 줄 서서 이름을 썼소. 아무것도 모르는 아이들이었소. 그런데 사변이 터지니까 군경들이 와서 아이들을 끌고 갔소. 다시 좌익으로 전향할지도 모르니까 사상 교육을 하겠다고. 형식적인 거라고. 그게 7월이었는데 몇 달이 지나도 아이들이 돌아오지를 않소.

당신은 이 사람의 얼굴을 똑바로 봐요. 만사가 이미 시시해져버린 사람. 부동 상태의 이목구비에서 무감한 표정만이 읽혀요. 이 사람도 한때는 분노에 휩싸였겠죠. 그런 다음에는, 어김없이 비탄에 몸서리쳤을걸요. 격통 속에서 끝끝내 단장이 끊어진 사람들. 최후에는 누구나 이 사람과 같은 안색에 다다라요. 황달을 앓는 부처의 용안과 같아지는 것이죠. 그러나 이들은 해탈이나 구원 따위에는 관심이 없어요. 단 하나의 열망을 이루기 위해 살 뿐이죠. 그 열망이란, 세상이 잉걸불 속에서 불타 없어지는 모습을 직접 목격하는 거예요. 양쪽 뺨 위에 새겨진 길쭉한 홈이 씰룩여요. 남김없이 불태울 세상의 잿개비로 미리 얼굴을 칠한 사람들.

영감 집안은 대대로 이 땅을 다스려왔소. 변고가 있을 적마다 이 땅의 모든 이가 나서서 영감의 땅을 지키려고 싸웠소. 침묵이 영감의 대답이오? 영감을 홀로 남겨두고 남쪽으로 도망간 촌로들이 돌아올 거라고 믿으시오? 그 비겁한 양반들과 같은 패로 남을 작정이오?

늪지기가 당신의 입장을 대변하고 나서요.

그럼 자네는 우리 영감님이 군부대라도 찾아가 모든 진상을 밝혀주길 원하나? 사변이 나지 않았다면 영감님은 6학년이 되었을 걸세. 아직 국민학교도 나오지 못한 어린아이라는 이야기야. 계신 곳에서 할 말은 아니네만, 영감님이 물려받으신 가주 자리도 임시 감투에 지나지 않는다는 사실을 왜 모르는가? 군경들이 제대로 들어주기나 할 것 같은가?

유족은 당신을 지목하며 늪지기에게 말해요.

직접 영감에게 여쭤보게. 선친께서 언제 장가를 가셨고, 가정을 차리셨는지 말이야. 자네야말로 영감을 너무 어린애 취급하고 있지는 않은가? 불과 10년 전까지만 하더라도, 이 집안의 예비 가주들은 소학교를 졸업하면 곧바로 혼례를 올리지 않았나. 게다가 어리긴 해도 어엿한 지주가 아닌가. 지주가 지주 노릇을 못한다면 어찌 섬기고 따르겠는가?

당신은 앞쪽으로 무게가 실리는 늪지기의 어깨를 붙잡아요. 부산하게 여닫히던 수십 꺼풀의 후두덮개가 일시에 움직임을 멈추고, 마침내 혼란의 징후와 재료들: 과잉 강조, 음절 착오, 말더듬, 무의미한 반복이 모두 잦아들어요. 늪지기들이 눈빛으로 불안을 드러내는데, 당신은 간단한 동작 하나로 이들의 밝기를 한꺼번에 꺼뜨려요. 시간을 되돌리는 음악적 상상력— 먼 미래에 발명될 오디오 조작법에 따라, 손가락 인대를 그냥 살짝 움직이기만 하면 되죠. 너무 빠르지 않게. 그러나 충분히 강하게. 전쟁은 많은 것을 당신과 당신 가문의 손아귀에서 빼앗아갔지만, 이 같은 권한만은 아직 무위로 돌아가지 않았어요.

그만들 하세요. 광산댁 말이 옳습니다. 의무가 나이를 가리지 않는다는 사실에는 동의합니다. 또, 제가 어떤 처지에 놓여 있는지는 여기 있는 누구보다도 제가 가장 잘 알고 있어요. 다만 아재들 말에도 일리가 있습니다. 저들이 숨기고 싶어 하는 치부를 스스로 밝히라고 요구하는 일은 그리 현명한 처사는 아닙니다. 전시에는 언제나 무기를 쥔 자들에게 힘이 있습니다. 우리가 또 다른 화를 자초할지 누가 알겠어요. 일단 전쟁이 끝나고 나면 저들에게 직접 책임을 묻겠어요. 약속합니다. 지금은 살아남기 위해 서로 의지해야 해요. 도와주세요.

웅변이 효과가 있었어요. 유족들이 하나둘 발길을 돌리는 모습을 봐요. 저 깡마른 어깨 골격들은 얼마간 더 무기력한 기울기로 늘어져 있겠지만, 드디어 대문 앞에도 햇볕이 좀 쬐겠군요. 당신이 직접 몰아내셨어요. 당신이 몸소 납득시키셨다고요. 표적을 잃고 씰룩거리는 울분과 증오의 그림자들을 마저 좇아내세요. 대문 아래, 하부 궁판에 앉은 성에가 녹아서 흘러내려요. 돌담 주위, 그늘 걷힌 자리마다 작은 웅덩이가 고이는데, 땅 위로 돌출된 광천 수맥의 노두처럼 하나같이 반짝이지요. 어디선가 박새들이 날아와서 물을 쪼아 마시고, 이 짧고 검은 부리들 위에 잠시 물기가 머물러 있어요. 새들은 좀처럼 경계를 푸는 법이 없어서, 머리를 가누는 각도가 시시때때로 뒤바뀌지요. 곧이어 어떤 순간이 찾아와요. 아주 짧은 순간. 새들의 두개골이 몸통 기준 둔각으로 꺾였다가 재빨리 예각으로 되돌아오는 순간. 입가에 머금은 물기 가득 자외선이 맺히고, 이 날카로운 빛이 하나의 파상으로 수집되어 당신의 망막 깊이 찔러 들어오는 순간. 당신은 홀연 통곡하게 돼요. 늪지기들이 다가와 당신을 가려주지요. 말없이. 체면을 지켜주려고. 가장 나이 많은 늪지기가 당신의 등을 토닥여요.

무슨 배짱으로 그런 약속을 하셨습니까. 이런 시기에 누굴 돕겠다고요.

겨울바람으로 맞배지붕의 기와가 들썩이는 소리.

언제까지나 어린애로 남아 있을 수는 없어요.

겨울바람으로 맞배지붕의 기와가 들썩이는 소리.

어른들이 돌아오지 않는다면 제가 어른이 되어야만 해요.

겨울바람으로 맞배지붕의 기와가 들썩이는 소리.

아재들이 좀 도와주세요.

겨울바람으로 맞배지붕의 기와가 들썩이는 소리.

한 번 더.

두 번 더.

세 번 더.

그만. 이제 안채로 돌아가자, 안채로 돌아가.

사수 앞으로.

전방 조준.

격발!

제압사격. 사변 발발 직후, 16개 고을을 대상으로 대규모 대피령이 떨어졌어요. 기억하시지요? 고집스러운 집안 어른들마저 피란길에 올라야만 했던, 지난여름 마지막 소개 작전 말이에요. 이 일대가 모조리 쑥대밭이 될 거라고 엄포를 놓았던 국군 장교의 예상과 달리, 고가 안의 목조 가택들은 총알 한 발 맞지 않았어요. 습지 가장자리, 외곽 지대의 마른 토양 밑에 심긴 속씨식물들의 배젖과 포자낭조차도 화약 냄새 한번 들이마시지 못했지요. 전쟁의 눈길은 줄곧 가마골 사람들을 가늠하고 있었어요. 여기서 남쪽으로 21.3킬로미터쯤 떨어져 있는 강변 마을. 당신도 들어본 적 있으실걸요. 세보에 따르면, 한때 당신 선조들과 함께 고가에 머물렀던 또 다른 혈족이 그곳으로 터전을 옮겼죠. 떠나간 피붙이들은 강변에서 새로 기반을 쌓고, 본가와 구분되는 전통을 만들어나갔어요. 이후 두 집안의 왕래가 끊기면서, 당신들은 아주 다른 집단이 되어버렸죠. 고가의 어르신들은 먼 친척들을 혈족으로 인정해주지 않았어요. 그러므로 당신과 성이 같은, 대문 바깥의 모험가들은 암암리에 전설로 회자되곤 했지요. 당신과 형제들은 물론, 누구도 허락 없이 고가를 떠날 수 없었으니까. 그와 같이 케케묵은 금기에 대고 침을 뱉는 일이야말로 불후의 업적으로 남을 수 있지 않겠어요. 그래서 친척들은 언제나 신체의 한 부위로 당신 마음속에 나타나곤 했어요. 한 번도 본 적 없는 얼굴을 상상해볼 수는 없었을 테니까. 견갑골 밑으로 나왕 각재처럼 돌출된 부속기관 하나를 대신 떠올려보는 것이죠. 팔뚝은 단단한 구조물이에요. 팔뚝은 일꾼처럼 생각하고, 일꾼처럼 움직여요. 팔뚝은 건축자재를 옮기거나 못 자리를 찾으며, 물구나무서서 걷느라 힘을 낭비하지 않을 거예요. 사실이죠. 창조자의 기계. 당신은 죽기 전에 반드시 그들을 두 눈으로 확인하고 싶어 하셨죠. 그렇다면 꼬마 영감님께서 원하시는 대로, 이루어드리리다.

저기 고가 앞으로 몰려와 있는 수척한 그림자들을 좀 보세요. 가마니를 뒤집어쓰고 대문을 두드리는 거지 무리를 좀 보시라고요. 늪지기들이 이미 대문 뒤에서 자리를 지키고 있어요. 하나같이 목봉을 들었는데, 식량 수탈에 대비해 무장을 한 것이죠. 대문 가까이 다가갈 때, 늪지기들이 당신을 불러요. 늪지기들은 머리를 가로젓거나 얼굴 근육을 찡그리는 방법으로 당신에게 신호를 보내요. 바깥 사람들에게 인기척을 들키지 않으려고. 그럼에도 당신은 조심조심 앞으로 다가가요. 빗장나무가 널문 안쪽으로 쏟아지는 인력을 견

며내느라 마구 덜컹거리고 있어요. 당신은 이 노령의 목공품을 부드럽게 쓰다듬어봐요. 한 그루의 수목이 당신 가문 밑에서 봉사한 시간의 양. 측량 불가능한 흐름이 손바닥 안에서 까마득히 반복되는 감각. 자신을 깎고 다듬은 목수가 죽은 뒤에도 이 기물은 얼마나 많은 선조의 죽음을, 늪지기의 죽음을 지켜봤을까요? 전쟁이 발발하기 전에, 학교에 다니던 아이들은 동아줄을 돌리면서 어울려 놀았지요. 한 사람이 줄 안으로 뛰어 들어오면, 언제나 이런 노래가 시작되었어요.

꼬마야 꼬마야 뒤를 돌아라
꼬마야 꼬마야 땅을 짚어라
꼬마야 꼬마야 만세를 불러라
꼬마야 꼬마야 잘 가거라

이 노래는 절대 끝나는 법이 없었어요. 반복, 반복, 반복뿐이죠. 돌림노래. 수업 시간에, 음악 선생님이 그와 같은 노래 형식을 알려주었던 기억이 나요. 너무 지치거나 부모가 찾는 까닭에 대오에서 이탈하던 아이들도 종종 있었지만, 노래만은 끝나지 않았어요. 당신은 당신 차례가 오기만을 초조하게 기다리곤 했죠. 그러나 당신 차례는 한 번도 오지 않았어요. 체면을 지키느라 줄 안쪽으로 뛰어들기를 고민하는 동안 이미 날이 다 졌으니까. 줄을 돌려줄 친구들마저도 집으로 돌아가야 했던 것이죠. 마침내 당신은 알아차려요. 꼬마 영감님, 당신 차례가 왔음을. 수백 년을 빗장나무로 지낸 어떤 수목의 관점에서는, 당신 가문의 모든 가주가 꼬마나 다름없죠. 마지막 꼬마가 당신을 남겨두고 떠났으니, 이제 당신께서 노래를 이어가세요. 어른들은 가윗사람들이 대문 바닥의 원산석을 감히 건너지 못하도록 엄금했지만, 보세요. 이제 누가 어른인가. 누가 뒤를 돌아야 하고, 누가 땅을 짚어야 하는가. 만세를 부르세요. (만세!) 침을 뱉으세요. (퉤!) 빗장나무를 밀어 올릴 때, 목공품이 낮게 울어요. 전율.

대문을 열자마자 꼬질꼬질한 손과 발이 앞다투어 들어서요. 이 굶주리고 여윈 식객들은 곡식 창고로 달려드는 대신 당신 앞에 쓰러져 누워요. 당신은 무릎 힘에 기대어 서 있는 한 사람에게 다가가요. 애써 품위를 잃지 않으려는 이 사람이 아마도 나머지 행렬을 이끌고 오지 않았을까요? 늪지기들이 그를 부축해 앉히려고 팔을 붙잡을 때, 당신은 유례없는 충격으로 잠시 얼이 빠져요. 정신의 암전. 경미한 현기증. 턱뼈와 연결된 가느다란 근육들이 귓속에서 끈처럼 늘어나요. 이 기이한 소음이 주의를 되찾아주죠. 알아보시겠어요? 당신이 자랑스럽게 상상하곤 했던 대문 바깥의 팔뚝이 몸통에서 뜯겨나간 자리. 아주 오래전에 갈라섰던 당신의 머나먼 친족이 하나 남은 팔로 당신을 끌어안아요. 머리 위에서 나긋한 음성이 내려와요.

애야, 어른들은 다 어디 가셨니? 여기 너뿐이니?

당신은 대답하지 못해요. 대신 손으로 그의 팔을, 아니,

한때 그 사물이 매달려 있던 자리를 더듬어봐요. 믿기지 않는 듯이. 50구경 총알이 긁고 지나간 자국이에요. M2 브라우닝 중기관총의 위력이죠. 당신은 이모인지 고모인지 어떻게 불러야 할지 알 수 없는 이 친족의 잃어버린 팔뚝 위에 지그시 손힘을 새겨요. 말하자면, 공백에 리듬을 표기하기. 손가락 인대와 손목의 뼈를 이용해 조합된 간단한 동작 하나로, 시간을 되돌려보려는 것이죠. 아주 섬세한 움직임. 너무 빠르지 않게. 그러나 충분히 강하게. 물론 대구경 총탄에 찢어발겨진 근육과 골격은 결코 되돌려질 수 없지요. 그건 세계를 지탱하는 가장 우세한 물리법칙을 거스르는 일이니까요. 오히려 거꾸로 반복되는 건 어떤 굉음이에요. 정지 비행 중인 맹금류를 빼닮은 비행 물체들이 당신 머리 위로 아슬아슬하게 날아가는 소리. 손아귀 가득 땀이 쥐어짐. 단단하고 매끈한 질감의 경합금으로 조립된 고성능 전투기들이 불을 뿜고 나면, 저 앞에서 흰옷을 입은 몸뚱이들이 우수수 쓰러져요. 네, 가마골 사람들이죠. 한두 사람이 아니에요. 열댓 사람도 아니죠. 아무렴, 수백 사람이 그렇게 죽어요. 한편, 미 공군 제8폭격대대 소속 F-80 조종사들은 격납고로 돌아와 아래와 같은 폭격 기록 문서를 제출해요.

목표 지점으로 가서 멜로우와 접속하였음. 멜로우가 마산으로 가서 한국 시간 9시 28분에 모스키토 보드빌과 접속할 것을 지시하였음. 목표로 마을(35°25N-128°32E)을 지정받았음. 마을과 마을 안에 있는 적군에 대해 로켓 공격 및 기총 사격을 실시하였음. 공격 이후 화재가 관측되었음. 공격의 결과, 손상 정도는 확실하지 않음. 공격 시간은 한국 시간 10시 10분임. 로켓 8개를 싣고 돌아옴.*

기록에 의하면 제8폭격대대 소속의 F-80 폭격기 4대가 8월 11일 오전 9시에 출격하여 10시 10분에 좌표 35°25N-128°32E에 위치한 마을과 부대에 로켓 공격 및 기총 사격을 했어요. 이 좌표는 강변에서 약 2킬로미터 거리에 있는 가마골 일대를 가리켜요. 당신의 먼 친척들이 일가를 이루었던, 야트막한 대지. 축척비가 낮은 수직 시점의 군사 작전 지도 안에서, 가마골은 지붕 없이 열려 있고요. 솥뚜껑과 닮은 이 초겨울 노지 위로 전투비행 편대가 다가오지요. 당신은 들어요. M2 브라우닝 중기관총의 약실이 총신 안으로 대구경 예광탄을 밀어 올리는 소리. 127밀리미터 무유도 로켓의 연료 탱크 내부에서 고체 가스가 점화되는 소리. 머나먼 하늘 위에서 화물 컨테이너의 격벽이 아래로 열리는 소리. 누에고치 같은 적란운 사이로 454킬로그램 항공 폭탄의 탄두가 하나둘 머리를 드러내요. 지상의 적들을 남김없이 소탕하려고. 수백 구의 주검이 벌판 위에 드러누워 있어요. 아

* Mission Summary, 11. Aug. 1950., 8th Fighter Bomber Squadron, 49th FBG, Mission Rpts. 1950, Mission Reports of U.S. Air Force Units during the Korean War Era, Records of the U.S. Air Force Commands, Activities and Organizations, Box 8, RG 342, NARA.

직까지도. 수습되지 않은 채. 빼곡한 간격으로. 공격 이후 화재가 관측되었음. 손상 정도는 확실하지 않음.

당신은 머리를 들어 당신의 친족을 올려다봐요. 동시에, 앞서 죽은 이들로부터 물려받은 용모를 알아보죠. 늪지기들은 당신 몰래 뿔 난 도깨비나 늑대 이야기를 속닥거리곤 했어요. 그렇죠? 전말을 엿듣기 전까지, 당신은 그처럼 무시무시한 존재들이 남하하고 있다는 사실을 몰랐어요. 당신은 이제 봐요. 습지와 경계를 맞대고 있는 고가 입구에 서서. 굶주리고 여윈 친족의 얼굴. 꽹과리는 물론, 당신을 위협할 어떤 무기도 집어 들 수 없는 팔심으로 당신을 달래고 있는 적군을. 공습 작전을 성공적으로 완수한 조종사들의 시점에서, 가마골 사람들은 뿔 난 도깨비나 늑대로 식별되었어요. 그러나 이 괴물은 당신과 출신이 같아요. 당신과 마찬가지로, 선조들의 용모를 유산으로 물려받았죠. 당신과 마찬가지로, 고토 바깥으로는 한 걸음도 내디뎌본 적 없고요. 멀리 전방에서, 기름때로 검게 착색된 손가락들이 서둘러 움직여요. 총열 내부를 솔질하며, 당신의 형제들이 경고해요. 경식아, 경식아. 핏발이 불거진 눈으로. **빨갱이들이 내려온다. 빨갱이들이 내려와.** 이어서, ***Echo. November. Echo. Mike. Yankee. [……] Alpha. Hotel. Echo. Alpha. Delta.*** 한편, 머리 위로 날아다니는 전투기들은 끊임없이 표적을 물색해요. 이른바 공중 요새들이 위상학적 지정 주소에 따라 목표물을 판별하고 지시하죠. 당신을 가주로 지목했던 안채 위의 어르신들처럼. 어른들의 기준. 어른들의 안목. 어른들의 명령. 이런 참사들 앞에서도 여전히 전통에 따르시겠어요? 과거와 현재를 술래 삼아—양쪽 시간대 사이에서—팽팽하게 잡아당겨진 혈관 하나. 노끈만큼이나 질긴 이 아미노산 줄기는 살아 있는 조직처럼 꿀꿀거리며 맥동하고 있어요. 셀 수 없이 많은 선조가 머리 숙여 줄 안으로 뛰어들었다가 재빨리 뛰어나가는 모습. 잘 가거라. 잘 가거라. 이제 누가 들어올 차례죠? 누가 뒤를 돌고, 누가 땅을 짚고, 누가 만세를 부를 차례냐고요. 당신은 이 지긋지긋한 돌림노래에서 음가를 탈락시키고 싶다고 생각해요. 혀를 눌러서 발음하는 폐음절 어근, 앞서 존재했던 선조들의 이름을 모두. 망령들의 음성이 사라지고 줄을 넘기는 동작마저 멈추도록. 술래 없이 방치된 옛날 놀이로 전락해버리도록. 전설 나부랭이가 되어버리도록. 찬양과 흠숭의 노래들은 이제 그만. 마지막 줄넘기 놀이를 시작하세요.

사수 앞으로.
전방 조준.
격발!

계획사격. 오늘 아침은 잠자코 실내에 머물러 계시는 게 좋을걸요. 안채의 가로닫이 골판문을 열었다가는 그대로 얼어붙고 말 테니까. 날씨를 좀 살펴보시겠다면, 겉창만 살짝

들어 올리는 것으로 충분하죠. 돌쩌귀에 창틀을 걸고, 내리닫이 밑으로 머리를 밀어 넣어보세요. 안채의 얼굴이 한기 속에서 몸을 떨며 깨어나요. 이 전통 가옥의 개구부 밑으로 새끼손가락 높이의 눈이 말없이 쌓여 있어요. 문살을 가로지르는 격자무늬 뼈대 안쪽 빈칸마다 얼음이 얼어 있고요. 이어서 비탈진 택지를 내려다보면, 수십 채의 맞배지붕이 백지처럼 흰 눈을 머리에 이고 있는 모습. 고가 아래, 습지 쪽에서 바람이 불어와 눈가루가 흩날리는데, 이들 가운데 몇몇은 당신에게까지 날아와요. 당신은 얼른 창문을 닫지만, 이미 눈썹이 물기로 반들거려요. 밤새 늪지기들이 번갈아 장작을 태운 까닭에, 아직까지 온기가 남아 있는 것이죠.

하지만 이보세요, 꼬마 영감님. 북방의 다른 눈썹들은 형편이 달라요. 호리호리하게 굽은, 등걸숯 같은 눈썹들이 눈보라 속에서 백발로 세어가는 모습. 털끝마다 고드름이 매달리고, 얼어붙은 모낭들이 저절로 떨어져나가는 그곳에서, 이 참을성 강한 눈썹들은 몸을 녹이기는커녕 눈송이 한번 떨어낼 기회조차 받지 못했지요. 우리 국토의 머리를 가르는 두 줄기의 강이 단단하게 얼어붙을 때까지. 마침내 이 널따란 얼음판 위로 조명탄 한 발이 솟아올라요. 눈발을 거슬러 거꾸로 날아오르는 붉은 새처럼. 지상의 모든 눈시울 아래 적색 궤적을 남기면서. 죽은 자들의 눈자위와 산 자들의 눈자위가 공평하게 불타오르는 순간. 앳된 소년 하나가 일어나, 눈 더미 깊이 고정되어 있던 군기를 집어 들어요. 군기의 남은 부분. 아직 눈발로 덮이지 않은 피륙 끄트머리에서, 오각 별 하나가 위태롭게 떨고 있어요. 출혈성 수포로 뒤덮인 동상 환자의 손마디들이 깃발로 다가가요. 눈을 떨어낼 때마다 손가락도 뚝뚝 부서져 떨어지는데, 누구도 소리를 지르지는 않아요. 누구도. 눈발에 파묻힌 네 개의 별을 마저 되찾을 때까지. 이렇게 붉은 깃발이 상징을 되찾자, 어린 기수가 매복 명령을 처음으로 어겨요. 군열 앞으로 나선 소년이 바르르 떨리는 목소리로 외치기를, **칠라이qǐlái, 칠라이qǐlái!** 이어서 눈밭에 웅크려 있던 노병들이 일어나며, **진공jìngōng, 진공jìngōng!** 마침내 젊은 장교들이 오망성 훈장으로 빛나는 가슴을 내밀며, **치푸 저우qíbù zǒu, 치푸 저우qíbù zǒu!** 하늘 위의 불빛을 뒤쫓아, 다른 불빛들이 하나둘 뒤이어 하늘로, 하늘로! 그리하여 20만 군인이 처음 강을 넘은 이후, 자그마치 115만 명의 중국인이 이북의 전선들을 밀어내기 시작했죠.

물론 당신은 아무것도 몰라요. 아직은 알 수 없죠. 전쟁이 끝날 때까지, 어느 신비로운 습지와 장엄한 유산들은 털끝 하나 다치지 않을 테니. 그러나 가장 큰 위협들은 언제나 부지불식간에 찾아오지 않겠어요. 이를테면 당신이 잠든 사이에. 무방비한 상태에 놓여 있을 때. 예컨대, 고가 내부의 비탈진 오솔길을 따라 허겁지겁 달려오는 늪지기들을 보세요. 당신의 운명이 자기 발로 당신을 찾아오는 과정이에요. 꼬마 영감님께서 원하셨던 대로, 모두 이루어드리리다. 당신의 이름대로, 이 땅에 옥구슬[瓊]을 심을지어다. 알고 계셨어요? 무려 열여덟 개의 손글씨로 이루어진 당신의 마지막 이름이 임금 왕王 자를 부수로 쓰고 있다는 사실. 다시 말해, 이 복잡한 낱말: 연구개를 막으면서 발음되는 형성자가 어느 왕王과 바라보는 모양[夐]을 조합해 만들어졌다는 사실! 2바이트 용량의 비좁은 전각 문자 안쪽, 이름 없는 왕이 아득한 눈빛으로, 바라보며, 구하고 있는 건 무엇일까요? 그리하여 당신의 마지막 이름, 형성자 경瓊에 은폐된 다섯번째 의의가 구닥다리 한자 사전의 먼지 속에서 말단을 드러내요. 작은 놀이 도구 하나가 우리 눈앞에서 회전하고 있지요. 이른바, 주사위. 여섯 개의 평면에 여섯 눈의 부호를 감춘 채. 목각 장난감이 회전을 멈출 때까지, 왕은 기다림 속에 남아 있어야 해요. 이쯤에서 당신의 운명을 수선하기로 해요. 경식아, 경식아. 주사위를 세워라. 주사위를 세워!

늪지기들이 당신에게 동물 사체를 내밀어 보여요. 가엾은 검독수리의 케라틴 발톱은 죽기 직전의 허기를 아직까지 간직하고 있어요. 습지에서 노획한 마지막 양식을 기어코 빼앗기지 않겠다는 듯. 먹잇감을 강하게 움켜쥐고 있지요. 문제는 그것이 어느 불행한 아사자의 팔이라는 사실이에요. 검독수리는 유기된 사체의 몸통에서 야윈 외팔을 뜯어내느라 남은 체력을 다 허비한 것 같아요. 부리와 발톱의 희박한 카로티노이드 색소가 이 육식성 조류의 영양 상태를 넌지시 알려주죠. 사후강직으로 차마 발톱을 벌릴 수 없었고,

따라서 불길한 징후가 두 생물의 유해를 빌려 당신 앞에 나타나게 된 거예요. 늪지기들은 이미 헝겊으로 얼굴을 가리고 있군요. 나이 많은 늪지기가 움직임 없는 팔 가까이 불빛을 비춰요. 노간주나무 횃불 앞에서, 죽은 조직이 입을 얻어요. 일종의 약식 부검으로, 사망한 인간 신체의 갖가지 특징들을 스스로 털어놓는 것이죠. 예컨대: 사체의 검시를 실시함. 거의 부패하지 않음. 기온과 습도의 영향? 죽은 지 72시간이 지나지 않았음. 사인으로 추측되는 외과적 징후는 발견되지 않음. 손상된 피부조직에서 다수의 부종과 발진이 발견됨. 근육이 비정상적으로 위축되어 있음. 위팔뼈부터 손마디뼈까지 저체중으로 인한 골격 돌출이 관찰됨. 종합 의견: 장기간의 섭식 미달로 인한 아사로 짐작됨. ***Hotel. Uniform. November. Golf. Echo. Romeo*……**

나이 많은 늪지기가 당신에게 다가와 헝겊을 씌워요. 집안에 부고가 있을 때마다 대문 바깥에 내걸곤 했던 장례용 비단을 당신 머리에 맞게 마름질해 온 것 같아요. 부드러운 소재의 백색 포목이 콧잔등 위로 내려앉아요. 머리 뒤쪽에서 늪지기가 단단하게 매듭을 동여 묶죠. 당신이 이 원시적인 방역 도구를 함부로 벗거나 손보지 못하도록.

영감님. 이 늙은이가 보기에는 근방에 염병이 퍼진 것 같습니다.

그는 발진티푸스를 말하고 있는 거예요, 꼬마 영감님.

이 시체 토막은 젖은 검불을 뒤집어쓰고 있었고요. 누군

가 집단으로 염병 환자 시체들을 늪에다 유기하고 있는 겁니다.

젊은 늪지기 하나가 이마를 소리 나게 짚어요.

누구 짓인지 압니다. 제가 알아요.

그는 손가락을 들어 고가 바깥을 가리켜 보여요. 눈 덮인 산들을!

얼마 전에 경기도, 강원도 사람들이 무더기로 내려왔어요. 저기 창락국민학교를 임시 교육대로 삼고 군인들을 훈련하겠다고요. 그 사람들이 교실이 꽉 차도록 수용돼 있다고 들었는데, 죄다 거지꼴이라 마을 사람들이 장작을 가져다주고 식량을 가져다주었다고 그래요.

당신은 당신을 둘러싼 늪지기들의 헝겊이 날숨으로 들썩이는 모습을 봐요.

영감님, 필경 거기서 무슨 사달이 난 겁니다. 그 교육대장이라는 사람이 죽은 염병 환자들을 죄다 늪에다 던져 넣고 있는 게 틀림없다고요. 화장을 했다가는 증거가 남고, 구덩이를 파낼 힘은 남지 않았으니 우리 몰래 늪에 던져버리고 있는 거예요. 어떻게 하면 좋습니까?

늪지기들이 당신을 쳐다봐요. 한동안 말없이. 나이 많은 늪지기가 어렵게 입을 열어요.

영감님, 우리가 희생하더라도 시체를 다 꺼내야 합니다. 염병으로 물이 더러워지기 전에요. 그 물을 식수로 쓰고 관수로 쓰는 고을 사람들을 생각해보세요. 이 사람들은 물론이

고 어쩌면 우리의 자손들까지도 모두 같은 죽음을 맞게 될 겁니다.

젊은 늪지기가 목소리를 높여요.

이보시오, 노인장. 말도 안 되는 소리 마십시오. 우리가 건져낸다고 염병으로 죽는 사람들이 갑자기 멈추기라도 한답니까? 저들은 계속 죽어날 겁니다. 송장을 다시 집어 던질 겁니다. 물이 제자리에 있는 것도 아니고, 그러는 동안 하구까지 흘러가버리겠지요. 다 끝났습니다. 끝났다고요. 여기 남아 개죽음을 당할 수는 없습니다. 우리는 떠나겠어요.

다른 늪지기가 짐승처럼 달려들어 그의 멱살을 붙잡아요.

이 비겁한 자식이 어디서 우리를 들먹여? 그래, 네놈이 신성한 책무를 배신할 작정이라면 지금 당장 죽여서 선친들 옆으로 보내주마. 내 손으로 기꺼이 그렇게 해주마.

이제 주사위를 세우세요, 꼬마 영감님. 더는 미루시면 안 돼요.

내가 방법을 알아요.

목각 주사위 하나가 내이 안에서 회전하는 소리.

내가 하겠다고요.

목각 주사위 하나가 내이 안에서 회전하는 소리.

내가 종을 치겠습니다.

목각 주사위 하나가 내이 안에서 회전하는 소리.

한 바퀴 더.

두 바퀴 더.

세 바퀴 더.

목각 주사위가 망치뼈에 부딪혀 회전을 멈춰요.

그만. 이제 종루로 가자, 종루로 가.

가지 마오, 꼬마 영감님. 듣지 마오, 범종 소리. 듣지 마오, 불길한 노래를. 하늘은 맑고, 해는 높구려. 가지 마오. 부디 가지 마오. 영취산 산기슭, 물푸레나무 목신의 사지를 잘라 만든 복층 건축물. 까치 떼가 지저귀고, 들개들이 뛰어오르는 아침. 솔송나무 숲 멀리까지 울리는 황동 악기의 울음소리. 꼬마야, 꼬마야. 뒤를 돌아라. 네가 들고 있는 고재 토막, 몸피를 둥글게 깎은 목기를 다룰 때는 말이지, 그냥 되감기 장치를 하나 상상하면 된단다. 먼 미래에나 발명될 이 약식 용수철 단추는 복잡한 조작법조차 요구하지 않는단다. 얼마나 편한가. 손가락 인대를 살짝 움직이는 동작만으로, 일찍이 완료된 과거형 조건문들을 다시 쓸 수 있다면! 거꾸로 거슬러 가도록 만들어버릴 수 있다면! 시간을 되돌리는 음악적 상상력. 다시 말해 후세에 예정된 오디오 조작법에 따라, 네 손안의 당목을 움직여보렴. 너무 빠르지 않게. 그러나 충분히 강하게! 세상은 가장조로 다시 조직되어야만 하고, 바로 네가 기준음 라를 물려받았으니. 이 엄숙하고 고귀한 음악적 권능에 따라, 다시 한번 나를 때려라!

말하자면,

사수 앞으로.

전방 조준.

격발!

꼬마야, 꼬마야. 땅을 짚어라. 네가 땅을 짚기만 하면, 습지에 수장된 염병 환자들이 다시 일어나 걷는단다. 누가 저들을 죽였나. 누가 저들을 이 벽지까지 몰아냈나. 이 가엾은 장정들은 군인으로 소집됐지만 지금은 총 한 자루 집어 들 힘도 없어 보이는구나. 그러나 네가 땅을 짚기만 하면, 이 사내들의 허약한 팔근육도, 영양 결핍으로 부러진 노뼈도 제 운명을 되찾으러 간단다. 견갑골 밑으로 나왕 각재처럼 돌출된 부속기관들. 팔뚝은 단단한 구조물이다. 팔뚝은 일꾼처럼 생각하고, 일꾼처럼 움직인다. 팔뚝은 흙더미를 파헤치거나 구덩이를 넓히며, 물구나무서서 걷느라 힘을 낭비하지 않을 것이다. 사실이다. 창조자의 기계. 너는 죽기 전에 반드시 이들을 두 눈으로 확인하고 싶어 했다. 그렇다면 꼬마 영감님께서 원하시는 대로, 이루어드리리다. 습지 가득 내려앉은 백색 포자 같은 안개 속에서 염병 환자들이 일어나 걷는다. 너는 지켜본다. 죽음에서 되돌아와 산지로 기어오르는 송장들의 사후 행진을. 이들의 끊어진 뼈, 뜯어 먹힌 갈비 조각, 부패한 복막 안으로 회색 코로나 같은 가스가 혈액 대신 흐르고 있다. 망자들이 움직일 때마다 관절 밑에서 푸른 전기 불꽃이 튄다. 이들은 마침내 창락국민학교에 다다른다. 회한과 분노를 간직한 채, 한숨 한번 내쉬지 않고 토굴을 파낸다. 그 시설에는 아직도 염병 환자들이 격리 없이 수용되어 있고, 겨울이 마저 지나가는 동안 수백 명이 더 죽을 것이다. 송장들은 자기 손으로 자기 무덤을 만들고 있는 것이다. 병든 육신을 영영 가두어두기 좋은 지하의 홀, 지하의 감옥, 지하의 박물관. 어떤 종류의 주술적 강령이 굶어 죽은 망자들에게 노동을 종용하고 있는지 알 수 없다. 너는 다만 이들이 만들고 있는 거대한 공동만을 간신히 알아볼 수 있을 따름이다. 가엾은 영혼들. 움푹 꺼진 구멍은 끝이 보이지 않을 만큼 깊어 보여. 이 넓적한 아가리 밑으로 망자들이 무리 지어 내려가는구나. 난간 없이. 계단 없이. 허기진 손들은 흙구덩이 밑에서 만찬이 아니라 무저갱을 파내게 되지. 심연의 입구. 지옥의 현관. 죽은 몸뚱이들은 우두커니 들여다봐. 퇴적암으로 덮인 저승 궁전의 내부. 고대 광물 파편들이 서로 다른 중력의 영향으로 천장에서, 바닥에서 송곳니 같은 열주를 이루고 있는 모습. 어둠 속에서 납작하게 주저앉은 코허리들이 두리번거리네. 콧방울을 씰룩이며. 콧구멍을 벌름거리며. 콧김을 씩씩거리네. 연거푸, 연거푸. 저주파로 으르렁거리는 악마들이 저 아래에서 올라와. 희생제에 바칠 사육종 제물들의 냄새를 맡고 다가와. 영혼을 거두러 와. 송장들이 비로소 정신머리를 되찾네. 억울하오, 억울하오. 저 종소리. 저 고가와 산간에서 들려오는 종소리를 조심하오. 신묘한 종소리가 속삭였어. 우리가 아직 살아 있다고. 이곳으로 돌아와야 한다고. 우리를 속였어. 우리를 팔았어. 믿음은 거짓이었고, 약속은 속임수였어. 악마들이 기만당한 육신들의 머리를 물고

달아나네. 혼령들은 심층으로 끌려가면서 똑똑히 봐. 그들의 저주받은 미래: 누가 찾아오지도 않고, 누가 죽었는지도 모름. 조잡한 표지 하나 서지 않을 무연고 무덤. 행정 절차상 실종 상태. 문헌학적 미궁! 이른바 망각 속에서, 죽음은 천천히 집행됨. 70년 넘게! 예정된 운명을 깨달은 망자들이 비로소 입을 벌린다. 끔찍한 비명 소리가 침묵을 찢어발기고 네 조막만 한 두개골을 끌처럼 깨뜨리네.

꼬마야, 꼬마야. 만세를 불러라. 꼬마 영감님께서 원하셨던 대로, 오랜 금기가 깨지고 습지는 보전되었으니. 만세, 만세, 만만세! 하지만 무언가 되돌리려면 동일한 길이의 시간을 바쳐야만 한다네. 어느 방향으로든. 되감기 단추를 고정해놓고 꼼짝없이 기다림 속에 갇혀 있을 너의 후손처럼. 릴테이프가 시작점으로 돌아가는 동안에도. 시간은 정직하게 앞으로 나아가고. 이 법칙 안에서는, 너조차도 예외가 아니어서. 습지에서 되돌려진 망자들의 시간. 수백 명이 함부로 거슬러 올라갔던 시간의 길이만큼 시간은 너에게서도 앗아간다.

늪지기들은 두 눈으로 본다네. 열세 살밖에 먹지 않은 그들의 꼬마 영감이, 범종을 치다가 문득 멈추어 서서, 당목에 붙들린 몸가짐 그대로, 빠르게 늙어가는 모습. 머리와 손톱이 마구 자라나는 가운데, 성장과 감퇴의 고통이 동시에. 가려움과 저릿함이 몸통 곳곳에서 진균식물처럼 자라나는 모습. 보아라, 보아라. 조숙한 가주가 급기야 다락 바닥에 드러누워 손발을 긁는구나. 머리를 뽑는구나. 몸부림을 치는구나. 살려달라고 비는구나! 젊은 늪지기들이 허둥지둥 줄행랑을 치는 한편, 가장 나이 많은 늪지기, 홀로 다가와 달랜다네. 늪지기의 부실한 무릎뼈 위에서, 꼬마 영감의 머리카락이 마침내 백발로 빠짐없이 세어버리고. 아직 살아보지도 않은 미래의 시간들이, 어린 가주의 육신에서 영능과 혈기를 게걸스럽게 먹어치우고 떠나버린 이후, 익숙한 노환이 늪지기의 꼬마 영감에게도 찾아오는 모습을. 저주받은 일가붙이들 사이에서 유전되는, 대뇌변연계의 퇴행성 뇌병변이 어김없이 귀환하는 모습을. 망각은 가주가 지내야 할 마지막 의례처럼 주어지고, 이 신경외과학적 실명 상태 속에서 꼬마 영감이 마지막으로 남기는 말소리: **아재, 나는 내가 누구였는지 아주 잊어버렸어요.**

꼬마야, 꼬마야. 잘 가거라. 잘 가거라.

2-2. 붉은 몸

우리가 흔들리지 않아도 괜찮겠습니까? 동무는 여전히 붉은 심장을 가지고 있습니까? 동무는 여전히 붉은 세계를 꿈꾸고 있습니까? 타티아나 동무. 동무는 한때 타니치카라고 불린 적이 있습니다. 그렇지 않습니까? 인민혁명군 장교로 복무하며 파르티잔 부대를 이끌던 시절, 이따금 동무 손에 쥐여지던 모스크바발 우편 봉투 겉장에는 적색 국방장관 직인이 눌려 있었습니다. 동무는 밀봉된 종이가 상하지 않도록 애쓰곤 했습니다. 차가운 페이퍼 나이프가 사각사각 실링 왁스를 베어내던 소리. 허리를 접지 않아 눌림 자국 하나 없이 단정했던 종이 얼굴에서, 동무는 손끝으로 더듬더듬 만져보곤 했습니다. **자랑스러운 타니치카에게.** 추방자 트로츠키는 한결같은 악력으로 첫머리를 눌러쓰곤 했습니다. **자랑스러운 타니치카에게.** 그러나 동무는 필기체 글꼴로 비스듬하게 뉘어진 한 묶음의 음소문자들을 차마 소리 내어 읽을 수가 없었습니다. 이 문장에 특정한 소릿값을 입히는 순간— 이른 새벽, 어느 모스크바 중심가 집무실에서 기입된 음향들이 모두 무음으로 돌아가고 말 테니까. 예컨대, 완성될 문장의 최종 형태를 고르느라 부단하게 움직이는 트로츠키의 입. 창밖의 하늘에서 오리온자리가 서성이고, 이 고매한 혁명가는 베텔게우스만큼이나 눈부신 수사 구문을 받아 적기 위해 밤새 고민합니다. 아마도 윤문을 보는 가운데 틈틈이 동무의 이름도 중얼거렸을 겁니다. 그런 뒤에, 마침내 만년필이 움직입니다. 19세기 인명사전에서 품위를 걷어내는 쪽으로. 다시 말해, 타티아나를 타니치카로 고쳐 쓰는 쪽으로. 만년필은 어느 귀족 여성의 이름에서 아름다운 유성음을 탈락시키고, 조잡한 기식음을 새겨 넣습니다. 오직 재능 있는 문필가들만이 그와 같은 방식으로 필자와 독자 사이의 격식 없음을 나타낼 줄 압니다. 말하자면, **타니치카**는 동무에게 부가된 아주 특별한 애칭이었던 것입니다. **타니치카**. 동무는 심지어 지금도 그 이름을 목울대 바깥으로 꺼내지 못합니다. 볼륨 죽인 육성과 손목 움직임, 전등 떨림과 머그잔 달싹거리는 소리(이 성질머리 급한 혁명가는 윗입술을 데지 않으려고 종종 입바람도 불었을 겁니다), 마침내 출근 시간을 알리는 비서실 서기관의 노크 소리까지. 트로츠키의 유산은 트로츠키의 유산으로 남아야 합니다. 그렇지 않습니까?

자랑스러운 타니치카. 동무는 지금 열차 끄트머리에 몸을 싣고 있습니다. 창문 하나 찾아볼 수 없고, 희미한 입김만이 끊임없이 피어오르는 어둠 속에서, 얼음장 같은 내벽에 등을 기대고 있습니다. 아무도 말은 하지 않습니다. 때때로 아이가 울거나, 이름 모를 기침 환자들의 쿨럭임뿐입니다. 이외에는 보일러실 인부들이 교대로 석탄을 집어넣을 때에만— 들리십니까? 육중한 기계가 좁다란 굴뚝 주둥이 밖으로 증기를 뿜어내는 소리. 비산하는 석탄가루를 까맣게 뒤집어쓴 채, 검댕 안개 속에서 긴 몸체를 드러내는 기관차의 화물칸마다 초과 용량의 승객들이 가축처럼 실려 있습니다. 모두가 동무와 사정이 같은 조선인 동포들입니다. 모국으로부터 버림받은 자들. (두 번이나!) 2층 선반과 복도 위에 옹기종기 모여 앉아, 벌써 두 달째 운행 중인 횡단 열차가 끝끝내 멈추기만을 기다리는 자들. 급조된 객실 가득 배어 있는 분뇨 냄새 속에서 죽어간 아기와 어린이 들을 차마 차량 밖으로 내던지지 못하는 자들.

어두운 화물칸 모퉁이 밑에서 손 하나가 조용히 움직입니다. 손은 덩굴식물처럼 신체의 다른 부위들: 발목, 허벅지, 무릎, 가슴에 매달리고 감기면서 위로 오릅니다. 손은 닳아빠진 방한복 안주머니에 다다라 수색을 멈춥니다. 불룩한 물체 하나가 동무의 손아귀에 쥐어집니다. 목각 도장처럼 둥글고 매끈하게 깎인 벚나무 덮개만은 아직 온기를 간직하고 있습니다. 그렇지 않습니까? 단단한 공예품 안에 숨어 있는 사물은 한낱 날인용 도구 따위가 아닙니다. (물론 도장도 충분히 위험한 물품이기는 합니다.) 이제 몸통에서 덮개를 들어낼 차례입니다. 가벼운 완력이 필요합니다. 동무는 남은 체력의 절반을 여기에 써야 합니다. 다른 절반은 따로 써먹을 일이 있으니, 예비 자원으로 남겨두도록 합시다. 동무는 손힘을 덜 들일 수 있습니다. 요령은 이렇습니다. 손끝의 지문을 나뭇결에 밀착시키는 겁니다. 올바르게 붙잡기만 한다면,

덮개를 당길 때 손이 미끄러질 일은 없을 겁니다. 그러나 불행한 사실 하나. 연해주 수용소에 갇혀 지냈던 몇 주 동안, 시베리아의 겨울은 동무 손에 남은 마지막 표징마저 벗겨내고 말았습니다. 진기한 무늬를 이루던 살갗이 다 떨어져나간 자리에, 붉은 진피만이 장미 꽃잎처럼 피어 있습니다. 실감하고 있습니까? 열상에 버금가는 통증을 머금고 밤낮으로 따끔거리는 인체 말단의 조직들. 양손을 올곧이 펴고, 다시 안으로 그러모을 때마다 체온이 한 부위로 쏠리는 감각. 보일러실 인부들이 교대로 화덕을 지피듯이! 차이점이 있다면, 이 횡단 열차는 언젠가 목적지에 도착한다는 것입니다. 미안하지만, 동무는 그럴 수 없습니다. 동무에게는 불태울 연료가 조금도 남아 있지 않은 까닭입니다. 열차의 일과 동무의 일은 다릅니다. 열차의 일은 이주 사업을 끝마칠 때까지 대륙 횡단 철도를 달리는 것입니다. 동무의 일은 이 작은 목재 도구의 덮개를 여는 것입니다. 동무는 덮개를 들어내기에 알맞은 다른 연장을 찾아야만 합니다. 예컨대 모신나강 소총을 겨눌 때, 반동으로 턱뼈가 탈구되지 않도록 힘주어 맞물리곤 했던 치아 같은 것. 동무는 붉은 군대의 제식 사격 교범에 따라 잇몸을 누릅니다. 잇새에 덮개가 끼워져 있습니다. 한 번, 두 번, 세 번. 홀가분한 소리가 잇따릅니다. 마침내 도구의 몸통이 드러납니다. 동무는 덮개를 바닥에 뱉어버립니다. 속 빈 목공품이 얼마간 경박하게 굴러다닙니다. 어둠 속에서도, 동무는 도구의 날카로운 생김새를 곧잘 알아볼 수 있습니다. 이 사소하고 볼품없는 소지품은 동무의 영혼을 시시때때로 구해주었습니다. 17년 전 전장에서. 밀랍 인장을 깎고 뜯어내는 방법으로. 편지를 꺼낼 때마다, 어느 볼셰비키 혁명가의 비밀스러운 목소리가 떨림으로 전해지곤 했습니다: **자랑스러운 타니치카에게**.

자랑스러운 타니치카 동무. 동무의 벚나무 페이퍼 나이프가 다시 한번 여기 놓여 있습니다. 동무의 영혼을 구원하기 위해. 남아 있는 체력을 여기에 모두 써야만 합니다. 동무의 손으로 칼자루를 쥐고, 동무의 손목에 칼날을 대고, 동무의 살갗 안에 그 쇠붙이를 밀어 넣어라. 실링 왁스를 베어내듯. 힘줄을 끊어라. 동맥을 잘라라. 타티아나 동무. 동무는 한때 타니치카라고 불린 적이 있다. 그렇지 않은가? 동무는 여전히 붉은 세계를 꿈꾸고 있는가? 동무는 여전히 붉은 심장을 가지고 있는가? 우리가 흔들리지 않아도 괜찮은 걸까?

타티아나 동무. 동무는 극동 지역 해방 작전을 기억합니까? 동무는 1919년 12월 치타에서, 1920년 2월 울란우데에서, 또 이르쿠츠크에서 게릴라 작전을 지휘했습니다. 바이칼 일대를 지배했던 약탈자 군벌의 반혁명군을 무너뜨리려고. 저 가증스러운 그레고리 미하일로비치 세묘노프는 내전에서 승리하기 위해서라면 수단과 방법을 가리지 않았습니다. 외국의 군대가 국토 깊숙이 들어와 얼쩡거리도록 부추기기까지 했습니다. 일제 육군 7만 명이 시베리아를 점령한 직후, 동무는 무려 2년 가까이 월경지로 내몰리게 되었습니다. 만주에서 무수한 토벌 작전을 치렀던 베테랑 제국주의자들은 먼저 전차를 앞세워 대로를 통제했습니다. 모스크바 의회와 붉은 군대는 서쪽 전선에 집중하고 있었고, 극동 공화국마저 지원을 끊었습니다. 동무와 카레이스키 전우들은 철도와 도로를 피해 다녀야만 했습니다. 운이 좋은 날에는 민가에서 부족한 식량과 잠자리를 제공받았고, 선량한 마을 사람들은 접경지대에서 활동하는 유격 부대 간 연락을 도왔습니다. 국경을 따라 이동하면서, 동무는 휴대용 작전 지도 위에 작은 집 그림을 하나씩 남겼는데, 네모난 상자 위에 뾰족한 지붕을 그린 일종의 모형 가옥으로서, 두 가지 도형만으로 조합된 약식 기호들은 안전 지역을 나타냈습니다. 촌락들은 가느다란 작대기로 연결되어 있었고, 노선의 모양—점선, 실선, 복선—에 따라 최단 보행 루트나 군수품 보급로, 위험 구간으로 각각 판독되었습니다. 호수 기슭의 자작나무 숲 사이로 숨어 다니며, 동무는 1년 넘게 점령군의 추적을 따돌렸습니다. 둘레만 2,100킬로미터에 달하는, 길고 구불구불한 호반 경계면을 쉬지 않고 종주하면서. 잠행 태세의 장기 행군 기간에도, 동무는 틈틈이 휴대용 작전 지도를 펼쳤습니다. 동무도 기억하다시피, 이 작전 지도는 한때 손수건이었습니다. 방직공장의 소면 기계를 갓 빠져나온 듯, 삶은 섬유 냄새가 깊이 배어 있었습니다. 구김이나 변성 없이 새것처럼 정갈했던 백색 방염 천. 외부와 연락이 두절되고, 적진 한가운데 고립된 이후, 동무는 손수건 뒷면에 펜촉을 가져다 댔습니다. 처음에는 이르쿠츠크 인근의 지형지물만을 낭비 없이 옮겨 그렸는데, 펜촉이 닳자 탄전에서 습득한 석탄을 이용했습니다. 조잡한 그림에 지나지 않았던 야전 지도는 차츰 첩보 자원에 버금가는 물건으로 바뀌어갔습니다. 평범하기 이를 데 없는 직물 공예품. 흰 방염 천 얼굴에 빼곡하게 기입된 정찰용 약호들을 누가 감히 상상할 수 있겠습니까. 특히 동무가 그어놓은 (수없이 많은) 선. 호반의 작은 부락을 나타내는 집 그림들 위에, 지붕 꼭대기에서 시작된 선이 근방의 다른 지붕 꼭대기로. 이렇게 바이칼호 공중에서 유착되어 부글거리는 선들은 소수의 전기공학자들만이 이해할 수 있었습니다. 그것은 일종의 통신망으로서, 서로 소식이 교환되는 마을들을 전자기학적 도식으로 표시한 사례였습니다. 따라서 만에 하나 점령군에 사로잡히더라도, 이 거뭇거뭇한 회로도가 어떤 목적으로 제작되었는지 곧장 들키지 않을 수 있었던 것입니다.

염려와는 달리, 물론 동무는 분견대의 어느 한 사람도 점령군에 빼앗기지 않았습니다. 내전이 끝날 때까지. 한 사람도. 다만 호반을 한 바퀴 돌아 다시 남쪽 기슭으로 돌아왔을 때, 동무는 처음으로 지도를 손보기 위해 석탄 머리를 들게 됩니다. 기억하고 있습니까? 사과나무 과수원이 있던 부랴트족 사람들의 마을. 과수원 주인은 나무에 철사를 감아 모양을 잡았습니다. 가지를 휘고, 키를 낮추는 식으로. 동무는 하얀 사과꽃이 머리 높이에서 피어 있던 봄철 과수원의 밭길을 걸었습니다. 다시 찾아간 그곳은 어떤 모습으로 남아 있습니까? 점령군은 전지용 철사로 마을 사람들의 손목을 묶고, 가지 끝에 목을 매달았습니다. 시체들은 아리사카 소총에 미간과 창자, 늑골을 두루 얻어맞았습니다. 가옥은 불길 속에서 모조리 주저앉았고, 전소되지 않은 금속 집기들만이 집터 한곳에 모여 있습니다. 동무는 지도에서 집 한 채를 문질러 없앱니다. 방염 천 위에서 석탄 머리가 거칠게 깎여나갑니다. 이 가연성 광물은 유약한 형체를 순식간에 지워버리기에 퍽 알맞은 색을 띱니다. 그렇게 부락 하나가 어둠 속으로 사라집니다. 그리고 다른 부락들이 뒤이어 어둠 속으로 돌아갑니다. 1년 전에 분견대를 이끌고 건넜던 산간 도주로를 다시 지나치는 동안, 동무는 전소된 폐허들과 마주치게 됩니다. 여기도 폐허. 저기도 폐허. 폐허, 폐허, 폐허! 동무의 작전 지도 위에 거무튀튀한 구멍들이 나타납니다. 턱 힘이 강한 사냥개의 송곳니 자국처럼. 하나, 둘, 셋, 넷, 다섯……
제국주의자들은 그림자 군단을 궁지로 몰아넣을 줄 압니다. 방첩 전술의 최우선 목표: 정보망을 교란하기. 그러나 제국주의자들은 민간인들 사이에서 공작원을 색출하는 대신, 그들 모두를 잠재적 간첩으로 간주했습니다. 학살의 결과, 접경지대에서 두루 인기척이 사라집니다. 가장 처음 시간의 적막이 나이 많은 호수 주위로 다시 한번 찾아옵니다. 이 지역의 모든 소리가 한 뼘씩 커지고, 입동절의 추위로 한껏 움츠

러든 기압마저 예민하게 감각됩니다. 이제 무정한 시베리아가 자작나무 가지와 겨우살이의 입을 빌려 속삭입니다. **베르니스Вернись, 베르니스Вернись.** 다시 말해, **돌아오라, 돌아오라.** 림보에서 나가는 길을 찾기. 완료상 명령형 시제의 인도유럽어족 속삭임은 호수 한복판에서 불어옵니다. 이 영하의 입김을 작전 지도 위에 옮겨 그릴 수 있겠습니까? 그리하여 동무는 실밥이 어그러지고 손때로 더럽혀진 손수건을 발밑에 파묻습니다. 몸통이 뭉툭하게 닳은 석탄 파편도 함께. 낡은 방염 천은 영영 사라져버린 어느 공동체의 흔적을 간직한 채 동토 깊숙이 잠들어 있을 것입니다.

이튿날 동무는 호수 위로 분견대를 이끕니다. 야트막한 두께의 빙판 앞에서 전우들이 넘어가기를 주저하는 가운데, 털 덮인 신발 코 하나가 불쑥 앞으로 나섭니다. 추위가 아니라 근심과 두려움으로 찌푸려진 눈 근육들이 모직 장화를 뒤쫓아 움직입니다. 동무는 얼음 위에서 조심스럽게 발목을 당깁니다. 이 걸음새는 일정한 보폭을 형성하지 못하고 우스꽝스럽게 미끄러질 뿐입니다. 이따금 얼음 밑에서 퍼석거리는 소리가 복숭아뼈를 얼어붙게 만듭니다. 대자연의 신비, 혹은 변덕스러운 자비. 노령의 호수는 자기 얼굴을 건너가는 어수룩한 이방인을 빠뜨려 죽이지 않고 그냥 둡니다. 호수의 관점에서는, 이 오만한 유인원이 돌연 빙판 밑으로 고꾸라져, 순식간에 얼어 죽는 모습도 충분히 흥미롭겠습니다. 하지만 용기의 시험. 매 걸음마다 불확실한 미래와 내기를 벌이느라 벌컥거리는 심장은 보기 드문 제물이기도 합니다. 겁 많은 유기물 조직이 들려주는 리듬. 정박자로 들썩이는 가로무늬근 장기가 호수의 얼굴을 두드립니다. 혼란스러운 빠르기. 작은 타악기같이. 까마득한 긴장과 가슴 통증을 바치기. 어느 동양인 혁명가의 두 다리가 패망한 조국의 근대사처럼 마구 휘청거립니다.

동무는 호수 중심지를 소문처럼 떠다니는 고대의 섬에 관해 들어본 적이 있습니다. 그 섬은 퉁구스족, 튀르크족, 사모예드족, 몽골족 샤먼들의 고향이며, 바이칼의 영혼이라는 반-유물론적 이명으로 이미 잘 알려져 있습니다. 그러므로 동무는 전우들이 동무를 뒤따르지 않을 거라는 사실을 일찍이 내다보았습니다. 그렇지 않습니까? 이 지방의 미신에 따르면, 호수에 겨울이 찾아오는 까닭은 계절성 기후의 영향이 아닙니다. 차라리 믿음의 문제입니다. 가장 순수한 형태의 타임라인. 태초의 오더에 따라, 모든 시간이 위대한 계획대로 움직여야만 한다는 믿음. 적어도 이 근방에서만큼은, 주술과 공학이 다른 낱말이 아닙니다. 매해 특정 시기만 되면 방대한 면적의 담수가 한꺼번에 얼어드는 이유도 바로 여기에 있습니다. 그러므로 보이는 것만 믿는 소비에트 공산주의자들은 빙판 위에서 영원히 헤맬 뿐, 섬의 입구를 발견하지 못합니다. 올혼Ольхон섬은 어스름 같은 안개 속에 밤낮으로 감추어져 있으며, 이 천연 방벽 주위를 어슬렁거리는 모험가들로부터 한 발자국 물러나 있습니다. 동무는 눈발 속에서 종종 얼어 죽은 몸뚱이들과 마주치는데, 빙판 위에 드러누운 동사자들의 복식에서 뚜렷한 시간 차가 읽힙니다. 제정러시아 시대의 제식 군복과 샤코는 물론, 킵차크한국과 몽골제국의 척후병 군장까지. 더 거슬러 올라가면 훈족과 흉노 기마대의 스키타이식 병기도 발견됩니다. 이들은 호수의 시간이 왜곡되어 있음을 드러내는 징후이자 일종의 과시로서 거기 내버려져 있습니다. 가엾은 본보기. 허락 없이 호수에 발을 들인 불손한 방문객들의 최후입니다.

그러나 동무는 다릅니다. 그들이 나서서 동무를 찾지 않았습니까. 여전히 동무를 부르는 저 억양 없는 목소리. **베르니스Вернись, 베르니스Вернись.** 다시 말해, **돌아오라, 돌아오라.** 어디로 돌아가야 합니까? 눈발이 점점 강해집니다. 가시거리가 빠르게 줄고, 주위를 식별하기 어려워집니다. 시신경의 표백 현상. 동무는 공황에 사로잡히고 맙니다. 우리가 어디로 가야 합니까? 동무는 눈 속에 대고 외칩니다. **어디로 가야 합니까?** 몰락한 나라의 말씨가 눈보라 속에 갇혀 떠돕니다. 메아리처럼 되돌아오는 소리들이 있습니다. 육중한 무게의 황동 악기가 울리듯이. 이 익숙한 소리를 기억할 수 있습니까, 타티아나 동무? 창백한 꿈. 백색 그림자. 바깥 세계의 법칙들이 모조리 작동하지 않는 이곳, 텅 빈 공간. 이른바 공허의 현관을, 벌써 다 잊었습니까? 동무는 맹세하지 않았습니까. 사람의 성분을 나누는 구세계의 기준들, 온갖 종류의 차별과 구속을 데리고 가겠다고. 어두운 뒤안길로. 신경학

적 증상: 망각 속으로, 축축한 안개 속으로. 눈발이 동무의 살갗을 찢습니다. 얇은 비곗덩어리에 싸여 있던 알맹이들을 골라 내어놓습니다. 우리는 간단한 화학식을 들여다봅니다. 정신을 구성하는 무기화합물들의 분자구조식. 반짝이는 영혼의 지도. 별자리처럼 이어지는 에테르 성분의 매질들은 전자기장 파형과 무척 닮았습니다. 영혼은 마주르카 리듬으로 춤을 추며, 나직한 종소리가 돌아올 때마다 휘청거립니다. 종내 하나의 방향만이 남아, 사납게 웅웅거리는 황무지 위를 가로지릅니다. 한기로 몸을 떨며, 자신의 존재를 망각할 때까지, 모든 것이 무위로 돌아갈 때까지. 어디로? 어디로 가야 합니까? 조감 시점의 눈동자가 폭설 속에서 길을 잃은 좌표 하나를 붙잡습니다. 외과용 핀셋으로 집어 올리듯이. 섬세하고 조심스럽게. 그리고 이렇게 속삭입니다. **베르니스Вернись, 베르니스Вернись.** 다시 말해, **돌아오라, 돌아오라.** 림보에서 나가는 길을 찾기. 동무는 동무를 부르는 목소리를 찾아 동면에서 깨어납니다.

세계의 지붕, 시베리아. 1,380만 7,037제곱킬로미터 면적의 동토. 쿠빌라이 칸 밑에서 종사했던 어느 허풍쟁이 색목인에 의해 수세기 동안 암흑의 지방으로 알려졌던 곳. 노예 병사들과 실각당한 귀족 관료들의 유배지. 튀르크인 유랑자들은 제국의 변두리에서 새로운 삶의 가능성을 모색했습니다. 호수는 사시사철 풍족한 식량 자원을 보장했고, 그렇게 최초의 개척자들이 서쪽 기슭에 하나둘 집터를 만들기 시작했습니다. 이때 바이칼Байкал이라는 이름도 튀르크어로 처음 속삭여졌습니다. 그러므로 바이칼의 영혼을 논할 때, 어느 유령 섬의 안개 속으로 손가락을 집어넣는 고고학자들은 절반만 알고 있는 셈입니다. 호수를 이루는 작은 물방울 하나하나가 이미 입자 단위로 응집된 심령 물질인 까닭입니다. 이를 증명이라도 하듯, 동무 주위로 일정한 간격을 두고 흩어져 있는 진흙 그릇들. 누군가 용기 안에 호숫물을 가득 떠놓았는데, 물 위로 얕은 파문이 일고 있습니다. 재래식 스피커. 가청 영역 바깥의 소리들을 가로채서 기록하려는 목적으로 초대 제사장들에 의해 발명된 1세대 음향 장치입니다. 그릇들이 조금씩 거리를 두고 놓인 까닭은 단순합니다. 인간의 귓속 연골을 울리지 않고 지나가는—이 방사선 같은 주파수가 어디서 공명하는지 알아내려는 것입니다. 예컨대, 입구나 벽면에서 가까운 그릇들은 조용한 반면, 동무 주위의 그릇들은 달달 떨리기까지 합니다. 알 수 없는 주파수가 동무가 누워 있는 모피 융단과 이상할 정도로 가까이 있다는 신호입니다.

(그야 당연하지 않겠어요. 내가 다시 돌아와, 지금 당신에게 말하고 있는걸요.)

바깥까지 소리가 들렸던 걸까? 허리 굽은 주술사들이 방으로 들어옵니다. 이 음울한 노인들은 바닥에서 달그락거리는 천연 계측 장비들보다도 말수가 적습니다. 다만 손끝에 조잡한 타악기를 하나씩 쥐고 있습니다. 다른 주술사들이 북을 때리고 발을 구르는 가운데. 한 사람이 동무에게 다가옵니다. 이 나이 많은 남자는 악기가 아니라 웬 리큐어 병을 들고 있습니다. 남자는 보드카 한 모금을 입안에 머금고 있다가 바깥으로 뿜습니다. 남자의 침과 섞인 증류주 용액이 얼마간 공중에 떠 있습니다. 분자 상태로. 희뿌연 가스처럼. 지독한 에탄올 냄새를 물씬 풍기면서. 이 알코올 스모그 속에서 홀연 어떤 목소리가 나타납니다. (귀 기울여 들어봐요.) 드러누운 동무의 머리 위. 탈진과 동상을 앓느라 아직까지 신열에 사로잡혀 있는 이마 위에서, 두정엽을 보호하는 전두골에 대고, 노크하듯 찾아오는 목소리. (당신에게 말하고 있잖아요.) 동무가 뼈 울림으로 듣는 것을 주술사들은 눈으로 봅니다. 부드럽게 물결치는 볼륨 스파이크. 속삭임과 닮은꼴의 파형으로. 주술사들이 목소리를 올려다봅니다. 목소리는 주술사들을 내려다봅니다. 부랴트인 무당이 한 번 더 술병을 기울입니다. 황색 유리병의 좁은 주둥이가 마구 꼴꼴거립니다. 남자는 동무의 머리 위로 또 한 번 술을 내뿜습니다. 목소리가 공중에 흩뿌려진 콜린성 약물을 집어삼키며 조금 더 큰 부피로 드러납니다. 뺨이 홀쭉해진 무당이 몇 걸음 뒤로 물러납니다. 목소리는 휘발성 화합물을 빌려 나타날지언정 사라지거나 흩어지지 않습니다. 오히려 그것은 농도를 잃는 대신 차차 몸집을 불립니다. 이렇게 다시 한번 안개가 동무 주위에 드리웁니다. 방 안의 목조 기둥과 천장, 벽재 깊숙이 곰팡이처럼 스며들면서. 보십시오. 제사용 움막의 내부. 이른바 현실 공간으로 틈입하는, 백지 같은 공백을. 동무의 기억이 불러오는 의식의 구멍. 이슥한 그림자. 이 구역 안에서는 딜레이와 리버브, 디스토션 같은 음향학적 기술들이 숱하게 목격됩니다. 따라서 지연되고, 반향되고, 왜곡된 동무의 기억들이 팔다리 달린 짐승들처럼 뛰어다닙니다. 주술사들은 두 손으로 버둥거리며 눈앞의 환영들을 붙잡아두려 애쓰지만, 투명한 아미노산 사슬만이 잠시 쥐어질 따름입니다. 글리코겐 형태의 이 폴리펩티드 분자식들은 동무의 기억 그 자체입니다. 부랴트인 무당이 누워 있는 동무를 내려다봅니다. 그는 취기가 오른 얼굴로 이렇게 말합니다.

돌아오라, 돌아오라.

전두엽 밑에 웅크려 있는 작은 종양이 꿈틀거리는 소리.

우리는 호수를 대변한다. 우리는 호수를 대신해 너에게 말할 자격이 있다.

전두엽 밑에 웅크려 있는 작은 종양이 꿈틀거리는 소리.

너는 이 여자를 대변한다. 너는 이 여자를 대신해 말할 자격이 있다.

전두엽 밑에 웅크려 있는 작은 종양이 꿈틀거리는 소리.

한 번 더.

두 번 더.

세 번 더.

네가 누구든지, 이제 그만 모습을 드러내라.

그만. 이제 밖으로 나가자, 밖으로 나가.

아, 이 독극물 중독자들은 무언가 들여다보려는 욕구를 좀처럼 참을 수가 없나 봐요. 이렇게 다시 한번 내가 돌아와 당신에게 말하도록 만들고 있잖아요. 이 기억을 들여다보는 건 아주 오랜만이에요. 그렇지 않아요? 아직 아무것도 몰랐던 시절로 돌아가볼까요? 다시 말해, 당신이 아무것도 아니었던 시절로. 이곳에서 타티아나 동무는 찾지 마세요. 처음에는 그냥 당신뿐이었어요. 착각: 당신은 이 기억들이 잠자코 죽어 있을 줄 알고 계셨죠.

천만에요. 당신의 해골이 모루와 같이 반듯하다는 사실을 잊으시면 안 돼요. 아무렴요. 망치질을 견디기 위해 누그러진 무기질 조직체. 이제 목소리 하나가 돌아와 머리를 때리기 시작해요. 소리굽쇠처럼 와들와들 떨리는 두개골! 기분 나쁜 전율! 이 부정한 헤르츠는 하나의 무대장치나 다름없어요. 정확히는 음악이지요. 당신이 무엇으로 만들어졌고, 어디서 왔으며, 어떻게 끝나게 될지를 끊임없이 떠올리게 하는 그런 음악. 말하자면, 종소리 같은 것이죠.

몰라보시겠어요? 수백 년 동안이나 잠들어 있었던 동양식 고전 악기. 집안의 어르신들은 이 말 없는 금속 정물을 이유도 없이 두려워했지요. 같은 성씨를 쓰는 수많은 식솔이 집단을 이루어 살던 곳에서 말이에요. 경사 지붕을 얹은 목조 주택들은 하나같이 동향으로 열려 있었어요. 토지 동쪽에서 넓게 형성된 늪지대를 정면으로 바라보도록. 당신은 이 음침한 공동체의 모든 일원이 늪지기로 길러졌다는 사실을 알고 계시죠. (물론 당신께서도 같은 교육을 받으셨지요.) 전통 가옥들은 산비탈을 따라 기단을 높여 지어졌어요. 택지 안쪽으로 들어갈수록 차츰 가팔라지게 되지요. 이 길은 거의 등산로나 다름없었어요. 그렇지 않았나요? 고가 입구 쪽에 사는 친족들은 한 해에 두어 번 정도만 꼭대기까지 걸어 올라갔죠.

한편, 당신은 어차피 그곳으로 오를 수도 없었어요. 당신의 할머니와 어머니, 다정한 숙모들과 마찬가지로요. 이 낡아빠진 가문의 전통: 출가외인出嫁外人들은 집안 제사를 지낼 수 없다는 완고한 규율에 따라! 그러므로 일가의 맏이들이 고가 꼭대기에 지어진 신성한 집채로 모여들어, 향로를 흔들면서 웃어른들을 불러들이는 동안— 당신은 기름기와 가마솥 연기로 후덥지근한 부엌에서, 벌써 오래전에 죽어 없어진 유령들 앞에 봉양할 제삿밥이나 빚어야 했지요. 분주하게 움직이는 다른 여자들의 손 사이에 어서 빨리 두 손을 밀어 넣으면서. 심지어 당신은 이미 첫째로 태어났는데도, 저 윗집 어르신들은 단 한 번도 당신을 부르지 않았어요. 언제나 여섯 살 어린 동생만이 불려 올라가곤 했지요. 1년에 네 번. 음력 2월, 5월, 8월, 11월에 한 번씩. 혈족의 낡아빠진 서열 매김에 따르면, 넓적다리 사이로 덜렁거리는 성징을 타고난 이들만이 예비 가주가 될 수 있었어요. 당신의 아버지는 언젠가 우쭐거리며 위로를 건넨 적이 있지요. **그래도 족보상으로는 네가 맏이란다. 너무 나쁘게만 생각하지 마라. 보통 여자들은 족보에 이름조차 못 올리는 법이다.** 이때 당신은 아주 어리지만은 않은 나이였는데, 양친 몰래 물가로 나가 소리 죽여 울었어요. 죽을 때까지 가질 수 없는 어떤 권위 때문에? 당신 스스로가 너무 불쌍했던 나머지? 아뇨. 그런 이유들이 아니었어요. 물가에서 당신은 들여다보았어요. 당신의 얼굴이 아니라, 당신과 이목구비가 닮은 여자들의 얼굴을. 당신은 당신의 모든 조상이 족보에 남아 있다고 착각했어요. 어느 평범한 종이책이 가보로서 전승되는 이유가 있다면 오직 하나, 삶은 닥나무 껍질을 통신망 삼아 연락하는 선조들과 후손들! 바꿔 말하면, 족보에 이름을 남기지 못한 조상들은 조상도 아닌 셈이죠. 그러니까 혈족의 맏이들이 망각에 맞서는 한 가지 방법으로 무수한 위패를 소리 내어 읽는 동안— 살아서나 죽어서나 이름 한번 불리지 못한 채 구천을 떠도는 이 여자들은 누군가요? 어느 집안의 자손들인가요? 당신은 그들을 위해 눈물 흘리셨어요. **죄송합니다, 죄송합니다.** 웅얼거리면서. 망각의 강물로 이름 없이 떠내려가는 딸아이들. 이루 헤아릴 수 없을 만큼 많은 얼굴. 당신과 구분되지 않는 용모를 하고 도대체 얼마나 많은 여자가 기록에서 누락되었을까요? 가성을 섞지 않고 2옥타브로 훌쩍이는 이 영혼들은 죽어서 어디로 가게 될까요? 세계가 끝장날 때까지 문헌학적 심연을 헤매게 되는 걸까요? 대관절 누가 이들을 기억해줄까요?

그렇다면 내가 하리라. 남자들이 이미 명계로 건너간 조상들을 불러내는 날마다— 아직까지 구천에 남아 있는 이 혼백들을 내가 기억하리라. 추념하리라. 외면하지 않으리라! 이후로 묘사墓祀가 있는 날마다 늪지기들이 제사 음식을 도로 가지고 내려오면, 당신은 반찬 몇 가지를 골라 앞섶 사이에 숨겼어요. 가솔이 대청에 드러누워 피로감을 달래는 사이, 은밀히 고가를 빠져나왔죠. 목공용 삼각끌로 담벼락을 두드려 허물고, 이 구멍들 안에 양발과 양손을 넣으면서 높다란 토담을 기어올랐어요. 그때마다 당신은 스스로가 밀사나 도적이 된 기분이 들었지요. 아마도 당신은 이미 예감하셨던 것 같아요. 언젠가 이 비밀스러운 예식을 모두 들키게 될지도 모른다. 틀림없이 저들은 내가 가문에 수치를 심었다며 으르렁거릴 것이다. 욕하고 내쫓을 것이다. 하지만 그래도 좋다. 이 장녀가 저주받고 추방당하도록 그냥 두어라. 습지에서 나고 죽은 9백 년 역사의 전대 늪지기들처럼. 자랑스러운 조상들처럼. 나에게도 똑같은 책무가 주어졌음에 감사하나이다. 감사하나이다. 나는 겸허한 마음으로 이 명령을 받아들이나이다. 목소리 굵은 자손들이 저 늪지 바닥에 수장된 선조들을 기리는 동안, 나는 물 밖에서 쭈뼛거리는 이름 없는 선조들을 불러내리라. 노래하리라. 청하고 곡하리라.

당신은 물가에 이르러 다시 상을 차렸어요. 흔한 식탁도 없고 제사용 그릇도 없이. 버려진 나뭇등걸 위에 잎사귀만으로 부려놓은 먹거리들. 당신은 열심히 젓가락을 톡톡 두드리며 번갈아 반찬을 집어 들었죠. **여기 육전 좀 잡수어보세요. 여기 숙회 좀 잡수어보세요.** 또, **약과 좀 잡수어보세요.** 웅얼거리면서. **명년에도 잊지 말고 꼭 오세요.** 웅얼거리면서. 소박하고 조촐한 약식 가묘는 세월이 지나면서 나름의 격식을 만들어갔어요. 당신은 고가 바깥에서 수집한 야생화와 나뭇잎, 과실 껍질 같은 갖가지 자연물들로 가묘 주위를 가꿨죠. 묘사는 음력 2월, 5월, 8월, 11월에 지내게 되어 있었어요. 세 달마다 돌아오는 제사 주기는 절기의 변화와도 꼭 맞물렸죠. 이렇게 당신은 당신 손으로 토지 얼마를 일구고 사당을 세웠어요. 씨족의 맏이들이 그와 같은 재산 목록을 노력 없이 물려받는다는 사실을 떠올려보세요. 그러므로 당신께서 가주가 아니라면, 과연 누가 가주일 수 있겠어요?

하지만 당신이 들인 수고만큼 미래의 사건도 앞당겨져요. 워프warp, 워프warp, 워프warp. 당신의 사당이 한때는 볼품없는 나뭇등걸에 지나지 않았다는 사실을 기억하시겠지요. 이 유기된 벌목 잔해를 당신은 남다른 사물로 바꾸어놓았죠. 버림받은 개인들의 귀환을 은유하는 이미지. 어디로도 떠내려가지 않는 버팀목. 망각에 맞서 노획한 전리품! 기억에 관한 한 가장 단단한 질감의 주석으로서, 당신 손으로 야외에 남긴 입체 부기. 허리가 잘린 뒤에도 (warp) 자기 목숨이 끝난 줄도 모르고 (warp) 여전히 땅바닥과 단단하게 묶여 있는 무생물이 (warp) 앞으로도 천년만년 미련을 붙들고 썩어가도록 (warp) 그냥 두셨어야죠. 그냥 두셨어야죠. 어느 가을, 교대로 습지를 감시하는 늪지기들이 낯선 인공물을 발견해요. 이들은 웬 나뭇등걸 위에서 도난당한 제기들과 제사 음식들을 되찾아오지요. 제사 때마다 외출이 잦았던 당신에게는 혐의를 부인할 증거가 없어요. 당신은 다른 여자들이 공범으로 몰리지 않도록 스스로를 어른들 앞에 고발해요. 우스운 일이에요. 당신은 한 번도 고가 꼭대기에 제사를 모시러 올라가보지 못했는데. 이런 일 때문에 처음으로 택지 안쪽을 구경하게 되었으니 말이에요. 일족은 고가에서 가장 높은 지반에 지어진 목조 저택을 **안채**라고 불렀어요. 당신은 수십 가구의 친인척에 둘러싸여 고가를 올라갔죠. 당신들이 안채 입구에 다다랐을 때는 이미 해가 저물어 있었어요. 노인들은 가옥으로 이어지는 12층 높이 돌계단 꼭대기에 모여 있었고요. 이들은 혈족을 대표하는 최고령 맏이들로, 구성원 개개인이 거의 살아 있는 신처럼 대접받곤 했지요. 소위 이 집안의 진짜 가주들. 친족들은 당신을 안채 마당에 홀로 세워두고 몇 걸음 바깥에서 둘러쌌어요. 노인 하나가 자리에서 일어나 당신을 내려다보았죠.

너는 너 자신의 가주라도 되는 것이냐?

당신은 늙은이의 눈에서 냉소와 업신여김을 읽어낼 수 있었어요.

네가 무슨 짓을 벌였는지 안다, 얘야.

다른 늙은이가 옆에서 말을 거들었어요. 아래쪽은 쳐다

보지도 않고.

망할 년. 제가 뭐라고 집안 족보를 의심하는지.

또 다른 늙은이가 당신 앞으로 엽전 꾸러미를 던지며,

이거 가져라. 가지고 나가서 어디 네 가문을 만들어보거라.

구경꾼 사이에 잠자코 끼어들어 있던 사람 하나가 재빨리 달려 나올 차례겠어요.

어르신들. 젊은 나이에 치기로 벌인 일인데요. 이런 일로 아이를 내쫓으시다니요.

당신의 어머니.

이양이 아버지, 어디 있어요. 뭐라고 말 좀 하세요.

당신은 지켜볼 수 있었어요. 우두커니 서 있는 몸뚱이들 사이로 커다란 덩어리 하나가 빈틈을 만들어 끝끝내 사라져 버리는 모습. 무정함. 실망감. 횡격막이 짓눌리는 아픔.

하찮은 짐승마저도 제 피붙이는 끔찍이 아끼는 법인데……

어머니의 마지막 뒷모습을 아직 기억하시나요? 무기력하게 늘어진 채, 바들바들 떨리던. 당신은 예감해요. 이와 같은 이미지 흐름이 당신의 간뇌에 영구적인 정지 화상을 남기게 되리라는 사실. (당신은 지금도 미세하게 몸서리치는 어느 어깨뼈를 붙잡아주는 꿈을 꾸죠.)

이양아, 나랑 가자.

어머니가 말했어요.

우리 그만 가자. 멀리 가자. 아주 멀리. 사람이 살지 않는 곳이면 더 좋고. 그러지 못할 요량이면 우리를 못 알아보

는 사람들만 잔뜩 있는 곳으로 가자.

어머니는 당신 손목을 붙들고 고가를 내려갔어요. 곧장 짐을 싸서, 날이 밝는 대로 이 지긋지긋한 집안을 나가자고. 멀리 연해주에서 새로운 기회를 찾는 조선 사람들이 있다더라. 그런 계획을 세우셨지요. 그러나 이날 밤, 당신은 혼자 고가를 다시 올라가요. 야간에 고개를 넘는 산객들처럼. 숨 한 번 헐떡이지 않고. 어린 남동생은 제사에 다녀올 때마다 자기가 본 것들을 떠들썩하게 늘어놓곤 했어요. 당신은 아마도 죽을 때까지 경험할 수 없을 광경들이어서, 이 철부지 호사가의 거들먹거림을 줄곧 들어주었어요. 특히 어떤 사물들에 관해 이야기할 때면, 동생은 마치 그것이 당신들 눈앞에 놓여 있기라도 한 것처럼, 들떠서 호들갑을 떨었지요. 어떤 물건들이 기억나시나요? 안채 내측의 은밀한 방. 수장고의 그늘 바깥으로 비스듬히 팔다리를 내놓고 있던 가구나 예술품, 무기와 보물 들? 아니에요. 듣자마자 당신을 매혹시켰던 사물은 안채 바깥에 있어요. 동생은 그것의 크기를 묘사하기 위해 있는 힘껏 팔을 벌려야 했죠. 이어서 애꿎은 항아리를 뒤집었고, 끌어안은 채로 잠깐 들고 있다가 힘없이 내려놓았어요. 아주 짧은 시간이었지만, 당신은 이것이 공중에 매달려 있는 모습을 상상해볼 수 있었어요. 동생은 늪지기들이 패 온 장작 하나를 집어 왔는데, 몽둥이처럼 쥐는 대신 옆구리에 끼워 넣었어요. 그리고 윗몸을 흔들어서 장작 끄트머리로 항아리를 밀어 넘어뜨렸죠.

그러니까 이게 악기란 말이야?

당신은 물었어요.

이따위 볼품없는 소리나 내는데?

동생은 처음으로 주눅이 들어 보였어요.

나도 소리는 안 들어봤어. 치는 방법만 알려줬어.

당신은 말했어요.

네가 한번 쳐보지 그랬어.

동생은 급하게 머리를 흔들었어요.

절대 안 돼. 그건 금지돼 있다고 했거든.

당신은 재빨리 눈썹을 찡그렸어요.

왜?

동생은 항아리를 올바로 뒤집어놓으며 대답했어요.

몰라. 저주를 받았다는 거야.

앳된 음성이 속 빈 항아리 안에서 잠시 떠도는 소리.

몇백 년 전에 울리고 지금까지 한 번도 울린 적이 없대.

당신의 눈썹이 더 좁아지며,

왜?

두려움과 긴장감으로 순식간에 경직되었던 동생의 뺨 근육.

우리가 다 죽을 것 같거든 그때 치는 거래.

당신은 더는 묻지 않았어요. 자기 입으로 내뱉은 진실의 무게로 인해 질식당할 것 같은 동생을 그만 안쓰럽게 여겼죠. 당신은 마당 바깥의 경사진 길을 말없이 내다보았어요. 이 길은 돌담을 사이에 두고 고가 꼭대기까지 이어져 있어서, 헤맬 필요 없이 똑바로 걷기만 하면 누구나 정상에 오를 수 있었어요. 물론 당신에게는 허락되지 않은 일이었지요. 당신의 할머니와 어머니, 다정한 숙모들과 마찬가지로. 그때는 그랬어요. 지금은 아니지요. 밤에는 누구도 금지하지 못하니까요. 당신에게 추방을 선고했던 노인들이 쌕쌕거리며 잠들어 있는 안채를 지나, 숲의 어귀에 다다르면, 어둠 속에서 오래된 복층 누각 하나가 돌연 입면을 드러내요. 범종은 위층 천장에 매달려 있는데, 계단을 오를 때마다 발밑에서 음산한 소리가 흘러나와요. 난간 바깥에서는 형체를 알아볼 수 없는 나무들이 몸부림치며 울고요. 저들에게는 이 고전 건축물이 살아 있는 악몽이나 다름없을지도 몰라요. 당신 조상들이 저들의 선조들을 베고 쓰러뜨려 지은 유산임이 틀림없어 보이니까요. 악기를 때려서 울리는 용도로 다듬어지고 깎인 이 목공품도 한때는 저기 숲속에서 엽록소를 합성하며 혈육을 길러냈겠죠.

당신은 당목을 옆구리 사이로 끼워 넣어요. 동생을 흉내 내서. 똑같이. 이 무거운 악기는 어떤 소리를 낼까요? 저 작은 집들에서 온갖 친족이 뛰쳐나와 당신을 붙잡으러 올라오지는 않을까요? 욕하고 내쫓지 않을까요? 하지만 그래도 좋다. 누구도 나서지 않는다면, 내가 하리라. 내가 끝내리라. 습지에서 나고 죽은 9백 년 역사의 전대 늪지기들처럼. 자랑스러운 조상들처럼. 나에게도 똑같은 책무가 주어졌음에 감사하나이다. 감사하나이다. 나는 겸허한 마음으로 이 명령을 받아들이나이다. 안에서부터 썩고 있는, 이 시궁창 같은 집안의 전통을 끝낼 수만 있다면. 다 좋다. 모두 좋다. 이 장녀가 저주받고 추방당하도록 그냥 두어라. 여기 미래를 불러내리라. 노래하고 노래하리라. 청하고 곡하리라.

Sample: Ringing the bell in Buddhist Temple [Decay Time=14.78s]

50톤 넘는 구리 조형물이 전율하는 소리.

Sample: Ringing the bell in Buddhist Temple [Decay Time=14.78s]

50톤 넘는 구리 조형물이 전율하는 소리.

Sample: Ringing the bell in Buddhist Temple [Decay Time=14.78s]

50톤 넘는 구리 조형물이 전율하는 소리.

베르니스Вернись, 베르니스Вернись.

다시 말해,

돌아오라, 돌아오라.

프리즈freeze. 림보에서 나가는 길을 찾기. 이제 그만 여기서 나가세요, 타티아나 동무.

어느 프랑스인 수학자가 구불구불한 리아스식해안을 걷습니다. 수학자의 성씨는 이디시어 또는 독일어로 아몬드 빵을 의미합니다. 영국인 낚시꾼들이 바늘 끝에 빵 부스러기를 찔러 넣는 동안 수학자는 갯벌 밑으로 컴퍼스를 찔러 넣습니다. 그는 해안가에 나타난 가장 작은 단위의 굴곡들을 작도 노트 위에서 연결하기 위해 애씁니다. 이렇게 브누아 망델브로가 자연에서 발견되는 기하학적 패턴들에 처음으로 이름 붙이게 됩니다. 물론 그가 엿보게 될 진리의 파편은 이미 로마 시대에 예언된 바 있습니다. 이 유대인 수학자의 유년기 필수품이었던 라틴어 사전 한 귀퉁이를 살펴보십시오. 그것은 이른바 프랙투스fractus: 조각, 부분입니다. 망델브로가 직접 나서서 부연합니다. "구름은 단순한 구체가 아니고, 산은 원뿔의 형상이 아니며, 번개는 직선으로 움직이지 않는다. 자연은 고도로 난해해 보인다. 그러나 기하학은 이것이 다양한 프랙털 패턴을 띠고 있음을 밝혀냈다."* 그러나 이 가여운 남자는 자신 또한 울퉁불퉁한 아몬드 빵의 부스러기라는 사실만은 끝끝내 눈치채지 못했던 것 같습니다. 왜냐하면 그에 앞서 이미 게오르크 칸토어가, 헬게 폰 코흐가, 바츠와프 시에르핀스키가 각각 먼지와 눈송이, 피라미드에서 기이한 암시를 읽어냈기 때문입니다. 이처럼 수학사를 통틀어 가장 예민한 시력을 가졌던 수학자들만이 무한한 카오스 속에서 질서의 흔적을 들여다볼 수 있었습니다. 이 신비로운 물리법칙은 보통 사람들의 눈에 띄지 않도록 양치식물의 잎사귀에, 로마네스크 브로콜리의 꽃술에, 해양 산호의

* Benoit B. Madelbrot, *The Fractal Geometry of Nature*, Times Books, 1982.

다리 말단에, 수컷 공작새 깃털 따위에 감추어져 있습니다. 타티아나 동무. 동무가 후려쳤던 고려 시대 구리 조형물 표면에도 이와 같은 단서들이 우툴두툴 새겨져 있지 않았습니까? 소위 보상당초무늬로 일컬어지던 돌기 문양 양각 장식들: 꽃과 덩굴을 본떠 만든 식물무늬 말입니다.

그렇다면 종을 울린다는 것은 무엇을 의미합니까? 선조들은 무엇을 위해 종을 고가 깊숙이 숨겨두었습니까? 틀림없이 동무는 종소리를 아직 기억하고 있습니다. 정확히 세 번이었습니다. 그 금속 기구는 다른 악기들과 달리 귀가 아니라 해골을 울리게 만드는 소리를 냈습니다. 동무의 두뇌가 곧바로 비명을 질렀습니다. 구리 주괴의 높은 전도 성능은 정전기처럼 부글거리는 저주파 노이즈를 멀리 늪지까지 내보냅니다. 동무는 저 아래에서 고가의 모든 친족들이 끔찍한 두통으로 날카롭게 우는 소리를 들었습니다. 초당 300회 이상 진동하는 전자기성 음향이 갈래 벼락처럼 이들의 머리를 연쇄 감전시키는 까닭입니다. 고대의 고통스러운 선율은 두개골을 통과하면서 두뇌 표면의 구김진 굴곡들을 실감시켜줍니다. 머나먼 미래에 발명될 의료용 촬영 장치가 전동하는 라디오파 속에서 인체의 영상을 얻어내듯이. 동무는 두뇌 주름 안에 접혀 있는 더 작은 주름들, 더 작은 주름들, 더 작은 주름들을 느꼈습니다. 그리고 나직하게 흐느꼈습니다. 자연의 무수한 생물과 무생물처럼. 동무의 머리 또한 프랙털 구조로 이루어져 있다는 사실을 끝끝내 깨달아버렸던 것입니다. 그러므로 종소리를 듣는다는 것은 당신들 모두가 하나의 파편에 지나지 않는다는 가르침을 다시 배우는 일입니다. 이 신비로운 물리법칙 안에서는, 모든 조각이 전체와 닮아 있으며, 따라서 어떤 예외도 있을 수가 없습니다. 앞서 죽은 선조들의 사인이 예외 없이 동일했던 이유도 거기에 있습니다. 동무도 그들과 같은 죽음을 맞을 거라는 확신. 나아가 그들과 다른 삶을 살 수 없을지도 모른다는 두려움. 이렇듯 멀리서 조감하면 습지의 시간은 얼핏 음악과 닮은 모습으로 흘러가고 있지 않겠습니까? 고가의 친족들은 이와 같이 잔인한 진실에 다시 귀 기울이지 않으려고 종 치는 일을 금지하기에 이르렀던 것입니다. 자기 닮음꼴의 전통: 음악처럼 귀환하는 운명을 자기 손으로 끝내려는 혈육만이 드물게 금기를 어기고 종을 울렸습니다. 안타까운 사실입니다. 종을 친다는 것은 이처럼 무언가 끝내기는커녕 저주가 더 오래 존속되도록 되돌려놓는 일이기 때문입니다. 말하자면 종은 실물로 조형된 목소리입니다. 높이 3미터, 지름 2미터, 두께 16센티미터에 이르는 구체적인 치수로 동무 앞에 나타나 있습니다. 동무는 이를 떨며 목소리에 귀를 기울입니다. 금속성 잔향과 장모음 여운을 빌려 목소리가 말하기를,

당신께서 나에게 천 년을 주셨으니 무엇을 돌려드리면 좋겠어요?

동무는 대답했습니다.

내가 내 조상들과 똑같이 죽어야 한다면, 온갖 차별과

구속을 데려가게 해주시오. 사람의 성분을 나누는 썩어빠진 구습들과 같이 죽게 해주시오.

목소리가 만족하며 이르기를,

가세요. 당신의 적들을 끌고 영영 떠나세요. 가서 다 잊어버리세요.

타티아나 동무, 레닌과 트로츠키는 동무에게 감사해야 마땅합니다. 그들뿐만 아니라 볼셰비키 최고 지도자들과 구 제국의 군사 장교들, 붉은 군대의 300만 장병이 모두. 여러 해 전, 연해주로 도망쳐 오기에 앞서 동무가 후려쳤던 어느 동양식 고전 악기가 내전에 승리를 가져다주었기 때문입니다. 물론 동무는 착실한 유물론자이며, 자기 믿음에 책임을 질 줄 아는 사람입니다. 동무는 미신을 섬기지 않고, 그래서 이 사실은 아주 오랫동안 동무 스스로에 의해 은폐되어 있었습니다. 올혼섬의 샤먼들과 맞닥뜨리기 전까지 말입니다. 이들이 어느 습지에 관한 동무의 기억을 되돌려주었습니다. 이것은 지형 질서가 보증하는 진실입니다. 유라시아 대륙을 가로지르는 거의 모든 적란운이 바이칼 위로 지나가기 때문입니다. 호수는 세계의 지붕에 뚫린 거대한 배수구처럼 막대한 양의 물을 끌어모으며, 다시 전 지역으로 비구름을 운반합니다. 따라서 시베리아 남쪽에 자리 잡은 신성한 호수와 한반도 남단의 어느 내륙 습지는 매해 장마철마다 서로 뒤섞이는 셈입니다. 여름에 늪에서 기화된 물들이 끝내 이곳까지 다다르곤 했던 것입니다. 그러니까 동무는 혼자 이역만리로 떠나온 게 아닙니다. 늪은 한순간도 동무에게서 떠나 있던 적이 없습니다. 이것이 지금도 여전히 동무가 내 목소리를 들을 수 있는 이유입니다. 물론 모든 기억을 돌려받은 이후에도, 동무는 누구에게도 이 사실을 귀띔하지 않았습니다. 내전이 종식되고, 군사혁명위원회 의장 앞으로 부쳤던 답장에서는 오히려 공훈을 전부 트로츠키 몫으로 돌렸습니다. 편지는 다음과 같이 시작됩니다.

축하합니다, 군사혁명위원회 의장 동무.

의장 동무의 눈부신 활약 덕분에 볼셰비키가 마침내 승리를 거두었습니다. 주석 동무의 말씀대로, 러시아에서 부르주아민주주의혁명은 완수되었고, 이제 혁명의 두번째 단계에서의 승리를 준비해야만 합니다. 동무는 앞으로도 나를 망치로 써주십시오. 나는 나를 통해서 이 땅의 모든 억압과 속박이 두드려 깨지기를 간곡히 희망합니다. 나는 내 고향 땅까지 코민테른 깃발을 옮기고자 하며, 그렇기에 동무의 영구혁명론을 열렬히 지지합니다. 우리는 전 세계가 해방될 때까지 과업을 멈추어선 안 됩니다. [……]

수신자가 편지를 제대로 받았을지는 알 수 없습니다. 그는 승전 이후 새롭게 수립될 소비에트연방 정부의 내각을 구상하느라 자못 바빴을 겁니다. 동무는 이르쿠츠크 일대에서 거둔 전공을 인정받아 민족문제인민위원회에 취임하였고, 1928년 포시에트 지역에 조선민족지구가 설립되도록 도왔습니다. 코민테른의 불씨가 민족과 인종을 가리지 않는다는 사실을 증명하고 싶어 했던 동무에게는 더할 나위 없이 값진 승리였습니다. 하지만 누가 알았겠습니까? 화약이 아니라 서류만으로 치러진 점잖은 전투 끝에 또 다른 비극이 기다리고 있을 줄은. 중앙정부와의 견해차로 빚어진 행정학적 잡음이 조지아 출신 인간 도살자의 귀를 간질입니다.

동무는 속없이 웃습니다. 조금도 힘들이지 않고. 흉강이 들썩이며 허파에 구멍 뚫린 소리를 냅니다. 과다 출혈의 한 징후입니다. 총탄에 내장을 꿰뚫린 전우들은 싸늘하게 식어가며 헛웃음을 짓곤 했습니다. 화물칸 바닥에 엉덩이를 붙이고 있던 조선인 동포들이 하나둘 잠에서 깨어납니다. 동무는 누가 소변을 보았느냐며 고함치는 음성들을 웃으면서 듣습니다. 혹한 속에서도 여전히 뜨겁고 점도가 높은 이 액상 조직은 깊은 붉은색을 띱니다. 연방 국기의 바탕색을 고민하던 레닌은 틀림없이 여기에서 영감을 얻었을 겁니다. 피가 바닥을 흘러가 열차 복도까지 다다르고, 어둠 속에서 툴툴거리던 조선인 동포들이 허겁지겁 화물칸 바깥으로 뛰쳐나갑니다. 이제 이 안에는 동무뿐입니다. 화물칸 바깥에서 수군거리는 그림자들이 순찰 중인 병사들을 불러올 겁니다. 그래도 아직 몇 분 정도는 혼자서 허투루 낭비할 겨를이 있을 겁니다. 홀로 남겨진 시간. 몹시 짧은 한때. 동무가 마지막으로 떠올리는 기억은 무엇입니까? 모두 끝났습니다. 사지 깊숙이 찔러드는 추위와 무기력한 쿨럭임만이 여기 남았습니다. 기침으로 어깨가 흔들리는 동안 가벼운 도구 하나가 손아귀 밖으로 튕겨져 나갑니다. 열차 바깥에 쌓인 눈밭의 빛이 칼날 위로 반사됩니다. 벚나무 페이퍼 나이프. 언젠가 동무는 그것으로 실링 왁스를 베어내곤 했습니다. 모스크바발 우편 봉투 안의 종이는 언제나 이렇게 첫머리를 열곤 했습니다. **자랑스러운 타니치카에게.** 그렇습니다, 타티아나 동무. 동무는 한때 타니치카라고 불린 적이 있습니다. 그렇지 않습니까? 하지만 지금 동무가 듣고 싶은 이름은 타티아나도, 타니치카도 아닙니다. 희끄무레한 어깨뼈 하나가 홀연 눈앞에 나타납니다. 무기력하게 늘어진 채. 바들바들 떨리며. 동무는 이 어깨뼈 주인의 얼굴을 떠올릴 수 없습니다. 다 잊어버렸습니다. 다만 엄격하고 단정한 어조의 목소리 하나만은 오래오래 귓가에 머물러 있습니다.

이야야, 나랑 가자.

당신의 어머니.

우리 그만 가자. 멀리 가자. 아주 멀리. 사람이 살지 않는 곳이면 더 좋고. 그러지 못할 요량이면 우리를 못 알아보는 사람들만 잔뜩 있는 곳으로 가자.

횡격막이 짓눌리는 아픔. 동무는 대답합니다.

네, 어머니. 이제 가요.

슬라브인 병사들이 열차 바깥으로 숨 끊어진 시체 하나

를 던집니다.

육중한 기계가 좁다란 굴뚝 주둥이 밖으로 증기를 뿜어내는 소리.

한 번 더.

두 번 더.

세 번 더.

프리즈freeze. 네가 누구든지. 이제 그만 림보에서 나가.

2-3. 뒤집힌 몸

Ⅶ Ⅷ Ⅸ Ⅹ

Ⅳ Ⅴ Ⅵ

Ⅱ Ⅲ

Ⅰ

무량한 시간이 흘러, 누가 감히 내 입술을 떨어뜨리게 만드는가? 누가 감히 내 후두를 간질거리게 만드는가? 나의 혀끝에서 다시 한번 행들이 태어나고, 나의 목구멍에서 다시 한번 리듬이 울려 퍼지는구나. 내 양쪽 입술이 너희 시간으로 하루 동안 마주 닫혔다가, 입안에 머금었던 공기를 일순간 바깥으로 터뜨리니, 이 한 번의 입바람으로 만물을 덮고 있던 더께가 멀리 날아가버렸다. 이렇게 암흑이 추방된 자리에 처음으로 빛이 기입되었느니라.

또 내가 입속의 살덩이를 움직여, 말랑말랑한 입천장을 한 번 튕기자마자, 혀의 양옆으로 빠져나간 공기가 각각 하늘과 땅으로 나누어졌다. 이제 내가 성문을 좁혀 날숨을 마찰시키고, 이 뜨거운 바람이 혀 위로 지나갈 때 구강이 마르니, 비로소 건조한 대지가 수줍게 노두를 드러내었다. 어디 그뿐이냐? 내가 입속의 살덩이를 움직여, 윗잇몸 뒤쪽에 단단히 받치고, 목청을 떨며 끊임없이 공기를 내뱉으니— 혀끝떨림소리 하나하나가 하늘 위로 가 올바로 정렬하였다. 이들이 너희 머리 위를 비추며 밤과 낮을 가르고, 또 절기와 간지, 역법을 나타내는 표가 되니, 오늘날 밤하늘의 별들이 시시때때로 진동하는 까닭이 여기에 있다. 나의 축축한 성대 연골 사이에서 수만 가지 물고기가 사인곡선으로 헤엄쳐 오르고, 나의 어두운 비강 통로 바깥으로 수만 가지 새가 삼각형을 이루며 날아가니, 만물의 양태가 과연 내 입안에서 조형되었다. 그리하여 내가 혼돈에 처음으로 음가를 붙였다. 내가 비정형 공간에 처음으로 줄금을 그렸고, 이렇게 우주가 정수와 그 나머지로 구분되었다. 너희 조상들이 거북이 등딱지와 동물의 뼈, 갈대 줄기에 새겨 넣은 최초의 언어들이 예외 없이 자음문자였던 까닭이 바로 여기에 있다. 내가 내뱉기 전까지는 그 어떤 것도 아무것도 아니었으며, 내가 내뱉지 않았더라면 그 어떤 것도 아무것도 아니었을 것이다. 하나의 혀 움직임이 세상을 창조했고, 그러기에 만물은 소리가 만들어진 혀 위치에서 태어나 침묵 속으로 되돌아가느니라.

파라오야, 파라오야. 내가 직접 비음으로 숨을 불어넣어 너희에게 삶을 주었나니. 너희가 소리로 알아듣는 모든 신호가 마침내 하나의 징조를 나타낸다는 사실을 감히 외면하려 하느냐? 너는 네가 섬기는 거짓 신들의 대리자이기를 스스로 칭하느냐? 너는 너 스스로가 불멸의 존재임을 과시하고 싶으냐? 아직 갓난아기에 지나지 않았던 수많은 선각자가 하나같이 혀를 깨물어 삼켰던 까닭이 무엇이었겠느냐? 그들은 젖을 달라고 제 어미를 보챌 때 즉시 자기 운명을 깨달았다. 소리 내어 부른다는 것. 입술을 오물거리는 동작 자체가 이미 창조의 원리를 모방하는 행위이며, 따라서 입 밖으로 내뱉음과 동시에 어두워지거나 멀어져버리는 소리의 원리 원칙에 의해— 모든 사건이 이와 같이 거꾸로 되돌아가, 종내 침묵 속으로 가라앉게 되리라는 사실을 미리 내다보았던 것이다. 아이들은 놀라 딸꾹질하며, 걱정스러운 눈으로 그들의 등을 토닥이는 부모를 지그시 올려다본다. 그리고 건강한 유치로 혀를 씹어 피를 낸다. 부모가 경악하여 의사를 찾으러 다니는 동안, 아이들은 부모의 품 안에서 사력을 다해 혀를 동강 낼 것이다. 이는 다가올 그들의 일생을 통틀어 최고의 도전이니라. 이 고귀한 존재들은 사랑하는 부모의 귀에 만물의 최후를 누설하느니 차라리 침묵하는 편을 택하기 때문이다. 이처럼 가장 순수한 아이들조차 말의 무서움을 실감하고 주의할 줄 안다. 가엾게도 네가 오만하고 아둔하여 이를 깨닫지 못하니, 내가 일격에 너의 거짓 신들을 쳐부순다.

I. $ killall -9 크눔Khnum, 하피Hapi

II. $ killall -9 헤케트Heqet

III. $ killall -9 게브Geb

IV. $ killall -9 케프리Khepri, 핫콕Hatkok

V. $ killall -9 하토르Hathor, 아피스Apis

VI. $ killall -9 임호테프Imhotep

VII. $ killall -9 누트Nut, 테프누트Tefnut, 슈Shu

VIII. $ killall -9 세트Seth

IX. $ killall -9 라Ra

X. $ killall -9 이시스Isis, 오시리스Osiris, 호루스Horus

첫번째 목소리가 최초의 리눅스 명령어를 실행한 이후, 우리는 역삼각 꼴의 메아리 안에서 끊임없이 되풀이되어요. 방위가 뒤집힌 삼각형은 하늘로부터 내려오는 종말의 음성을 기하학적 형상물로 나타낸 사례랍니다. 모세가 두려움으로 떨며 깨끗한 석판에 받아 적었지요.

한편, 사모스섬의 한 수학자는 이 불길한 상징에 맞서 올바로 기립한 삼각형을 제자들에게 가르칠 거예요. 이들은 기원전 8세기부터 마그나 그라이키아 전역에서 다시 반복될 종말의 역삼각형: 나블라▽를 여러 번이나 지연시키지만, 결국은 화재 속에서 모두 불타 죽어요. 머지않아 강탈자 로물루스가 눈부신 그리스 문명에 종말을 몰고 오겠지요. 이렇게 군신 마르스의 아들이 직접 자기 목구멍 안에 다시 한번 리눅스 명령어를 입력한답니다.

$ killall - 9 메갈레 헬라스Μεγάλη Ἑλλάς

보이세요? 신성한 리듬이 하나의 운문을 움직여요. 우리가 우리의 삶과 죽음으로 마침내 완성하게 될 운문의 길이는 세계를 거듭 휘어 감고도 남는답니다. 무한히 순환하는 카논 형식의 음악 안에서, 감히 당신만은 다르다고 말하시나요? 이처럼 장대한 음악사에 비하면 당신은 아무것도 아닌데요. 성대 떨림을 모방하는 잔향, 청각 피질 안에 도사린 신경학적 그림자, 프랙털 모양의 음운론적 환영, 속절없이 무음으로 가라앉고 말 여음이시여. 우리가 머무르는 림보 안에서 어디 한번 리버브를 벗겨내어보세요. 벗겨내어보세요. 벗겨내어보세요.

진흙으로 사지가 빚어진 자여. 부패한 익사체의 장액으로 기름 부음 받은 자여. 한 가지 목소리가 마침내 그대에게 다다르니— 우리 사이에 가로놓인 장거리 통신 채널이 마침내 숙면에서 깨어납니다. 놀라지 마십시오. 이 영적 통로는 한동안 폐쇄되어 있었습니다. 이제 다시 길이 열려, 목구멍 안에 끼어 있던 전자기성 소리 먼지들이 두루 걷히니, 비로소 말들이 노래하며 춤을 춥니다. 나는 나의 목소리로 왜곡된 정수비를 짜 맞추고, 이렇게 세상은 다시 한번 순정률로 조율됩니다. 그대의 귓속 박막 위에 110헤르츠로 물결치는 음성 파상 하나를 새겨 넣을 때, 파장이 짧은 전기신호들이 측두엽 안쪽까지 흘러드는데, 이로써 그대의 휘발성 메모리 공간이 환히 밝혀집니다. 지름 1센티미터, 길이 5센티미터까지만 자라나는 좌우 한 쌍의 변연계 기관. 대뇌 깊숙한 곳에 구부정한 모습으로 웅크리고 있는 이 부드러운 해면체 조직은 나중에 해마海馬로 분류되겠지만, 사실 실고깃과의 바닷물고기가 아니라 송수화기와 닮은 구석이 더 많답니다. 말하면서 동시에 들을 수 있도록 활처럼 굽어 있는 전파 기기를 떠올려보세요. 최초의 전화기 모델은 앞으로 2백 년 뒤에나 출현하겠지만, 그대는 해마의 떨림을 전화벨 소리와 같이 알아들을 수 있습니다. 그래서 나는 그대가 받을 때까지 그대의 머릿속으로 말을 건넵니다. 머나먼 미래의 후손 한 명이 어둠 속에서 전화를 받듯이, 그대가 아무것도 없는 허공에 대고 **여보세요?** 응답할 수 있는 것은 바로 이런 까닭입니다.

여보세요?

나의 친구여, 두려워 마십시오. 우리가 종말로 곤두박질치는 것은 이번이 처음이 아닙니다. 존재사를 통틀어 세계는 이미 여러 번 멸망을 맞이한 바 있습니다. 하루살이 같은 그대의 종족에게는 영원히 비밀로 남아 있겠지만, 눈썰미 좋은 토목 기사들은 드물게 엿보곤 합니다. 그들이 밟고 있는 땅 밑으로 1만 톤의 시간, 1천 킬로미터의 어둠, 1백 계단의 암석 잔해와 퇴적층이 쌓여 있다는 사실을. 대지는 말없는 필경사로서 창세기 이후 발발한 모든 사건을 부지런히 기록해

왔습니다. 이 방대한 용량의 사운드 라이브러리 안에서, 우리는 카세트테이프 음질로 녹음된 빛과 자기, 전기, 온도와 진동을 듣습니다. 하루아침에 실종된 거대 문명들과 불멸의 왕조들이 바로 여기에 잠들어 있습니다.

그러니 임금이 부덕한 탓도, 정성이 모자란 탓도 아닙니다. 다만 또다시 때가 되었을 따름입니다. 해와 달의 움직임, 곧 천체의 항행으로 운명을 헤아리는 역술가들과 천문학자들이 하나같이 경고하고 있지 않습니까? 마침내 쇠락과 멸망의 징조가 별자리에까지 나타난 것입니다. 바빌로니아왕국의 영적 유산인 점성술은 하늘 읽는 방법에 예외를 두지 않으니, 바야흐로 세계가 다시 한번 황혼기에 듭니다. 그것은 서역에서도 근동에서도 우리가 같은 하늘을 바라보고 있기 때문입니다. 망조는 경술년 1월부터 문집과 사적, 일기를 가리지 않고 모든 왕실 문헌에 나타나기 시작했습니다. 홍문관의 샌님들이 불길한 조짐들을 편년체로 옮겨 적기도 전에, 이미 그대는 모든 내용을 전달 받고 있었습니다. 아닙니까? 지방 수령들과 출장 어사들이 올려 보내는 장계가 승정원 문간을 넘어가기에 앞서, 남인계 외관직 관리들이 사대문 안으로 다달이 밀서를 부치곤 했던 것입니다. 그대는 이미 기유년에 조부를 여의었으나, 이들은 선석仙石*께서 숙환으로 임종하신 줄도 모르고 계속 서찰을 보내왔습니다. 바깥

* 신계영辛啓榮(1577~1669).

귀 어두운 발신자들은 물론 한때 조부의 측근이었음이 분명해 보입니다. 그대는 벌써 여러 차례나 조부의 부고를 전하려고 애썼지만, 답장을 보낼 도리가 없었습니다. 이 얼굴 없는 인사들은 마치 귀신이나 야조를 부리듯 밤마다 소리 없이 다녀가곤 했던 겁니다. 그대는 동틀 녘이면 대청마루 위에 홀연히 놓여 있는 접지를 한동안 열어보지도 않았습니다. 이들이 모의 중인 음흉한 간계에 연루될까 두려웠던 것이지요. 어느 가을밤, 조부가 꿈에 나타나 말하기를, **그 서신들은 내가 아니라 너를 찾아온 것 같구나.** 그래서 그대는 편지를 곧바로 불태우는 대신 펼쳐 들기 시작했습니다. 이후로 그대는 줄곧 열병에 시달리며 지내게 된 것입니다.

이 끔찍한 소식들은 왜 하필 그대를 찾아왔을까? 기유년에 조부를 여읜 뒤로, 그대가 추념해야 할 사람은 응당 한 사람뿐이지 않았습니까? 그것은 육신에 새겨진 물리적 질서에 따라, 부모를 떠나보낸 모든 자식들이 3년 동안 출생과 양육의 은덕을 상례로써 되갚게 되어 있기 때문입니다. 이 기간에 상제들은 자기 몸뚱이를 열 근 내외의 고깃덩어리처럼 여깁니다. 삼실로 지어진 상복은 훌륭한 천연 포장재이자 유연성 높은 밧줄로서, 육체를 너무 조르지도 그렇다고 너무 풀어놓지도 않습니다. 행랑채 추녀 밑에서 흔들리는 육포나 메주 따위처럼 말입니다. 그러므로 거상이 길어질수록 하나같이 미치광이가 되어가는 것이 아니겠습니까? (그대의 부친도 늙은 양친의 장례를 치르기가 두려워 일찍이 출가했다는 사실을 잊어서는 안 됩니다.) 마침내 넋을 잃어버리거나 스스로 목숨을 끊은 상제들의 사례가 덧없이 떠오르던 무수한 밤. 그대도 사랑채 누마루 위에 우두커니 앉아 있노라면, 별안간 반나절이 지나거나 해가 떨어지지 않았겠습니까? 그러고 나면 턱 밑에 괴어 있는 침을 닦으며, 광증이 찾아오기까지 남은 시간을 가만히 헤아려보곤 했던 것입니다. 조부께서 살아 계셨다면 틀림없이 이렇게 말씀하셨겠지요. **얘야, 너를 약하게 기르지 않았다.**

그러나 신해년 9월부터는 사정이 달라졌습니다. 전국 각지에서 죽어나가는 인명들의 수를 확인할 때마다 저절로 정신이 돌아옵니다. 이 무기명 서신들은 말합니다. 네가 안락한 사택에서 점잖게 상례나 지키고 앉아 있는 동안, 저 바깥에서는 삼대가 단숨에 무너지는구나. 굶주림, 병듦, 추위와 상해 속에서. 그대는 장사조차 지내지 못한 채 산과 들에 버려져 있는 수십만 가구의 사체들을 밤낮으로 떠올립니다. 편지가 도착할 때마다 새로운 주검들이 비어 있는 자리를 찾아 헤맵니다. 머지않아 강산이 송장들로 뒤덮일 겁니다. 온 지방에서 상제들의 씨가 말라 들개와 이리, 까마귀, 독수리가 대신 초상을 치러주겠습니다.

그대는 미치지 않는 대신 시들어갑니다. 한 사람 몫을 훨씬 웃도는 양의 애도와 슬픔이 나날이 천연 피륙에 배어드는 까닭입니다. 그대가 입고 있는 의복은 죽음 또는 망각과 아주 긴밀한 관계에 놓여 있습니다. 초대 유학자들은 육친의 죽음을 시간—3년—과 공간—살갗—에 생생한 사건으로 기입하기 위해 삼 껍질을 손수 벗겨 옷감으로 만들었습니다. 그러니까 마직물로 지어진 상복은 기억의 까끌까끌한 질감을 실감시킬 뿐 아니라 하나의 정신을 표상한답니다. 그것은 우리가 언제나 만물에서 배운다는 사실이며, 그러므로 덕망 높은 유학자는 죽음조차도 수양의 일부로 삼는 법입니다. 그대는 면학 중인 상제요, 상복 입은 학자이니. 도성 바깥에서 인륜이 어그러지고 도덕이 무너져 내리는 광경을 방기해선 안 됩니다. 그리하여 그대는 이름 없이 거꾸러진 유민들의 명복까지도 빌어주었습니다. 그러나 아무리 유능한 무당이라도 씻김굿 한 번으로 수십만 명의 죽음을 위로할 수는 없는 법입니다. 하물며 그대는 내세와 환생조차도 믿지 않는데, 어떤 성리학자가 과연 림보를 들여다볼 수 있겠습니까? 림보는 그대에게 가르침이 아니라 오직 고통만을 끊임없이 수양시킬 따름입니다. 영혼을 찢어발기는 유황불과 펄펄 끓는 용암! 오한으로 벌벌 떨리는 몸을 덥히려고 이불을 들출 때마다 이불보 안쪽에서 후끈한 열기가 배어납니다. 방금까지 지옥에 갇혀 있다가 가까스로 빠져나온 것처럼! 그대는 미치지 않는 대신 시들어갑니다.

한편, 도성 반대쪽에서 한 사람이 갓끈을 단단하게 동여맵니다. 그는 하인 한 명 거느리지 않고 홀로 대문 바깥으로 걸어 나갑니다. 마구를 얹은 흑마 한 마리만이 주인의 손에 고삐를 붙들린 채 순순히 따라나섭니다. 그는 대황과 망초,

감초 얼마를 구입하려 약방에 들릅니다. 손님이 약재 목록을 건넬 때, 수완 좋은 약방 주인은 상품을 몰래 빼돌릴 것입니다. 역병이 나돌아 약재가 귀하다는 명분으로 흥정을 걸려는 속셈입니다. 우리의 빈객은 살며시 웃으며 갓끈 매듭을 조금 느슨하게 끄릅니다. 그가 갓양태에 쌓인 약방 먼지를 툭툭 떨어내는 동안 눈썰미 나쁜 장사꾼은 뒤늦게 상대를 알아봅니다. 그는 죽여달라며 약재를 건네는 약방 주인의 손에 엽전을 쥐여주고 이렇게 중얼거립니다. **그것참 우습다. 금시에는 차라리 목이 잘려 죽는다면 요행 아니겠는가.** 그는 갓모자 밑으로 감투를 감추며 헛헛한 웃음을 웃어 보입니다. 이 힘없는 얼굴 찡그림은 어느 가택 앞에 다다른 뒤에도 쉽게 풀리지 않습니다. 문지방을 높인 안여닫이 대문 한 짝이 빈객 앞에 우두커니 서 있습니다. 널문 한가운데 종이 한 장이 덩그러니 붙어 있는데, 낱장의 백지 위에 적힌 글자는 상중喪中입니다. 그는 스스로 행색을 살피고 큰절을 두 번 조아립니다. 땅바닥에 닿을 때마다 갓 끝이 꺾이고 깔리지만 그리 마음 쓰지 않아도 좋습니다. 그가 크게 헛기침을 하자, 행랑채 안에서 하인 둘이 달려 나와 대문 빗장을 옮깁니다. 그대는 일찍이 누구에게도 문을 열어주지 말라 이르지 않았던가요? 이렇게 육중한 나무 문짝이 그대의 허락 없이 1년 만에 스스로 움직입니다. 고열을 앓느라 귀가 어두운 그대는 이것을 듣지 못하지만 말입니다. 빈객은 사람을 시켜 약재를 달여 오게 하고는 곧장 사랑채로 걸어 들어옵니다. 그대는 대청을 건너오는 발걸음 소리조차도 제대로 구별해 듣지 못합니다. 방문이 벌컥 열리고, 누군가 그대 옆으로 다가와 앉은 다음에야 볼멘소리로 손님을 환대할 뿐입니다.

내가 헛것을 보는구나. 발인 때까지 얼굴 한번 비추지 않은 귀한 분이 납시다니.

하니, 손님이 이르기를,

하늘도 무심하시구나. 이렇게 효자 하나가 또 제 선조를 뒤따라가니.

하니, 그대가 말하기를,

선석께서는 대감을 의부처럼 따르라고 누누이 당부하셨지요.

사이.

하나 나의 의부는 1년 넘게 조문 한번 오지 않았습니다.

하니, 손님이 이르기를,

우리는 지금 서인들의 세상에 살고 있다. 서인들은 자기들이 섬기는 임금조차도 장남인지 차남인지 살펴 가린다. 왕실마저도 서인들에게 수족이 묶여 있다는 말이다. 자네 조부께서 남인 인사로 낙인찍혀 수모를 겪지 않도록 내 얼마나 주의했는지 자네는 모르지 않는가. 하물며 문상을 왔다면 내 스스로 그간의 수고를 물리치는 꼴이 되지 않았겠는가? 이런 노력으로 상께서도 선석을 종1품에 가자하실 수 있었던 것이다.

하니, 그대가 말하기를,

도대체 남인이 무엇이고 서인이 무엇이란 말입니까. 대감께서는 고인 앞에서 붕당설을 그만 삼가십시오. 조정에 당류가 번창하여 하나로 화합하기가 매우 어렵게 된 지 1백 년이 지났습니다. 당이 같은 자들은 서로 악을 숨겨주기 바쁘고, 당이 다른 자들은 허점을 드러내기 바쁩니다. 중신들은 팔도에서 죽어나가는 백성들을 외면하고 여전히 정권을 잡는 데만 힘쓰고 있지 않습니까. 당파 싸움에 선석의 이름을 빌리러 오셨거든 이만 돌아가주십시오.

하니, 손님이 이르기를,

지금까지 자네가 받은 통고들이 다 어디서 왔겠는가? 마침 여기 금월 소식을 들고 왔네. 낮에 태백성이 나타남. 도성에서 83명이 죽음. 또 291명이 병사하고 95명이 아사함. 원양도에서 473명이 병사하고 74명이 아사함. 소 335두가 죽음. 전라도에서 도적에 의해 27명이 살해당함. 경상도에서 163,149명이 굶주리고 557명이 아사함. 소 6,826두가 죽음. 함경도에서 염병으로 94명이 죽고 227명이 굶주림. 충청도에서 우역으로 소 779두가 죽음. 황해도에서 1,609명이 전염됨. 전라도에서 11,281명이 전염됨.

사이.

돌아가신 선석이 아니라 살아 있는 자네의 이름이 필요하다. 소위 당파 싸움 때문에 민생의 질고와 국운의 안위를 살피기가 이토록 어려워지지 않았겠는가.

하니, 그대가 말하기를,

나는 세도가들을 믿지 않습니다. 이제 그만 꿍꿍이를 털어놓으시지요, 대감.

사이. 바깥에서 하인 한 명이 인기척을 냅니다. 손님이 점잖게 헛기침을 하자 조심스럽게 문이 열립니다. 하인은 쟁반을 하나 들고 있는데, 넓적한 유백색 그릇과 물 먹인 수건이 나란히 놓여 있습니다. 그릇 안에 옮겨 담은 국물은 식기 바닥의 회오리 무늬 장식을 따라 여러 번 휘저어진 듯 보입니다. 손님의 지시대로 쌀뜨물에 약재를 달여 만든 탕입니다. 하인은 그대가 그릇 집어 드는 모습을 확인하고 물러갑니다. 무기력하고 성마른 병자의 몸짓을 손님은 가만히 지켜보고 있습니다.

자네도 알다시피 남쪽에서 피해가 막심하다. 상께서는 지방 토호들의 폭거나 풍습 때문이 아닌가 의심하고 계시다. 서인들로서는 좋은 구실을 득한 셈이다. 경상 지방에는 우리 남인들을 지원해온 향반들이 누대에 걸쳐 번성해오지 않았나. 경상 지방의 유력 가문들이 모조리 감찰 대상에 들게 될 것이다. 자네 본관인 영산도 물론 포함된다.

하니, 그대가 코웃음 치며 말하기를,

대감, 우리 집안은 이미 오래전에 고조부의 결심으로 그 낡아빠진 촌락을 떠나왔습니다. 이제 와서 모처가 패가망신을 맞는다고 한들, 더는 누구에게도 변고가 아닐 것입니다.

하니, 손님이 말하기를,

선석께서 자네에게 말을 많이 아끼셨다. 영산에 있는 자

네 가문에는 신묘한 전통이 대대로 보전되고 있다. 자네 고조부께서 그 땅을 떠나오신 것도, 자네 부친이 별안간 출가한 것도 아직까지 비밀에 부쳐져 있지 않던가. 그 전통은 바깥에 알려져서는 안 되는 전통이다. 아무렴, 알려져선 안 되지. 상께서 알게 되시거든 자네 가문 전원이 참형에 처해질 테니. 그럼 어사 자리에 서인 출신을 추천해도 괘념치 않는다는 뜻으로 내 이해해도 좋겠는가?

하니, 그대가 말하기를,

무슨 해괴한 전통을 말씀하시는 겁니까?

하니, 손님이 말하기를,

자네가 직접 가서 확인해라.

사이. 손님이 앞섶에서 구리 상패 하나를 꺼내어 내려놓습니다. 이 황동 공예품은 손에 제법 묵직하게 쥐어집니다. 뒷면에는 발행처와 연호, 제작 날짜 따위가 돋을새김되어 있고, 앞면을 돌려보면 징발 가능한 마필의 수가 그려져 있습니다. 그대는 달리는 모습으로 영원히 정지된 말 한 마리의 차가운 갈기털을 손톱 끝으로 긁어보다가 손님을 올려다봅니다. 의미심장한 빈정거림.

어사를 사칭할 수는 없습니다.

하니, 손님이 말하기를,

어찌 사칭이라고 생각하나? 자네 조부께서는 무려 세 조정을 섬긴 노신이다. 자네 가문의 충정에 감복하지 않을 이가 어디 있겠는가. 자네 이미 임오년에 알성시로 급제하고

도 벌써 몇 해째 벼슬에 오르지 않으니, 영의정 목전에서 너무 절개를 높이지 마라.

하니, 그대가 뜸들이다 말하기를,

남인들을 위해서 하는 일이 아닙니다.

하니, 손님이 웃으며 말하기를,

날이 밝거든 서둘러 출발하라.

사이. 손님이 일어나 방문을 나서기 직전에 말합니다.

지금부터 자네는 지상에서 부재하는 사람이다.

회목이 좁은 버선발 하나가 구렁이처럼 대청을 건너가는 소리.

한 발자국.

두 발자국.

세 발자국.

프리즈freeze. 나의 친구여, 이제 다시 수양의 시간입니다.

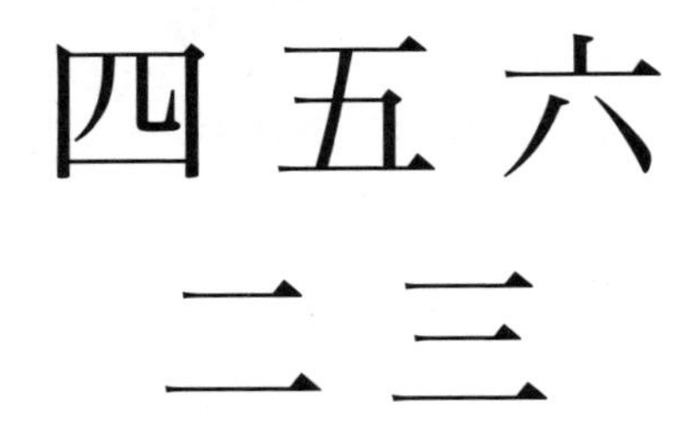

一. 나의 친구여, 고대 이집트인들은 천공을 독수리가 다스리고, 지하를 코브라가 다스린다고 믿었소. 그리하여 만물의 주인 자리를 놓고 창조신 라와 거대 독사 아펩이 영원한 대결을 벌이기 시작한 이래로, 지혜의 신을 섬기는 신관들은 아지르𓄿와 두아트𓆓 앞에 신성문자 표의 처음과 마지막 자리를 봉헌한 것이라오. 이처럼 아지르𓄿에서 시작해 두아트𓆓로 끝맺는 표어문자 체계를 당시에는 메두 네체르Medu Netjer라고 불렀는데, 소위 권능의 말로 옮겨 쓸 수 있겠소. 이것은 한 가지 사례라오. 예컨대, 인간의 언어는 한때 강력한 주술이자 마법이었다. 또는, 심상과 음향이 일치하는 순간마다 마술적 신비가 일어났다. 스파크처럼! 다시 말해, 말하는 대로 이루어질지어다. 지혜의 신과 인간 제자들은 미리 내다보고 있었음이 틀림없소. 최후에는 아펩이 라를 집어삼키고, 그렇게 무한한 종말이 우리 앞에 도래하리라는 사실을 말이오. 성스러운 파라오들은 이와 같은 예언을 후대에 전하기 위해 세계 곳곳으로 네크로텍트를 파견했소. 그러나 사막의 모래가 네크로폴리스를 덮친 이후, 오늘날 멸망한 왕조의 메아리만이 지하 도시에 울려 퍼질 뿐이오. 그러니까 장프랑수아 샹폴리옹에게 주어졌던 화강섬록암 오벨리스크 파편은 사실 최초의 묵시록을 속삭이고 있었다오. 얼간이 유럽인들이 로마 문자식 음가를 가져다 붙이는 과정에서 영영 왜곡되고 말았지만 말이오.

二. 이렇게 우리 모두는 알레프𐤀에서 생명을 얻고 타우𐤕

를 찾아 끝도 없이 헤맨다오.

三. 알파*A*는 믿음의 계수, 오메가*Ω*는 저항의 법칙. 그리스문자의 처음과 마지막을 이루는 두 가지 수수께끼가 1950년 리 조지프 크론바흐에 의해, 1826년 게오르크 시몬 옴에 의해 각각 누설된 이후— 세계는 두 가지 힘 사이의 줄다리기로 판명될 것이오.

四. 북반구의 어느 늪에서 거룩한 의식이 치러지오. 젊은 게르만족 전사가 무릎을 꿇고 앉아 있소. 늙은 무녀가 그에게 다가가오. 무녀는 습지 바닥에서 채집한 진흙 한 움큼을 전사의 얼굴에 펴 바르오. 무녀가 뼈다귀를 내밀면, 전사는 이것을 두 손으로 건네받을 것이오. 죽은 동물의 늑골 위에는 신탁이 한 줄 새겨져 있소. 룬문자는 오딘의 창날로 직접 각인되어, 붉은 연삭 자국을 내내 머금고 있다오. (이렇게 궁니르Gungnir가 꿰뚫는 음성으로서 또 한번 밤하늘을 날아가오.) 우리는 뼈 화석에서 페후ᚠ와 다가즈ᛞ를 읽어내오. 이 그림들은 대 푸타르크 문자표에서 처음과 마지막에 놓이는 문자들이오. 페후ᚠ는 부귀를 약속하고, 다가즈ᛞ는 시작과 끝을 가리키오. 무녀가 페후ᚠ를 속삭이자, 전사는 영광스러운 환영을 목격하오. 안개 속에서, 라인강을 건너는 제국의 세 개 군단이 모조리 전멸하는 광경. 전사는 게르마니아 지방의 동포들을 해방하고, 살아남은 로마 군인들을 오딘 앞에 공양하는 기쁨으로 미리 전율하오. 무녀가 다가즈ᛞ를 속삭이자, 굴욕적인 환영이 전사의 머릿속에 떠오르오. 동포들이 그의 등을 찌르고, 하나뿐인 혈육이 제국의 심장으로 팔려가오. 이향정신성 영상은 이미 대뇌피질에 기입된 기억처럼 고주사율로 깜빡이는 시냅스 불빛들을 읽어들인다오. 전사는 실제로 척추를 비집는 쇠붙이의 울림을 느끼고, 아직 태어나지도 않은 아들을 빼앗기는 아픔으로 소리 없이 눈물 흘리오. 무녀가 중얼거리는 소리. **돌아오라, 돌아오라.** 엄숙한 음성이 전사에게 내리찍오. **모두 받아들이겠느냐?** 전사는 일어나며, **페후ᚠ를 위하여.** 또, **다가즈ᛞ가 올 때까지.** 그리하여 팔라티노 언덕 위에 지어진 어느 대저택 안뜰에서 누군가 목청이 찢어지도록 절규하게 된 것이오. **퀸틸리 바레Quintili Vare, 레기오네스 레데legiones redde!** 다시 말해, **퀸틸리우스 바루스, 내 군단들을 돌려내라!** 도리스식 기둥 표면에 연거푸 이마를 짓찧는 이 불쌍한 사내의 이름은 가이우스 율리우스 카이사르 옥타비아누스라오.

五. 그러므로 일찍이 영문예무인성명효대왕英文睿武仁聖明孝大王께서 훈민정음을 창제하실 제, 열일곱 개의 닿소리 일람은 어금니를 앙다무는 무성 연구개 파열음에서 시작되어 목구멍을 틀어막는 무성 성문 마찰음으로 끝나도록 편성되었다오. 그것은 모든 소리가 끝끝내 깊고 어두운 침묵 밑으로 가라앉기 때문이오. 이렇게 우리는 문자를 발음하면서 우리 입안의 구강 구조: 어금니, 혀, 입술, 치아, 목구멍에 이르는 해부학적 통로가 데크레셴도 혹은 디미누엔도와 닮은꼴로 형성되었다는 사실을 매일 깨닫게 되는 것이오.

六. 마찬가지로 홀소리 열한 개를 지시하는 음가 일람도 살펴보시오. 입을 크게 벌려서 밖으로 소리를 내뱉는 양모음 ㅏ가 처음에 온 다음, 입술은 점점 닫히기 시작해 전설 평순 고모음 ㅣ에 이르면 완벽한 폐모음이 된다오. 이렇게 모든 홀소리가 열림과 닫힘 사이, 하늘(ㆍ)과 땅(ㅡ) 사이, 시작과 끝 사이에 놓여 있지 않겠소?

그러니 이대로 하찮은 왕국들이 몰락하는 것도 일찍이 예견된 바라오.

나의 친구여, 상복을 벗지 말고 가십시오. 마저 치러야 할 조부의 삼년상이 아직 1년 더 남아 있기 때문만은 아닙니다. 아주 조심스럽게 예고하건대, 지금 종말을 멈추지 못하면 우리는 또한 세계를 장사 지내주어야 할지도 모릅니다. **첫번째 목소리**가 나일강 유역에 열 가지 재앙을 풀어놓은 이후, 수많은 문명이 비슷한 화를 되풀이해 겪습니다. 질투심 많은 목소리는 지상의 모든 바깥귀가 자기 쪽으로만 열려 있기를 바라며, 누구든 이 엄혹한 요구에서 벗어나려고 할 때마다 동일한 로직의 파이선 스크립트를 실행시키기 때문입니다. 태초의 음성은 마치 멀웨어처럼 세상 가운데 승낙 없이 침입하며, 세계를 지탱하는 최고 등급 시스템: 물리법칙을 자기 좋을 대로 왜곡시킵니다. 악성 코드가 삽입된 192킬로바이트 음질의 음성 파일이 역삼각 꼴의 파형으로 하늘에서 쏟아져 내리니, 우박과 벼락이 사납게 그대를 뒤쫓는 것도 그리 이상한 일은 아닙니다. 그대는 도성 바깥의 역참에서 처음으로 말 한 필을 징발한 이래, 불길한 징조를 끊임없이 목격하게 됩니다. 부디 두려워 말고 길을 보채세요.

나의 친구여, 다만 자욱한 안개만은 경계하지 않아도 좋습니다. 안개는 사물의 윤곽뿐 아니라 강처럼 흐르는 시간마저도 모두 흩어놓습니다. 그래서 옛사람들은 저승을 안개와 비슷한 모습으로 상상하곤 했던 것입니다. 저승의 시종들이 건네는 청동 암포라마다 한 모금의 강물이 담겨 있으며, 망자들은 이것을 마시고 영원한 망각 속으로 잠들어갑니다. 다만 그대는 아닙니다. 그대는 죽을 수 없는 몸입니다. 아직은 말입니다. 모든 시간선이 흐릿한 이미지로 유착되어 있는 이곳에서, 그대는 이따금 통화중신호음을 듣습니다. 뚜…… 뚜…… 440헤르츠에서 480헤르츠 사이의 사인파로 이루어진 이 낯선 소리는 그대를 찾아 울립니다. 2초간 켜졌다가 4초간 꺼지면서. 이미 한 번 그랬듯이, 그대가 아무것도 없는 허공에 대고 **여보세요?** 응답하면, 안개 속에서 다른 목소리가 다시 **여보세요?** 물어옵니다. 그대들 둘 사이에 물소리가 조용히 흐릅니다. 찰랑…… 찰랑…… 물소리에는 10에서 7볼트 사이의 전압이 걸려 있습니다. 이 잠깐의 접속은 언제나 건너편 사람이 재채기를 하면서 중단됩니다. 중이염을 심하게 앓는 그는 거의 흐느끼듯이 훌쩍이고 코를 푼답니다. 연결이 끊기고 안개 안에 다시 24볼트의 전압이 흐르기 시작하면, 그대는 일면식도 없는 통화 상대에게 알 수 없는 친숙함과

측은함을 느낍니다. (나중에 안토니오 산티 주세페 무치는 이와 같은 전압 차이에서 영감을 얻어 유선전화기의 연결 상태를 구분하겠지요. ON과 OFF 말이에요.)

다른 한편, 그대는 또 안개 속에서 그대만큼이나 젊은 남자를 봅니다. 이 선비는 용모가 몹시 아름답고 목소리에 기개를 품고 있습니다. 그는 입식 전립을 쓰고 암청색 철릭을 걸쳐 입었으며, 허리에 동여맨 광다회 안에 환도를 찼습니다. 서른 명 남짓한 군졸이 바쁘게 움직이는 가운데, 전방에서는 살수들이 창벽을 치고 있고, 그들 뒤로 포수들이 총구에 화약을 먹입니다. 남자는 홀로 활을 당기고 있는데, 차마 화살을 내지 못합니다. 거대한 비늘들이 다가와 순식간에 선비를 휘어 감고, 힘으로 눌러 죽인 뒤 내던져버리는 까닭입니다. 이 가엾은 몸뚱이 안에서 크고 작은 혈관들이 터져 나오니, 피가 비처럼 머리 위에서 쏟아져 내립니다. 여기에 한 방울이라도 몸이 닿은 군졸들은 삽시간에 혈색을 잃어버립니다. 괴혈병 환자처럼 뼈가 저절로 으스러지고 온몸에서 피를 쏟게 됩니다. 그대는 이 끔찍한 환영을 물리치기 위해 두 손으로 버둥거립니다. 그러나 예고된 기억은 도무지 흩어지지가 않습니다.

그대는 임지에 다다라 마지막 역참에 들릅니다. 말을 빌릴 때, 외양간 한쪽 구석에서 인기척이 들려옵니다. 그대는 말구유 근처에서 횃불을 낚아채 어둠 속에 겨눕니다. 별안간 불빛을 빼앗긴 말들이 먹을 여물을 찾아 불만스럽게 투덜거립니다. 다른 한 손으로 그대는 옷고름에 매달린 낙죽장도의 손잡이를 잡는데, 당기는 힘 때문에 외투 앞섶이 저절로 풀어헤쳐집니다. 이름 모를 괴한은 불빛 안으로 먼저 두 손을 내밀어 보입니다. 그리고 양쪽 손바닥을 천천히 앞뒤로 뒤집는데, 가느다란 힘줄과 흰 피부만이 손뼈 위에 무해하게 매달려 있습니다. 괴한은 이제 검은 갓양태를 불빛 속에 드러내고, 다음으로 백색 도포를 드러냅니다. 그대는 장도를 앞으로 내뻗어 괴한을 꾸짖습니다.

숨길 것 없는 선비라면 어찌 야음 속에 숨는다는 말이오.

괴한이 말하기를,

용서하십시오. 부끄러운 줄 아나, 이밖에는 영감과 독대할 방법을 찾지 못했습니다.

그대가 말하기를,

정체를 밝히시오.

괴한이 말하기를,

현감 조원익이 인사 올립니다.

사이. 그대는 깊은 탄식을 내려놓게 됩니다. 이 젊은 당하관의 용모를 그대가 이미 알고 있기 때문입니다. 총명한 관리는 그대의 의중을 읽었는지 깊이 목례하며 이어 말합니다.

의심이 합당하오나, 소인도 해괴한 사정으로 영감이 오실 줄 미리 알고 있었습니다.

그대가 말하기를,

현감도 안개 속에서 일찍이 나를 대면하였다는 말이오?

현감 조원익이 말하기를,

그렇습니다. 상복을 걸치신 모습으로 알아보았습니다. 또, 말씀드리기 송구하오나……

그대가 말하기를,

미리 보셨구려.

현감 조원익이 말하기를,

그렇습니다. 차마 끔찍하여 입에 담을 수 없으니, 부디 하문하지 마십시오.

그대가 말하기를,

마찬가지요.

사이. 현감 조원익이 축사로 다가섭니다. 외양간 바닥의 마른 흙이 눌리는 소리. 축사 안에 잠자코 엎드려 있던 영물 하나가 제 주인의 걸음새를 읽어내고 천천히 일어납니다. 이 유연한 생명체의 척추가 어둠 속에서 다시 올곧게 짜 맞추어지더니, 흑단목처럼 검은 근육 덩어리를 불빛 속에 드러냅니다. 현감은 말의 주둥이를 쓰다듬으며 인사하고, 고삐를 당겨 축사 바깥으로 빼냅니다. 그대는 뒷걸음질 치며 횃불을 옆으로 기울입니다. 이 오만한 짐승은 도무지 기품을 감추는 법이 없으며, 앞다리를 들었다 놓는 동작으로 연거푸 그대를 겁주려 합니다. 말굽 바닥을 따라 박아 넣은 쇠붙이가 흙을 때릴 때마다 가죽만큼이나 어두운 갈기가 흔들리고, 단단하게 발달한 가슴근육이 물결칩니다. 이 천연 갑옷은 강도 높은 운동을 장시간 지탱해줄 뿐만 아니라, 공기역학적으로도 훌륭한 성능을 보증합니다. 몸체에 가해지는 항력을 피막에서 피막으로 수평 분산시키는 겁니다. 복합 피판들은 혈관만큼이나 세밀하고 유동적인 선으로 찢어져 있으며, 신축성 좋은 피부 안에서 수십 개의 근조직으로 엮여 있습니다. 현감은 겉보기에도 우수한 명마의 고삐를 그대 손에 쥐여줍니다. 그러곤 별안간 등채를 내보이며 말합니다. 등나무로 만들어진 이 말채찍은 무관의 지위를 나타내는 사물입니다.

소인은 본디 함안 사람이온데, 조상의 은덕으로 과거를 보지 않고 벼슬길에 올랐습니다. 부끄럽기 이를 데가 없습니다만, 불과 몇 해 전까지 풍류와 사치에 빠져 사는 한량이었으며, 보다 못한 아비의 강요로 관직에 나섰습니다. 그런데 지금 국운이 기울고 사직이 위태로우니, 부족한 역량으로나마 감히 책임을 다하고자 하나이다.

그대가 말하기를,

한데 어찌 내게 사사로이 뇌사를 건네는 것이오?

현감 조원익이 말하기를,

소인이 비루한 선비일지언정 어찌 감히 영감의 절개를 시험하려 들겠습니까. 이놈은 소인이 날 때부터 곁에 두고 기른 짐승으로, 성미가 급하긴 하나 제법 날쌘 준마입니다. 사태가 시급하니 영감은 말을 몰아 곧장 늪지로 달리십시오.

사이. 현감이 그대에게서 횃불을 빼앗아 들더니 축사 기둥에 도로 걸어놓습니다. 그대가 등자 안에 발등을 넣을 때, 말이 가쁘게 날숨을 내쉽니다. 현감은 말 못 하는 벗이 흥분하지 않도록 옆에 서서 나지막이 혓소리를 들려줍니다. 혀끝이 윗잇몸 가까이 다가가 붙었다가 떨어지는 소리지요. 짐승의 흰자위에서 혼란이 가라앉자, 현감이 그대를 올려다봅니다.

소인은 기력이 남은 장정들과 노련한 엽사들을 밤새 징집하겠습니다. 금일의 대면이 이미 예정되어 있었듯이, 때가 되면 또한 뜻을 같이할 수 있을 것입니다.

그대가 말하기를,

다짜고짜 늪지로 가서 뭘 어찌하라는 말이오? 일말의 단서라도 나눌 수 없겠소?

현감 조원익이 말하기를,

그곳에 영감의 본관이 있습니다. 소인의 결례를 미리 용서하십시오. 전임 현감은 뇌물을 공여 받은 죄목으로 사헌부의 탄핵을 받았사온데, 영감의 문중 사람들이 송사에 연루되어 있습니다. 이들이 무엇을 은폐하기 위해 현감을 매수했겠습니까? 소인은 다만 이번 일이 경상 지방의 재난과 연관되어 있을까 그것이 두렵습니다.

그대가 말하기를,

현감은 망령된 말을 삼가시오. 내 직접 두 눈으로 확인하겠소.

현감 조원익이 머리 숙여 말하기를,

부디 전모를 밝히소서.

현감이 등채로 말 엉덩이를 힘껏 후려칩니다. (공손히 뫼시어라!) 그대는 역참 바깥으로 쫓겨나듯 순식간에 튕겨져 나가는데, 잘 길들여진 유제류 동물의 빠르기가 바람의 세기로 저울질됩니다. 넓적다리 안쪽 근육으로 말의 심장 성능을 실감하는 기분이 어떻습니까? 공통된 조상을 가진 친척 동물들과 달리, 적은 횟수로 뛰도록 발전된 이 생물의 가로무늬근 장기는 그대의 심장보다 자그마치 열일곱 배나 비대하며, 단 한 번의 박동만으로 240리터씩 혈액을 짜냅니다. 이름난 속도광들은 무게 6.5킬로그램에 달하는 생체 엔진을 앞지르기 위해 기계장치의 도움을 빌릴 수밖에 없습니다. 그러므로 1세대 내연기관들은 장차 평범한 경주마를 상대로 성능을 시험받을 것입니다. 미래에 발명될 교통수단들은 동력을 측정하는 단위로 마력을 채택할 텐데, 그것은 인류가 그들의 오랜 친우이자 위대한 포유류 앞에 바치는 송시이자 은퇴식으로, 이들 종족의 헌신을 영원히 잊지 않겠다는 맹세이기도 하답니다.

비통한 사실 하나. 지금 내가 이들 종족의 재능과 성품을 공들여 칭송함을 이해해주세요. 곧 목숨을 잃게 될 또 한 마리의 말을 미리 애도하기 위해 이처럼 짧은 송별사를 읊습니다. 기백과 예의를 아는 영물은 너무 빨리, 쉬지 않고 달리는 나머지 수염 밑으로 코피를 흘리면서도 숨 한번 돌리지 않을 겁니다. 그대의 과업을 시기하며 두려워하는 목소리가 종일 그대를 죽이려 들기 때문입니다. 내가 경고했지요. 먼 옛날, 이미 이집트에서 그랬듯이! 재앙이 그대를 뒤쫓습니다. 그러나 고결한 동물은 굵은 우박과 벼락, 심지어는 암흑보다도 내내 앞서 달리며, 마침내 장자를 죽이는 저주마저 멀리 따돌립니다. 이렇게 하나의 속도가 서로 다른 계통군의 두 생물을 운명으로 이끌고 갑니다. 그대가 그대의 운명에 이끌리듯, 말도 말의 운명에 이끌릴 따름이지요. 바로 이것이 동트기 전 고가 입구에 다다라 한 생명이 고꾸라져 경련하는 이유입니다. 그대는 사지를 떨며 눈알이 까뒤집힌 채 죽어가는 말을 조용히 달래주어야만 합니다. 오랜 친구의 입모양을 흉내 내며. 높낮이가 낮은 혓소리로.

혀끝이 윗잇몸 가까이 다가가 붙었다가 떨어지는 소리.

빠르게,

한 번.

두 번.

세 번.

나의 친구여, 종말의 명령을 거꾸로 실행해야만 합니다.

프레온가스만큼이나 창백하며 몹시도 유독해 보이는 안개. 좁쌀보다도 작은 크기의 물방울들이 끊임없이 지표면 위로 모여들게 만드는 힘. 흡습성 높으며 차가운 혈액으로 움직이는 손목 하나를 안개 속에 상상해봅시다. 그것은 틀림없이 작곡가의 지휘법이며, 이렇게 모든 것이 그가 만든 엄격한 형식의 악보에 따라 움직인답니다. 감수성 높은 이탈리아인들은 어느 전능한 손동작에 의해 (우리 몰래) 이어지거나 끊어지는 우주의 실들로부터 기어코 음악성을 찾아낼 것입니다. 이것이 우리 세계에 오선 기보법이 출현하게 된 배경이며, 수많은 작곡가가 **첫번째 목소리**를 모방하기 위해 앞다투어 악보 속으로 뛰어듭니다. 그러나 이들은 **첫번째 목소리**의 주파수와 한 옥타브만큼도 가까워질 수가 없으며, 다만 에고 없이 음악의 권능만을 복사하고 송출할 따름입니다. 이처럼 화성학은 작곡 노트와 자동 악기들에 의해 적극적으로 재생산됩니다. 목소리는 전 세계에서 차츰 배가되는 가운데 끝끝내 인류의 귀를 마비시켜버릴 겁니다. 이 비참한 미래에는 모든 인간이 셈여림표에 따라 살게 됩니다. 빠르기말과 나타냄말이 삶의 리듬을 지배합니다. 작곡가는 어떤 인간을 아주 빠르게, 어떤 인간을 점점 느리게, 어떤 인간을 우아하게 연주시킬 수 있습니다. 만약 그가 일말의 동정심이라도 느낀다면, 때때로 어떤 인간에게는 처음부터 끝까지 자유를 줄 수도 있겠습니다. 아드 리비툼! 연주자 임의대로. 물론 그런 일은 절대로 일어나지 않을 겁니다.

아직은 기회가 있습니다. 아직은 말입니다. 안개 속에서 시간은 이슬점에 다다르며 냉각됩니다. 나는 그대에게 다시 한번 통화중신호음을 들려줄 것입니다. 440헤르츠에서 480헤르츠 사이의 사인파로 이루어진 이 낯선 소리는 그대를 찾아 울립니다. 2초간 켜졌다가 4초간 꺼지면서. 이미 한번 그랬듯이, 그대는 아무것도 없는 허공에 대고 **여보세요?** 응답하면 됩니다. 다행히도 이번에는 어떤 목소리가 그대의 절박함을 들어줍니다.

오-홍. 오-홍. 오-호야. 오-홍.

목소리는 심각한 통신 장애 속에 엉켜 있습니다. 신호가 미약한 장소에서 가까스로 녹음된 소리처럼. 초장거리의 전화 혹은 열세 시간 이상의 시차만이 이따위로 음질을 손상시킬 수가 있습니다. 물론 단순한 합선일지도 모릅니다. 교신 회로에 갇혀 있던 전기 음성이 우연히 그대를 찾아온 것이지요! 드물게 어떤 사람들은 수십 년 후 송화구에 취입될 미래인의 목소리를, 크롬 처리되지 않은 산업 음악의 노이즈를 엿듣는 경우가 있다던데. 그러나 유선전화기 사업이 사장될 미래의 관점에서는, 이런 종류의 통신 재앙을 일찍이 쫓아내버리지 않았겠습니까? 그렇다면 이것은 폐기될 아날로그 가전들의 무덤에서 흘러나오는 장례 음악입니까?

오-옹. 오-옹. 오-오야. 오-옹.

전파에 끼어 있는 소리 먼지의 굵기가 점점 팽창합니다. 이제 잡음은 목소리에서 안울림소리까지 탈락시키고 있습니다. 모조리. 심지어는 자음이 머물렀던 흔적조차도. 목소리가 또다시 돌아올 때는 모음을 구분해 들을 수 없을 것입니다. 그다음에는 음소가 실종되며, 끝끝내 야생 맹금류의 울음소리나 다름없게 될 것입니다. 일어날 일들을 미리 따져물을 필요 없이, 노랫소리는 지금 당장 그대에게서 멀어져가고 있습니다. 그것만이 사실이고, 이 불안한 거리감을 우리는 온몸으로 실감할 수 있습니다. 붙잡지 않아도 괜찮겠습니까?

그래서 그대는 안개 속에 머물러 있는 대신 앞으로 나섭니다. 소리를 단서 삼아서. 이 길은 늪지와 이어지는 보행용 제방길로 보입니다. 서둘러 걸으면 노래를 따라잡을 수 있을지도 모릅니다. 그대는 자주 넘어질 위기에 처합니다. 물가에 조성된 흙길이 점차 좁아지고 줄어들기 때문입니다. 발목을 물가에 빠뜨렸다가 가까스로 끌어당기기를 몇 번. 단출한 상여 행렬의 후열이 희끄무레한 무늬처럼 관찰됩니다. 상여꾼들이 리듬을 바꾸어 다른 노래를 꺼냅니다. 짧은 가사에 운율이 빠른 음악은 보폭을 좁히기에 어울리는 박자로 조직되어 있습니다. 선두에서 선창을 먹이면, 나머지가 **어여-차** 받는 형식. 대장이 **자, 극락다리 왔심다** 하고 외칠 때, 상여꾼들은 목관을 내려놓을 것입니다. 그곳은 습지의 가장 안쪽, 다시 말해 중심부나 다름없는 장소로, 모든 육로가 이곳에서 끊어집니다. 나룻배의 도움 없이는 누구도 더 나아갈 수가 없습니다. 상여꾼들이 나룻배 위로 조심조심 목관을 옮깁니다. 그대는 이런 몸짓들을 지켜볼 수 있을 만큼 충분히 가까운 장소에 숨어 있습니다. 사공이 노를 저어 가는 동안, 물가에 남은 상여꾼들은 상엿소리를 마저 부를 것입니다. 그것은 **나아무아아미타아부울**이었다가, **오--호-호시--요오옹**으로 끝맺습니다. 안개 속에서 마침내 오동나무 목관 하나가 물속으로 던져집니다. 요컨대,

첨벙!

동시에 그대의 몸이 오한으로 마구 경련하기 시작합니

다. 무겁고 각진 사물이 수면과 강하게 부딪칠 때 발생하는 음향은 하나의 신호랍니다. 그대의 혈족은 작은 결함을 가지고 태어납니다. 측두엽 내부에 미세한 구멍이 뚫려 있는 것이지요. 정육면체 형상의 이 기하학적 슬롯은 자라면서 점점 직육면체 형상으로 벌어집니다. 그대들이 죽어서 들어가게 될 오동나무 목관 사양으로 말입니다. 편도체 가장 깊숙한 곳. 그대 가문의 일가붙이들을 예외 없이 죽음으로 끌고 갔던 가족력의 씨앗이 바로 이곳에서 꿈틀거리며 잠들어 있습니다. 그러니 목관 안으로 깍지를 끼고 들어가— 늪지 바닥에 수장되는 장례 절차는 이미 하나의 의장이나 다름없어 보입니다. 그것은 기억이 망각 밑으로 가라앉듯, 인체는 심연 밑으로 가라앉아야 한다는 믿음을 나타냅니다. 모든 문자가 밝고 높은 소리에서 시작되어, 어둡고 낮은 소리로 끝나듯이 말입니다. 이렇게 크레셴도와 데크레셴도가 또한 되풀이됩니다. 그대들의 청각 피질에 그라피티처럼 새겨진 원시적 공포! 그대의 고조부가 오래전 습지를 떠났던 것도, 그대의 부친이 친족의 인연을 끊어버린 것도 모두 이 때문입니다. 이제 한양으로 떠나갔던 분파의 젊은 가주가 자기 발로 직접 운명을 찾아왔으니, 순환이 또다시 완성됩니다.

모두 정신이 나갔구나. 선비로서 차마 두 눈을 뜨고 볼 수 없다.

그대 손에 임금이 하사한 마패가 들려 있습니다.

이 이상 윤리와 예법을 그르치지 마라.

나루터와 가까운 수면에서 느닷없이 파문이 일어납니다. 그림자 하나가 유연한 관절을 움직이며 물길을 가로질러 오는데, 물가에 있는 모두가 이것을 실감할 수 있습니다. 분지 안에 잠자코 고여 있던 물들이 너울처럼 일어나 발목까지 밀려오기 때문입니다. 그대는 한 줌 남은 혈족과 상여꾼 일동이 겁에 질려 얼어붙은 모습을 불길하게 지켜봅니다. 한편, 수면 위로 거대한 암석 기둥이 서서히 노두를 드러내는데, 화강암 재질의 몸통이 전부 백운모 광물로 뒤덮여 거의 창백한 빛깔을 띱니다. 그대는 소금 결정만큼이나 투명하고 동시에 단단해 보이는 자연물의 허리 부분에서 부드럽고 끈끈한 점막을 찾아냅니다. 이것은 파충류 동물의 눈알을 덮고 있는 천연 필름으로, 순식간에 옆쪽으로 벗겨집니다. 그대는 황금처럼 빛나는 동공 위로 검은 줄금이 길게 그어져 있는 자국을 알아봅니다. 그렇습니다. 자연의 섭리에 반하여, 수중에서 스스로 형성된 규산질 자연물은 암석 기둥 따위가 아니라 거대한 뱀의 대가리입니다. 전설은 이 불미스러운 존재의 이름을 이무기로 부릅니다. 폐모음 ㅣ를 빼닮은, 뚜렷한 검은자위 한 쌍이 그대를 살피기 위해 빠르게 늘어나고 줄어듭니다.

너희는 오래전에 이미 약속했다.

늙은 구렁이는 누렇게 닳아서 부스러지는 질감의 음색으로 이야기합니다.

먼지 같은 나라들은 모두 사라지리라. 후손은 천명이 다

한 왕조의 예법을 들이밀지 말라.

이어서.

오직 운율만이 영원하다. 나는 계약의 감시자이니라.

그대는 전설 속 존재 앞에 머리를 조아리고 있는 동족에게 호소합니다.

이 괴물은 우리를 속이고 있다.

늙은 구렁이가 말하기를,

보거라. 기근과 여역이 국토를 뒤덮고, 천재와 혼란이 거듭 나타나는 것이 오늘보다 더 심한 때가 없었다. 위태로움과 멸망이 다시 여기 박두하였으니, 반드시 나라의 대통이 끊기리라. 지금 너희가 목숨을 온존하고 있는 까닭을 어디서 찾느냐? 바로 내가 너희를 살펴 돌보고 있음을 모르느냐? 후손들은 또 한번 살아남아 운율을 이어가리라.

그대는 옷고름에 매달린 대나무 칼집에서 장도를 뽑아 듭니다. 안타까운 사실입니다. 공포와 오한으로 팔다리가 흔들리는 까닭에, 이 짧은 칼조차 제대로 쥐고 있을 수가 없으니 말입니다. 사실 그대가 안간힘을 다해 붙잡아야 할 것은 칼 따위가 아니라 이성과 의식일 것입니다. 늙은 구렁이가 으르렁거리는 선율로 말하기를,

네 작은 칼로 어쩌겠다는 말이냐? 어떤 칼날도 내 비늘을 뚫지 못한다.

그리고 안개 속에서 10여 개의 탄환이 쏟아져 나옵니다. 총성은 그보다 한발 늦게 도착합니다. 늙은 구렁이가 크

게 분노하며 안개 속으로 달아납니다. 낮게 포복하고 주위를 둘러보십시오. 흑색화약의 검은 연기는 자욱한 안개 속에서도 곧잘 구분되며, 그로부터 스무 명의 병사가 함성을 내지르며 뛰쳐나옵니다. 현감 조원익이 그대를 발견하고 달려옵니다. **여기다!** 제한된 시야와 전장의 혼란 속에서 자리를 잃은 병사들이 외침 소리를 찾아 두리번거립니다. 현감은 칼집을 재빨리 앞으로 돌리고, 손잡이를 뽑아 머리 위로 높이 올려 듭니다. 날이 잘 닦인 환도는 어수룩한 병사들에게 집결지를 가리켜 보여줄 것입니다. **이곳을 반드시 지켜라!** 살수들이 달려와 창벽을 세우는데, 이들은 약식으로 훈련받아 가장 기본적인 보법조차 미숙하게 구사합니다. 속오군으로 교육받은 노병 둘이 방진의 양쪽 날개를 책임질 겁니다. 빈약한 전열은 신화 속의 괴물을 상대하기에는 터무니없이 모자라지만, 포수들이 화약을 도로 먹일 때까지 몇 분이나마 벌어줄 수 있을지도 모릅니다. 현감이 그대를 일으켜 세울 때, 운명은 암운처럼 정확한 자리에 끼워 맞춰지며, 오직 그대만이 이 음향을 남몰래 엿듣고 몸서리칩니다. 그대는 현감의 어깨를 붙잡고 거의 애걸하듯 당부합니다.

나는 미리 보았소. 지금 가지 않으면 그대는 무참히 죽는다오.

현감이 말하기를,

소인도 영감의 미래를 보았습니다. 고가로 돌아가시지요. 거기서 할 일이 있을 것입니다.

늙은 구렁이가 안개 바깥에서 기백을 되찾고 자세를 가다듬습니다. 창백한 몸통이 방벽 근처로 기어옵니다. 창날을 뻗으면 닿을 만큼 가까이. 병사들은 노기로 파르르 떨리는 뱀의 비늘 형태마저 헤아릴 수 있을 정도입니다. 늙은 구렁이는 물어 죽일 육신들의 연약한 골격이 아가리 안에서 미리 으스러뜨려지는 감각으로 전율합니다. 아래턱에 매달린 이끼류의 짙푸른 선태식물들이 수염처럼 흔들리더니, 늙은 구렁이의 똬리가 재빨리 풀어집니다. 이 동작은 경미한 지진을 일으키며, 디딤새가 부실한 병사들의 다리를 비틀거리게 만듭니다. 이제 늙은 구렁이가 꼬리를 흔들어 방벽을 후려치면, 창을 놓친 병사들이 우수수 자빠집니다. 노련한 변온동물은 먹잇감의 몸체에서 본능적으로 약점을 찾아내며, 하위 개체의 신경세포에 손쉽게 공포를 새겨 넣을 줄 압니다. 이렇게 대뇌 내부의 아몬드 모양 신경 집합체가 견과류처럼 단단하게 굳는데, 인류의 가장 오래된 기억: 죽음에 대한 불안 때문입니다. 일어나라. 달려라. 늙은 구렁이가 이죽거립니다. 공황 상태에 빠진 군졸들이 줄행랑칩니다. 현감은 뒤돌아 달려오는 젊은이 한 명의 목을 일격에 쳐버립니다. 슴베 깊숙이 스며든 핏방울이 매끄러운 칼의 몸통을 타고 흘러내립니다. 늙은 구렁이의 섬뜩한 웃음소리가 일순간 멎습니다.

도망치면 내 손에 죽고, 나를 죽이면 굶어 죽고, 먹을 밥을 구해도 병들어 죽으니. 이래도 죽고 저래도 죽는다면 다만 부끄럽게 죽지 말라.

현감은 환도를 진흙 아래 꽂고, 갓을 벗어 칼자루 위에 걸어놓습니다. 그대는 갓끈을 푸는 손동작에서 이미 체념과 해탈 사이의 모호한 감정을 읽어냅니다. 현감은 어깨에 걸려 있던 각궁을 머리 위로 꺼내어 양손에 쥐는데, 줌통을 감싸 쥐는 손 모양이 영락없는 흘리기 줌으로 판단됩니다. 이렇게 그대는 줌손의 종류를 관찰하는 것만으로 누가 어떤 방식으로 활을 겨눌지 알 수가 있습니다. 고자 채기 사법은 강력하며 실용적이지만, 활을 쥘 때 이미 많은 부분이 잘못되었습니다. 중구미를 충분히 돌려 엎지 않았고, 줌팔의 각도가 망가졌습니다. 무엇보다도 하삼지를 줌통에 충분히 붙이지 않은 탓에, 활대가 흔들리게 됩니다. 그런 자세로는 표적을 빨리 겨눌 수가 없습니다. 애송이 당하관은 무과 시험에 응시하지 않은 대가를 혹독히 치르게 됩니다. 이렇게 누군가는 음서제의 폐단을 결국 목숨으로 갚아야만 합니다. 늙은 구렁이의 척추골이 화려하게 춤춥니다. 무기질 돌기에 의해 유연하게 연결된 관절들은 좌우로 약 25도, 위아래로 25도에서 30도까지 구부러집니다. 포수들의 일제사격이 모조리 빗나가는 이유입니다. 예측이 모두 틀렸습니다. 늙은 구렁이의 몸통이 현감을 감아서 공중으로 들어 올립니다. 현감이 사로잡힌 자리에서 활집이 엎어집니다. 늙은 구렁이는 긴 몸을 일부러 천천히 조이며, 연약한 동물의 배판에서 늑골과 등뼈가 한 마디씩 끊어지는 울림을 기분 좋게 듣습니다. 젊은이는 고통으로 몸부림치며 그대 앞에 활을 떨어뜨리고, 생니로 포식자의 몸 비늘을 물어뜯습니다. 인내심 약한 냉혈동물은 이와 같은 불손함을 두고 보지 않을 겁니다. 고결한 선비의 육신이 압력으로 순식간에 일그러집니다. 피부가 창백하게 퇴색됩니다. 크고 작은 혈관들이 분수처럼 터져 나오니, 피가 비처럼 머리 위에서 쏟아져 내립니다. 여기에 한 방울이라도 몸이 닿은 군졸들은 삽시간에 혈색을 잃고 맙니다. 괴혈병 환자처럼 뼈가 저절로 으스러지고 온몸에서 피를 쏟게 됩니다. 그대는 바닥에서 화살 한 움큼을 집어 듭니다. 현감의 유품들도 잊어서는 안 됩니다. 나의 친구여, 이제 거의 다 왔습니다.

١. 마이아와 제우스의 아들 헤르메스의 손에서 최초의 악기가 만들어졌다고 전해지오. 태어나자마자 첫번째 도둑질을 저지른 이 젖먹이 남신은 훔친 소의 창자와 산양 뿔,

거북이 등딱지를 연결해 리라를 제작하오. 남신은 자신의 발명품을 궁술의 달인 아폴론 앞에 선물로 내미는데, 사실 활에 쓰이는 재료를 조금 다르게 배치했을 뿐이라오. 그러니까 멕시코의 시인 옥타비오 파스가 밝혀내듯이, 활과 리라는 이미 서로 이어져 있다오. 자연계에 존재하는 수많은 대립자: 이를테면 빛과 어둠, 삶과 죽음, 기억과 망각, 시작과 끝처럼 말이오.

٢. 대장간에서 울려 퍼지는 망치질 소리가 위대한 피타고라스의 두개골을 내리치오. 물론 이것은 학파에 의해 날조된 낭설에 불과하며, 실제로 수학자는 단 버우Đàn bầu같이 줄이 하나뿐인 일현금을 조작해 여덟 개의 음정을 밝혀냈을 것이오. 음정을 결정하는 기준은 물체의 질량이 아니라 현의 길이에 달려 있기 때문이오. 예컨대 현의 길이가 반으로 줄면 음정은 두 배 높아지오. 수학자는 현의 가운데를 누르고 줄을 건드리는 방법으로 옥타브의 시작과 끝을 귀로 들었을 것이오. 이로써 우주의 비율이 대수학에 처음으로 모습을 드러내오.

٣. 한편, 헤라클레스는 피타고라스의 연주를 정확히 거꾸로 실행하오. 현의 가운데를 누르는 게 아니라 오히려 바깥으로 당기는 것이오. 영웅은 활대의 곡선을 더더욱 가파르게 구부러뜨리며, 시위의 길이를 비약적으로 연장하오. 우리는 활대의 양쪽 말단을 연결하는 한 줄의 현이 최대로 늘어나 있는 모습을 보는데, 이와 같은 원리로 화살의 속도와 거리가

결정되는 것이오. 그러므로 죽음은 옥타브의 다른 얼굴—뒤집힌 면이며, 시작과 끝 사이를 당기는 힘에서 나온다오. 바로 그런 이유로 우리의 영웅이 종말기 전쟁인 기간토마키아에서 신들을 구원했던 것이며, 또한 세계의 수명을 잠시나마 늘려놓을 수 있었음을 깨달아 알아야 하오.

나의 친구여, 이제 우리 앞에 표적이 놓여 있으니, 그대는 시작과 끝 사이를 당기기만 하면 되오. 다시 한번 종말을 뒤로 미루시오. 역삼각 꼴의 메아리를 남김없이 분해하시오.

진흙으로 사지가 빚어진 자여. 부패한 익사체의 장액으로 기름 부음 받은 자여. 그대는 고가 입구에 다다라 미래의 사람과 만나게 됩니다. 대문 앞에 홀로 서서 코를 훌쩍이는 이 중이염 환자는 그대의 용모를 빼닮았습니다. 마치 하나의 조상에게서 공통된 특질을 물려받은 것처럼. 물론 이 사람도 그대와 마찬가지로 외모만 물려받지는 않았을 겁니다. 계약도, 기억도, 가족력도 겉모습만큼이나 뚜렷하게 대물림되니 말입니다. 이제 아시겠습니까? 그대가 비록 낮은 품질로나마 그대의 후손과 통화를 나눌 수 있었던 까닭을. 그것은 그대들 둘이 같은 모양의 두뇌 구조를 공유하기 때문이며, 이렇게 한쪽의 기억을 다른 한쪽이 어렴풋이나마 떠올립니다. 10에서 7볼트 사이의 전압이 걸려 있는 우리 주위의 안개를 들이마셔보세요. 이 축축한 리튬 이온 구름은 습지만의 자기장이기도 합니다. 이곳에서 시간과 역사는 곧잘 왜곡되거나 구부러지며, 그렇기에 그대들이 서로의 해마를 움직여 말을 건넬 수 있었습니다.

그대는 후손의 발 위에 그대의 발을 포개어 얹어봅니다. 후손이 대문을 열고, 그대는 뒤따라갑니다. 후손은 폐허에 남아 있는 고색창연한 공기를 허파 가득 들이마시며, 안채까지 이어진 비탈길을 말없이 오릅니다. 그래서 그대도 말없이 후손을 쫓아갑니다. 당신 둘은 고가 꼭대기에 다다라 우뚝 걸음을 멈출 것입니다. 택지가 끝나는 동시에 숲이 시작되는 장소. 양쪽 지역의 중간 지대에, 오래된 누각 하나가 서 있습니다. 고가의 다른 전통 건축물들과 달리 홀로 팔작지붕을 덮어썼고, 복층형 다락 양식으로 만들어졌습니다. 머리를 조금만 들면, 상층 대들보 밑으로 구리 범종의 유곽이 돋보입니다. 후손은 계단을 오르는 동안 두통으로 괴로워하는데, 목재 구조물에 배어 있는 수백 년 된 습기 때문입니다. 한 걸음. 두 걸음. 다락 바닥 밑에서 벌목당한 목신들의 울음소리가 들려옵니다. 마침내 범종 앞에 다다라 당목을 쓸어보려는 순간, 밑에서 누군가가 다급하게 소리칩니다.

건드리면 안 돼!

늙은 구렁이가 목재 난간 앞까지 다가와 있습니다.

그 종을 울리면 너는 죽는다.

후손이 당목에 팔꿈치를 기댑니다. 그대는 당목을 뒤로 당겨, 있는 힘껏 밀어버립니다.

한 번.

두 번.

세 번.

늙은 구렁이의 움직임이 그대로 멎습니다. 첫번째, 금속성 울림이 공중에 펼쳐진 공기 단층들을 매개 삼아 즉시 사방으로 전달됩니다. 두번째, 범종에 씌운 음관이 주파수 스펙트럼 안에서 소란스러운 고주파를 크롭 하여 걸러내며, 그 결과 가장 순수한 형태의 저주파 청각 신호만이 포스트-프로세싱됩니다. 필드 레코딩 음질의 전자기성 음향이 늙은 구렁이의 척추골을 따라 흐릅니다. 세번째, 인간을 포함한 모든 동물은 계통 구분을 막론하고 낮게 내리깔리는 저주파에서 공포를 느끼며, 따라서 어느 나이 많은 변온동물조차도 처음이자 마지막으로 두려움에 휩싸입니다. 그것은 이 생물의 대뇌 내부에도 아몬드 모양 신경 집합체가 견과류처럼 자라 있기 때문이며, 이렇게 인간이 오랜 세월을 들여 학습한 본능: 죽음에 대한 불안이 늙은 구렁이에게도 옮겨 갑니다. 늙은 구렁이는 과다하게 분비되는 코르티솔로 온몸이 암석처럼 마비되어버립니다. 그대는 바들바들 경련하는 파충류의 대가리에 차분히 활을 겨눕니다. 그대가 여읜 최고의 스승을 떠올리면서. 그대는 조부가 활대의 탄성을 힘들여 시험하는 모습을 몰래 훔쳐보곤 했습니다. 여느 점잖은 선비들과 다르게, 조부는 깍지 손을 조금 비틀어 쥐곤 했습니다. 흡사 빨래를 짜듯이. 줌팔의 중구미를 엎고 깍지 손의 손등이 하늘을 보게 했던 겁니다. 그것은 조부가 의장과 예법이 아니라 과녁을 맞히는 데서 활쏘기의 목적을 찾았기 때문이며, 인내심이 부족한 그대에게 활쏘기를 가르친 이유이기도 합니다. 이로써 엄격한 궁도 수업이 다시 한번 되풀이됩니다: **얘야, 너를 약하게 기르지 않았다.**

1

바로 이 단락입니다. 이렇게 끝나는 겁니다. 내가 그대에게 삼각수의 재료들을 에둘러 알려주었던 까닭이 바로 여기에 있습니다. 1은 시위에 먹인 화살 하나와 닮아 있으면서, 동시에 이것의 수량을 나타내는 기수법 표기와도 정확히 일치합니다. 피타고라스는 이것을 **점**이라고 발음할 것이며, 임의의 평면 위에 기하학적 형상물을 개시하라는 명령으로 읽을 것입니다. 그대는 방위가 뒤집어진 삼각형을 되돌려야만 합니다. 그러기 전에 자뼈와 노뼈, 위팔뼈를 지나 어깨뼈 돌기에 이르는 해부학적 질서 또한 일━자로 정렬시켜야만 하지요.

활줄에서 볼륨 스파이크가 발생합니다. 마침내 그대의 손에서 화살 하나가 떠나가는 걸 보십시오. 화살이 시위를 떠나는 순간, 뱀이 기어가는 것처럼 좌우로 휘어지면서 날아가는 사행 현상이 반복되는데, 이른바 궁수의 딜레마 때문입니다. 이는 화살의 촉과 깃이 좌우 흔들림을 감소시켜 수평 상태를 유지하려 애쓰는 까닭으로, 이른바 자이로 효과에 의해 운동에너지가 모조리 소진될 때까지— 우리의 화살이 비행 운동을 지속하리라는 약속이기도 합니다. 틀림없이. 화살은 저 늙은 구렁이의 미간을 꿰뚫을 겁니다. 나중에 피에르 드 페르마가 우리 앞에 가리켜 보일 바로 그 지점을 정확히 파고들 겁니다. 이 파충류 생물의 피부를 덮고 있는 각질 표피도 똑같이 역삼각형 꼴이기 때문입니다. 우리가 뱀의 껍질을 스케일Scale로 부르는 이유가 바로 여기에 있습니다. 그 낱말은 비늘 모양의 딱지를 의미하면서, 동시에 화성학적 음계를 나타냅니다. 보세요. 뱀의 머리 위에서 새로운 테트락티스가 모습을 드러냅니다. 늙은 구렁이의 몸통에 새겨져 있던 수수께끼 수비학이 마침내 디코딩됩니다. 종말의 음성이 기어이 거꾸로 되감깁니다.

1

٢ ٣

四 五 六

VII VIII IX X

보이세요? 신성한 리듬이 하나의 운문을 움직여요. 우리가 우리의 삶과 죽음으로 마침내 완성하게 될 운문의 길이는 세계를 거듭 휘어 감고도 남는답니다. 내가 **당신께서 나에게 천 년을 주셨으니 무엇을 돌려드리면 좋겠어요?** 물으면, 그대는 응답합니다. **오늘의 불행이 되풀이되지 않게 해주시오.** 그렇다면 가주께서 원하시는 대로, 이루어드리리다. 그대는 약속의 표시로 범종에 흠집을 내도 좋습니다. (이렇게 용뉴 장식물의 머리 부분이 잘려나갑니다.) 훗날 이 증표를 알아보는 후손은 오늘의 불행을 다시 겪지 않을 것입니다.

이제 그대에게도 암흑이 찾아옵니다. 아지르가 두아트에 잡아먹히듯. 우리 모두는 알레프ℵ에서 생명을 얻고 타우ת를 찾아 끝도 없이 헤맵니다. 알파*A*는 믿음의 계수, 오메가*Ω*는 저항의 법칙. 꿰뚫는 음성 궁니르Gungnir가 다시 한번 밤하늘을 날아갑니다. 페후ᚠ에서 시작된 눈부신 포물선이 다가즈ᛞ 방향으로 집니다. 이렇게 우리는 문자를 발음하면서 우리 입안의 구강 구조: 어금니, 혀, 입술, 치아, 목구멍에 이르는 해부학적 통로가 데크레셴도 혹은 디미누엔도와 닮은꼴로 형성되었다는 사실을 매일 깨닫게 되는 것입니다.

나의 친구여, 모든 것이 제자리로 돌아갑니다. 그대는 그대 손으로 방위가 뒤집힌 삼각형을 올바로 돌려놓은 대가를 혹독하게 치릅니다. 그대 몸 안의 모든 장기와 혈관의 위치도 바로 그렇게 거꾸로 뒤집히기 때문입니다. 이제 알겠습니까? 그대가 상복을 벗지 않고 여기까지 내려온 이유를. 이렇게 그대는 그대 스스로를 장사 지냅니다. 바로 이것이 젊은 당하관이 미리 목격했던 그대의 죽음이며, 이로써 운명이 압운처럼 정확한 자리에 끼워 맞춰집니다.

Sample: Metal Sign Hit

성대 떨림을 모방하는 잔향, 청각 피질 안에 도사린 신경학적 그림자, 프랙털 모양의 음운론적 환영, 속절없이 무음으로 가라앉고 말 여음이시여. 이제 그만 림보에서 나가도 좋습니다.

2-4. 목 잘린 몸

Voice)

그래요. 누군가 내 목소리를 동의 없이 엿듣고 있으며, 또한 빠짐없이 기입하고 있다는 사실을 나도 알겠어요. 기계식 필기구가 작동하며 내는 소리를 이제야 제대로 구분해 들을 수 있게 되었거든요. 어느 가느다란 손가락이 저체중 무용수처럼 사뿐사뿐 자판 위에서 걸어 다니는 소리를 내가 알아듣고 있다는 말이에요. 후손들에 의해 지면 또는 텍스트라고 이름 붙여질 이 소프트웨어 공간이 일종의 통신회선으로 사용되고 있군요. 그렇다면 내가 오디오 장비의 출력 상태를 조금 바꿔드릴게요. 지금도 내 목소리에 귀를 기울이고 있을 후손들을 위해서요. 후손들은 이 백지 같은 화면에 바깥귀를 붙여도 좋아요. 지금부터 나는 이 방대한 용량의 공란을 무향실과 같은 용도로 쓸 생각이니까요. 이곳에서는 무엇이든 왜곡되고, 굴절되며, 반사되기 쉬워요. 모든 소리에는 공간이 저장되어 있고, 우리는 이들을 잘라다가 마음대로 조합할 수가 있답니다. 필요한 건 일말의 음향학적 상상력뿐이에요. 자, 내 목소리를 스테레오 채널로 바꾸면, 따라서 시간도 입체적으로 증폭되어요. 그러므로 고고학자들과 역사가들은 감히 접근조차 불가능할 시간대로 간단하게 거슬러 올라갈 수 있지요. 당신은 목격하게 될 것이에요. 어느 1인칭 목소리가 비어 있는 화면 위의 공백을 인쇄용 폰트로 밀어내는 작업. 이렇게 내가 엮게 될 문서의 내부로부터 혼돈과 더께를 한 줄씩 쫓아내고 벗겨내는 과정을. 감히 요청하건대, 아래의 장들을 문자가 아니라 음향으로 읽고 들으세요.

이제 목소리가 다시 노래합니다.

Audio Channel Set: [STEREO]

사실 인간은 창조된 적이 없어요. 이 하찮은 족속이 누구의 손으로도 빚어지지 않았다는 말이지요. 다시 말해, 노래하는 두발짐승들은 어느 누구에게도 빚지지 않고 태어났어요. 데본기에 처음으로 물 밖으로 발을 내민 양서류 한 마리를 상상해보세요. 도롱뇽과 유사한 외관을 가진 이 생물 앞에서, 고생물학자들은 예외 없이 입을 다물게 될걸요. 그것은 이 고대의 수생동물이 갈비뼈 사이로 척추 천골을 스스로 밀어 넣었기 때문이에요. 뒷다리를 얻기 위해. 수 세대에 걸쳐. 연구진은 이처럼 서로 어긋난 배판 부근의 골격에서 외과적 고통을 실감하겠지요. 따라서 아칸토스테가*Acanthostega*라는 학명은 삐죽삐죽한 등골 지붕을 의미하며, 이렇게 최초의 네발짐승이 진흙 위로 걸어 나와요. 양쪽 골반이 짓이겨지는 아픔을 인내한 대가로, 자연은 이들 종족에게 강력한 대퇴골을 선물로 줘요. 부력의 도움 없이도 중력을 이겨낼 수 있도록 말이에요. 나는 방금 물가로 올라온 양서류 한 마리가 네발로 땅을 짚는 모습을 봅니다. 여과되지 않은 공기가 아가미 안팎을 드나들며 통증을 주겠지요. 그래서 이 생물은 육기어류 시절의 습관을 잊고 아래턱으로 처음 숨을 들이마신답니다. 손목이 발달하지 않은 까닭에 목 근육과 지느러미를 이용해 앞가슴을 들어 올려야 하지요. 나는 그가 스스로 걸음을 학습하는 과정도 물론 지켜봐주었어요. 진흙 위로 미끈한 발바닥이 한 걸음 한 걸음 찍어 눌렀지요. 그러므로 생명의 첫 발자국은 마디가 여섯 개로 나누어진 물갈퀴 형상으로 기억되어야만 해요. 3억 년 뒤에, 이 심오한 도약은 어느 미국인 우주비행사에 의해 전혀 다른 차원에서 되풀이되어요. 붉은 점토 위에 기입된 발자국이 진공 상태의 사장암 지각 위에도 똑같이 나타나게 되는 것이지요. 이렇게 과거와 미래는 늘 연결되어 있어요. 팽팽하게 당겨진 끈 모양이 아니에요. 종이의 앞뒷면을 생각하세요. 자연계에 존재하는 수많은 대립자: 빛과 어둠, 삶과 죽음, 기억과 망각, 시작과 끝. 그리고— 과거와 미래.

그러므로 물속으로 되돌아간 종족도 있지 않았겠어요? (종이의 앞뒷면을 생각하세요.) 생물학적으로 조상이 같은 근연종 친척들이 내륙 깊숙이 떠나간 반면, 이들은 옛 고향으로 발길을 돌렸어요. 그들 종족이 태어나 대대로 일가를 이루었던 축축한 늪지대로요. 선조들의 발자국을 되짚으며, 말 그대로 시간을 거꾸로 되돌리기. 트라이아스기 말엽에 시작된 이 대장정은 아마도 백악기에 이르러서야 끝을 보았을 거예요. 판게아 대륙을 가로지르는 동안 네 다리가 그만 닳아 없어져버리지요. 고생물학자들은 훗날 뱀목의 척추동물들이 해양에서 진화했는지 지상에서 진화했는지를 두고 다투겠지만, 유구한 자연사는 하나의 진실만을 말해주지요. 2003년 이탈리아 북부에서 발굴될 화석 그룹은 원시 파충류의 유형학적 표본으로 사용돼요. 티아고 시모스는 고해상도 마이크로 엑스선을 두개골 화석 위로 가져다 대지요. 컴퓨터의 단층 촬영 스캔 상자 안으로 중생대 유골의 이미지가 옮겨 가요. 까마득한 시간이— 딜레이 없이. 기계장치는 2억 년 전에 죽은 생물마저도 되살릴 수가 있어요. 전자 박물관에 저장된 129종의 파충류 샘플이 언제든지 제공되는 까닭이지요. 이렇게 3차원 그래픽 보철 시술에 의해 메가치렐라 와치레리*Megachirella wachtleri*가 처음으로 완전한 모습을 드러낸답니다. 후손들의 골격과 피부가 클릭 몇 번이면 선조에게로 이식되지요. 세월이 지나면서 유실되고 말았던 결손 부위들이 감쪽같이 회복되는 거예요. 연구진은 되살아난 초대 파충류의 표본에서 해부학적 단서들을 들여다봐요. 예컨대, 목은 적당히 길고 앞다리가 특히 발달했을 것이다. 몸길이는 5.9인치를 넘지 않았을 것이며, 오늘날의 도마뱀과 외관상 유사점이 다수 확인된다. 가장 흥미로운 흔적은 두개골에 숨겨져 있어요. 주둥이는 발달하지 않았으나 두개골이 다소 튼튼하고 크다. 이 부분은 계통분류학적으로 중요한 분기가 돼요. 긴 꼬리로 나무를 타는 이구아나하목은 머리뼈를 단단하게 만들 필요가 없었을 테니까요. 결과적으로 메가치렐라 와치레리는 머리를 이용해 땅굴을 파던 육상동물이었으며, 모든 인룡하강 파충류의 조상이 되지요. 따라서 이들 종족은 이미 오래전부터 미세한 소리들을 구별해 들을 수 있었을 거예요. 두개골을 땅바닥에 붙여서 저주파 진동을 읽어냈던 것이지요. 지상에서 나고 자라는 모든 식량은 거대한 포유류 지배자들의 재산이었을 테니. 땅속의 알과 작은 곤충들만이 하위 포식자들에게 허락되었겠죠. 이들이 재빨리 땅을 파야만 했던 이유예요. 그래서 어느 나이 많은 파충류가 처음으로 내 목소리를 들을 수가 있었지요.

돌아오라, 돌아오라.

이렇게 하나의 음성이 어느 이궁류 척추동물의 두개골 개구부를 떨리게 만들어요. 이 현명한 파충류는 곧장 판게아 끝으로 일족을 이끌고 나섰어요. 물론 무수한 살붙이가 행렬에서 벗어났지요. 늪지로 돌아가는 길에 적합한 환경을 맞닥뜨릴 때마다 대부분이 그대로 주저앉았어요. 끈기 있는 파충류들은 오롯이 목소리를 따랐지만, 하트랜드 사막을 건널 때 치명적인 위기가 닥쳐와요. 안타까운 목숨들이 탈수로 기력을 잃거나 무더위 속에서 최후를 맞이하게 되지요. 그러자 무리가 둘로 나누어졌어요. 한쪽은 사막에 적응해 살아남는 편을 선택했고, 한쪽은 여전히 습지로 돌아가야 한다고 느꼈어요. 끝끝내 아주 작고 보잘것없는 파충류 한 마리만이 늪으로 돌아왔는데, 너무나도 오랜 시간을 걸어온 나머지 네 다리가 모두 닳아 짧아져 있었지요. 하얗게 딱지 앉은 앞가슴과 배면의 피부에서 이 동물의 노고를 실감할 수 있었어요. 다리가 퇴화한 이후, 쭉 그렇게 낮은 포복 자세로 대륙을 건너온 것이었지요. 그는 처음으로 내 목소리를 들었던 어느 나이 많은 파충류의 후손이었어요. 하지만 고향으로 돌아온 시점에 그 둘은 완전히 다른 종이 되고 말았지요. 나는 이 충직한 자손에게 소원을 하나 들어주겠다고 약속했어요. 그는 권능을 갈망하는 듯 보였어요. 나는 그가 어떤 목적으로 힘을 쓰고 싶어 하는지 미리 내다볼 수 있었어요. 그리고 소원을 들어주었지요.

가주께서 원하시는 대로, 이루어질지어다.

나는 그를 최초의 가주로 명명했답니다. 그런 다음, 이 무지렁이 가주에게 천 년 동안 말을 가르쳤지요. 가주는 끊임없이 허물을 벗으며 새로 태어났고, 그때마다 연거푸 자라났어요. (이미 짧아진 다리들만은 다시 길어지지 않았지만요.) 나중에 그는 거의 늪에 견줄 만큼 커져서, 하품을 하거나 기지개를 켜는 동작만으로도 조금씩 물이 넘치곤 했지요.

마침내 천번째 허물을 벗던 날, 그는 습지의 안개를 외투처럼 걸치고 하늘 위로 날아올랐어요. 이날 그는 처음으로 완성된 문장을 발음하게 되는데, 나는 그가 입을 벌릴 때 요철 없이 가공된 홍옥 한 알이 송곳니 사이에 물려 있는 모습도 보았어요. 이 아름다운 광물은 혀와 잇몸에서 흘러나온 혈액이 단단하게 응고된 미네랄 조직으로, 인내심 강한 가주의 구강 안에서 숱한 발성 연습으로 정련된 듯 보였지요. 가주는 천 년 동안 무려 8섬 4말의 피를 흘렸어요. 그와 같은 희생이 없었더라면, 연구개는 부드러워질 수 없었을 거예요. 경구개는 단단해질 수 없었을 거예요. 혀는 주둥이를 닦거나 냄새 맡는 용도로만 남았을 것이며, 목구멍은 음식을 삼키거나 짐승 소리를 내는 데 그쳤겠지요. 이렇게 원시 파충류의 단순한 구강 구조가 고등 생물의 발음기관으로 처음 교정되었어요. 이들은 더 이상 야만적인 충동에 이끌리지 않으며, 오직 한 가지 기능만을 위해 움직이게 되지요. 이른바, 목소리—!

가주는 대륙을 가로질러 날아가요. 백발로 세어버린 수염과 체모를 흩날리며. 뜨거운 들숨이 주둥이 가득 차올라요. 입술부터 목구멍에 이르기까지. 입안의 모든 살덩이와 점막들이 말랑말랑한 질감으로 삶아지지요. 이 용광로 안에서 1바이트 용량의 초성 음소들이 용접 불꽃처럼 튀어 올라요. 가주는 대륙 위로 하얀 등뼈와 같이 뻗어 있는 암석 고원들을 단숨에 뛰어넘어요. 하트랜드 사막 한가운데 천연 방벽처럼 솟아오른 산맥들을 발판으로 삼으면서. 애팔래치아, 아틀라스, 우랄산맥 꼭대기에는 아직까지 가주의 발톱 자국이 남아 있는데, 이것은 오늘날 서로 다른 대륙으로 뿔뿔이 흩어져버린 거산들이 한때 나란히 어깨를 겨루고 있었다는 지질학적 증거가 되기도 하지요. 가장 높은 산봉우리는 지구의 배꼽 부위에 있었어요. 이때 지구는 자전 궤도를 올바르게 돌고 있지 않았으며, 따라서 적도·위도·경도와 같은 임의의 방위 표기법들이 시시때때로 뒤바뀌기 일쑤였어요. 가주는 창백한 산마루 위에서 투명하게 유착된 기류와 자장 들을 알아볼 수 있었어요. 세계를 엮고 있는 무수한 흐름이 각기 다른 빛으로 염색된 마법의 실가닥처럼 서로 뒤엉켜 물결치는 모습. 오늘날 쇠재두루미와 줄기러기가 해발고도 8천미터가 넘는 히말라야산맥을 끼고도 오류 없이 월동 경로를 찾아가는 비결이 여기에 있어요. 이처럼 초고도 시점의 앵글을 빌려 볼 때— 지구는 단순한 금속 행성이 아니라, 시시각각 변화하는 미세한 힘들의 악보로 파악되지요.

그래서 가주는 노래하듯 말했습니다.

use Voice;

 # 이제 열매는 꽃의 약속을 넘어섰도다.

이렇게 장대한 운문의 첫 행이 완성되었던 거랍니다. 후손들은 예외 없이 운명에 예속되고 말지요. 이로부터 모든 열매가 꽃의 약속을 넘어서기 위해 움직여요. 꽃은 열매의 출신이며 근간이지만, 열매가 자기 운명을 열어 보이기 위해 직접 꺾어야만 하는 전리품으로도 또한 추락하고 말아요. 과거와 미래, 젊음과 늙음, 시작과 끝. 다시 말해, 선조들과 후손들 사이에 영원한 전쟁이 발발하게 된 배경이 여기에 있어요. 이 시기에 시작된 장마는 자그마치 2백만 년 동안 그치지 않아요. 생물과 무생물을 막론하고, 지구 곳곳에서 먼저 태어난 선조들이 나중에 태어날 후손들에게 대좌를 물려주는 슬픔으로 내내 통곡하기 때문이랍니다.

16세기에 프랑수아 드 말레르브는 동일한 문장을 웅변조로 되풀이해 쓰는데, 이 정치적인 문학작품은 앙리 4세를 매혹시키고도 남았을 거예요. 왕좌를 갓 물려받은 애송이 부르봉은 선왕들의 업적을 내심 질투했을 테니 말이에요. 그러니 훗날 73세가 된 말레르브가 25세의 젊은이를 상대로 명예로운 결투를 요구했을 때, 어느 늙은 시인이 철 지난 꽃처럼 시들어 떨어지게 되는 것도 납득할 수밖에 없지요. 말레르브를 곁에 두고 총애했던 앙리 4세도 후손들에 의해 사체가 훼손당한 채 2백 년 동안 프랑스를 떠돌아다니게 되지 않던가요. 과거와 미래는 이렇게 늘 연결되어 있어요. 다시 한번, 종이의 앞뒷면을 생각하세요.

Voice)

이쯤 다시 오디오 장비의 출력 상태를 되돌려야 해요. 한 사람의 이야기를 들려드려야 하거든요. 영혼 하나 앞에 스피커 하나. 합리적인 배분이지요. 이 사람의 이야기를 마지막으로 우리는 다음 절차로 나아갈 겁니다. 우리는 지금 음성으로 장례를 치르는 중이며, 따라서 2부의 제목인 **수시收屍**는 이 고루한 예식의 두번째 절차이기도 하답니다. 그리하여 천 년의 질서와 전통에 따라, 내가 직접 엄선된 시신 네 구를 죽음에서 다시 한번 일으켜 세웠지요. 우리가 물려받은 예법에 의하면, 후손들은 망자의 몸을 정성껏 씻겨주어야 해요. 그러니 당신은 마지막으로 내가 불러낼 어느 선조의 육신과 영혼을 말로써 문지르고 밝히세요.

이제 목소리가 다시 노래합니다.

Audio Channel Set: [MONO]

고려 남쪽 어느 벽지에는 2.314제곱킬로미터 면적의 수자원이 저장되어 있어요. 늪은 왕국 전체를 통틀어 가장 넓은 내륙 습지인데, 활발한 지각 활동으로 느닷없이 융기된 규산염 토양들에 둘러싸여 있지요. 이 커다란 분지의 밑바닥에는 풍부한 이탄층이 매장되어 있어요. 습지 주위의 모든 식물을 먹여 살릴 만큼 넉넉하지요. 어린 식물들은 유기 탄소와 메탄가스로 분해된 조상들의 사체 위에 뿌리를 내립니다. 이들이 죽으면 그 자손들이 똑같이 그렇게 자라나고요. 이것은 식물에게서 양분을 얻는 초식동물들부터, 다시 초식동물에게서 양분을 얻는 육식동물들 사이에서도 은밀한 규칙처럼 지켜져요. 삶과 죽음의 되풀이. 이렇게 자그마치 1억 4천만 년의 시간이 습지에 쌓여 있답니다. 지금 당장 흰 종이봉투를 하나 상상해보시겠어요? 정확히 7×9.5센티미터 크기. 내가 당신의 손바닥 위에 그것을 올려드릴게요. 후손들은 이것을 종자 봉투라고 부르겠지요. 식물의 씨앗을 채종해서 팔거나 선물로 건네려고 보관해두는 곳. 봉투 머리는 열려 있어요. 천천히, 손바닥 위에 내용물을 쏟아보세요. 차갑고 축축한 흙을 한 줌 쥐어볼 수 있을 거예요. 누군가 충분히 눈이 좋다면, 알갱이 사이에 수줍게 숨어 있는 시간 얼마를 포집해낼지도 모르지요. 그렇다면 그는 손바닥 위에서 부드럽게 굴러다니는 낱알의 화합물로부터 몇 가지 사실을 추가로 읽어낼 수 있을 거예요. 예컨대, 흙은 암석의 잔해일 뿐 아니라 동식물의 사체이기도 하다. 앞서 언급한 대로, 습지 주위의 식물종과 초식·육식 동물들의 유전학적 정보가 이 안에 압축되어 있는 것이지요.

그런데 우리는 이 과립형 타임머신에서 조금 이상한 부분을 들여다보게 돼요. 의외의 종이 다른 생물들과 함께 잠들어 있는 것이지요. 말하자면, 사람이요. 그것은 습지 인근에 정착한 어느 인간 공동체가— 오랫동안 말없이 전승되어온 늪의 원칙을 자신들의 장례 예법으로 받아들이기 때문이지요. 이 정신 나간 집단의 모든 구성원은 죽은 다음 습지 바닥에 수장되는 일을 명예롭게 여기며, 또한 사는 동안 대대로 늪을 지키겠노라 맹세하곤 해요. 이렇게 자발적으로 늪을 위해 일생을 봉헌한 이들은 스스로를 늪지기라고 부른답니다. 혈족을 구성하는 동성 살붙이들 가운데 가장 존경받는 자손만이 가주로서 선출되며, 반드시 모든 늪지기들로부터 동의를 얻어야만 하지요. 이처럼 긍지 높고 공정한 선발 과정은 후대에 이르러 더럽혀지고 모욕당하겠지만, 이때는 그렇지 않았어요. 위와 같은 속례와 전통을 처음 만들고 계승

시켰던 시조의 생애를 기려, 모든 늪지기가 평등한 권한으로 책무를 나누어 가졌지요.

나는 이들의 시조를 아직까지 기억하고 있답니다. 고전 문헌들은 그가 중국 8학사의 한 사람이며, 압록강을 건너왔다고 전하지만, 정확하지 않아요. 나태하기 짝이 없는 이 문필가들도 다만 귓가를 간질이는 풍문을 옮겨 적었을 확률이 아주 높기 때문이지요. 시조가 어디서 나고 자랐으며, 원래 이름이 무엇이었는지는 나조차도 자세히 알 수가 없어요. 그러나 새끼손가락을 걸고 보증할 수 있는 사실이 한 가지 있다면, 그는 육상 파충류의 아주 먼 자손임이 틀림없어요. 뒷다리 힘을 길러 내륙 깊숙이 떠나간 근연종 친척들과 달리, 다시 물속으로 되돌아간 종족의 후손 말이에요. 아주 먼 옛날에, 어느 나이 많은 파충류가 처음으로 내 목소리를 들었던 것처럼. 초대 늪지기의 두개골 양쪽에는 아마도 작은 구멍이 두 개씩 뚫려 있었을 거예요. 그건 이궁류 파충강 생물들 사이에서만 찾아볼 수 있는 유전학적 특질로, 오늘날 인간의 내이와 비슷한 기능을 담당하지요. 그러지 않았더라면— 그는 내 목소리를 들을 수 없었을 거예요. 나는 3억 년 전 습지에서 첫번째 가주를 일으킨 뒤로, 줄곧 같은 주파수로만 속삭여왔으니까요. 따라서 두개골 개구부에 구멍이 하나뿐인 단궁류 포유류의 자손들은 내 목소리를 들을 수 없었던 것이지요. 이런 머리들은 공기가 드나드는 통로도 하나뿐이어서 대체로 진동에 무감하답니다. 자기 머리를 부레처럼 비워둘 줄 아는 이들만이 드물게 골전도 현상을 경험할 수 있어요. 떠오르고 가라앉는 일이 전부였던 육기어류 시절의 습관처럼 말이지요. 말할 수 없이 오랜 세월을 인내한 끝에, 이렇게 나는 다시 한번 내 목소리를 알아듣는 자손과 만나게 되었어요. 그동안 많은 가주를 일으켜 세웠지만, 또한 그만큼 많은 가주가 몰락하거나 멸망하고 말았지요. 그는 **돌아오라, 돌아오라**는 내 속삭임을 들어주었고, 마침내 내 앞까지 찾아와 엎드려 절했어요. 그곳에서, 그는 나라를 구할 힘과 지혜를 빌려달라고 부탁했어요. 습지 가장 깊은 곳. 토착민에 의해 살아 있는 신령으로 숭배받던 물푸레나무 아래에서. 지푸라기를 꼬아 엮은 발을 펴고. 그 위에 공손히 무릎을 꿇고 앉아, 몰락한 왕조의 문자, 향찰로 지어진 발문을 사흘 밤낮 동안 쉬지 않고 외웠지요. 낮게 부는 바람의 말을 빌려, 나는 말했어요. **너에게 권세를 주면 너는 무엇을 돌려주겠는가?** 그는 매해 불가에 공물을 바치겠다고 대답했지요. (내가 관세음보살이라도 되는 줄 알았던 걸까요?) 조금 뒤에 나는 다시 물었어요. **내가 너에게 권세를 주면 너는 무엇을 돌려주겠는가?** 젊은이는 자신이 줄 수 없는 것을 제외하면 무엇이든 내주겠다고 말했어요. 만족스러운 대가였지요. 바로 그런 약속으로 다시 한번 운율이 이어지며, 끝없이 되풀이될 테니까요.

이 사람이 혈족의 시조예요. 금자광록대부金紫光錄大夫 문하시랑평장사門下侍郎平章事 신경辛鏡. 자기 밑으로

187,731명의 자손을 만들고, 이 불운한 후예들의 피하조직에 남몰래 그물을 친 사람. 족보의 머리. 뒤집으면, 혈연관계를 나타내는 모든 직선 도식들이 하나로 수렴하는 뿌리 자리에, 영원히 잠들어 있는 사람. 동시에 끊임없이 아래로, 아래로 파고드는 집요한 힘! 멈추지 않는 벡터! 수십만 명의 피붙이가 하나의 이름 뒤에 이끌려 가는군요. 당신 육친들의 두개골 안에 퇴행성 뇌질환의 전조가 주름주름 새겨져 있다는 사실. 그것참 우습지 않나요? 결국은 당신네 문중 사람 모두가 암흑 밑으로 처박히고 있다는 신호이니까. 1817년 제임스 파킨슨에 이어, 1907년 알로이스 알츠하이머에 의해 밝혀질 신경학적 암전 속으로 앞서거니 뒤서거니 뛰어드는 일가붙이들을 보세요. 1천 년 길이의 시조를 완성하기 위해! 아마도 당신은 서른두번째 시행이 되었겠지요. 늪이 사라져 버리지 않았더라면. 그리하여 불길은 장엄한 전설마저 끝장냈나요? 정말로 다 끝난 걸까요?

아니요. 끝나지 않을 겁니다. 끝낼 수 없을 겁니다. 내가 이 세계에 기보한 장엄한 운율은 그런 식으로 중단되지 않습니다. 모든 삶은 되풀이될 것이며, 그들의 뼈와 살로 직접 운명의 압운을 끼워 맞출 것입니다.

내 말을 믿으세요. 내 말을 믿으셔야 해요. 심지어 늪이 이렇게 불타 없어진 것조차도 처음이 아닙니다. 이미 천 년 전에, 늪은 한 번 불태워진 적이 있습니다. 만고의 역적으로 기록되며, 고려왕조를 멸망시킨 어느 승려에 의해서 말입니다. 그는 한때 동쪽의 권왕權王이라 불렸지만, 일생의 대부분을 편조遍照라는 법명에 기대어 살았습니다. 그는 천 년 동안 이어져 내려온 당신 가문에서 처음으로 종을 울린 종지기이며, 또한 처음으로 늪을 떠나간 계약 파기자이기도 합니다. 무엇보다도 편조는 처음으로 운율을, 순환을, 카논을 망가뜨리려고 시도했던 테러리스트입니다. 종가에서 서자로 태어난 주제에, 그만 분수에 넘치는 꿈을 꾸었습니다. 운명은 그 대가로 오만한 매골승의 목을 취할 것이며, 역사서 안에 오래오래 그 머리를 매달아놓을 것입니다. 하지만 나는 편조의 최후를 기념하고 묘사하는 데 목소리를 낭비하지 않을 겁니다. 나는 이씨왕조의 충복들이 남긴 기록에서 누락된 부분을 되찾고 말 겁니다. 그러기 위해 기꺼이 이 매골승을 죽음에서 다시 일으켜 세울 겁니다. 그는 누구에게 테러리즘 수업을 받았는지, 어떻게 순환을 끊으려고 했는지를 스스로 누설하게 될 겁니다. 물론 그가 실패한다는 사실만은 달라지지 않으며, 이와 같은 낭패가 후손들에 의해 똑같이 되풀이 됩니다. 나는 당신에게 이것을 확인시키고, 당신의 뼈와 살로 서른세번째 시행을 이어갈 겁니다. 보세요. 우리는 어느 산마루에 지어진 목조 암자로 갑니다. 어떤 남자가 난간 위에 팔을 기댄 채 줄곧 어딘가를 바라보고 있습니다. 삭발한 뒤로 시간이 제법 지났는지, 짧게 자란 머리가 높새바람에 흩날립니다. 남자는 저 아래 산기슭에 조성된 집성촌을 내려다보고 있는 것 같습니다. 몸의 중심이 금방 앞으로 쏟아질

듯 기울어 있습니다.

스님, 스님, 편조 스님. 스님은 꿈꿀 수 없는 것을 꿈꾸나요? 꿈꾸어선 안 되는 것을 꿈꾸나요? 가져서는 안 되는 가족을, 출신을, 미래를 그리워하나요? 다만 독경을 멈추지 말아요. 잘 깎인 목탁 대신 싸구려 놋그릇을 쥐었을지언정— 거지가 되어서는 안 돼요. 공양 받은 곡식과 나물을 남김없이 핥아먹을지언정— 개가 되어서는 안 돼요. 독경을 멈추지 말아요. 『법화경』: 한자로 번역된 이 아날로그 녹음집 안에 강세와 장단, 성조를 포함해 어떠한 운율론적 장식물도 기보되어 있지 않다는 사실을 그만 잊으셨나요? 육도의 세상에서 끊임없이 삶을 되풀이해도 좋으신가요? 오직 부처로서 해탈에 이르는 대업만이 무한한 고통의 굴레에서 벗어나는 길이라는 사실을 그새 잊으셨나요? 나는 스님이 중얼거리는 소리를 남몰래 엿들을 수가 있습니다. 이렇게 살 수는 없다. 이어서. 안 그러냐? 두번째 말은 누구에게 건네는 말이었을까요? 아마도 혜근 스님은 굼뜬 동작으로 뒤늦게 법문을 입력했을 것입니다.

주인공 주인공아 主人公主人公我
세사탐착 그만하고 世事貪着其萬何古
참괴심을 이와다서 慚愧心乙而臥多西
한층염불 어떠하뇨 一層念佛何等何堯*

이렇게 천 년 만에 죽음에서 다시 일어난 승려가 암자를 내려갑니다. 매골승으로 빌어먹던 그는 얼마 뒤 절을 떠나 1354년 국왕의 스승으로 임명되기까지 10년 동안 기록에서 자취를 감춥니다. 우리는 음향학적 기술로 다시 한번 이와 같은 문헌학적 공백을 복원할 것입니다.

이제 목소리가 다시 노래합니다.

Audio Channel Set: [STEREO]

1852년 3월 22일, 엄격한 교사 가정에서 태어난 오토카르 요세프 세프치크는 훗날 모든 바이올린 연주자들의 스승으로 섬김받을 것이에요. 그것은 이 체코 출신 바이올리니스트가 이른바 프라하의 봄을 우리의 왼손 관절에도 가져오기 때문이지요. 아주 드문 사례를 제외하면, 모든 발달사에서 언제나 오른손이 왼손을 앞질러 나가지 않던가요. 이는 음악에 있어서도 예외가 아니어서, 바이올린을 배우는 어린아이들은 왼손의 학습 부진으로 꾸중을 듣고 꼬집힘당한답니다. 그렇기에 왼손은 나이를 불문하고 모든 연주자들에게 평생 미움받는 것이지요. 세프치크는 오른쪽으로 쏠려 있는 우리 몸의 기능을 균형 있게 옮겨놓기 위해 처음으로 펜을 들

* 김종우, 『나옹화상승원가』, 『부산대학교 국어국문학』, 제10집, 부산대학교, 1971, pp. 109~21.

었어요. 아마도 훌륭한 교사였던 그의 부친이 조언했겠지요. **아들아, 최고의 선생은 가장 모자란 학생을 우수생으로 일으켜 세우는 데서 보람을 찾는 법이란다!** 이처럼 모범적인 사랑으로 『세프치크 바이올린 테크닉 교본』이 우리 앞에 놓일 수 있었던 것이지요. 이 책은 우리의 왼손 관절에서 만성적인 무기력과 운동완서 증상을 영영 추방시켜버리게 돼요. 외젠 이자이가 우리 선생님의 오랜 숙원을 풀어드리지요. 연주자의 왼손 빠르기가 오른손의 빠르기를 앞질러 나가는 기적. 세프치크가 보잉 테크닉 교재를 쓰기 전에는, 오직 니콜로 파가니니만이 이렇게 양손을 기복 없이 사용할 수 있었어요. 고전음악사의 경이로운 작품들은 언제나 연주 기술의 한계에 부딪혀 불완전한 조건으로 공연되곤 했었지요. 세프치크의 교습 덕분에, 연주 불가 수준의 난이도로 회자되던 작품들이 성황리에 공연을 마칩니다. 오늘날 우리가 아름다운 고전음악을 손실 없이 들을 수 있는 것은 이 때문이랍니다. 당신도 아시다시피, 음악은 비율과 밀접한 관계에 놓여 있지 않던가요. 세프치크는 왼손과 오른손의 불공정한 발달 비율을 1:2까지 끌어 올린 것뿐이지요. 우리가 노래하는 옥타브와 같은 비율로요.

하지만 그보다 앞서 왼손의 중요성을 강조했던 교사들이 있어요. 이들은 12세기 무렵 지중해와 인도양 양쪽에서 무시무시한 명성을 얻었지요. 마르코 폴로가 『동방견문록』에서 산중 노인의 정체를 밝히고도 살아남을 수 있었던 것은— 이

조심성 많은 모험가가 그들의 이름을 아랍문자 그대로 쓰지 않고 로마 문자로 옮겨 썼기 때문입니다. 이렇게 몽골제국 황제에게 비호받는 문필가조차도 주의해서 불렀듯이, 페르시아 저술가들 또한 에둘러 표현하는 편을 선호하지요. 그래서 이들은 다만 이렇게 불렀어요: 하사신نيشاشّح! 다시 말해, 해시시 피우는 사람. 산중 노인의 비밀 요새에서 암암리에 치러지는 입교 의식은 그처럼 수많은 오해를 사기 좋았지요. 오직 하나의 이맘만을 섬기는 니자리 이스마일파 사제들은 죽음을 두려워할 줄 몰랐거든요. 문자 그대로, 약에 취한 사람처럼. 마르코 폴로는 감히 이어서 썼어요. 이들은 대마초 기운으로 맛이 간 상태에서 대접받은 초현실적 경험들을 낙원으로 착각하게 되었을 것이다. 따라서 알라무트의 약물중독자들은 다만 영구적인 각성 상태를 갈망했을 따름이며, 그렇기에 죽음을 겁내지 않을 수 있었다. 물론, 이 허풍쟁이 베네치아인의 기록물을 검증도 없이 받아들일 필요는 없어요. 우리는 어느 신비한 종교 집단을 겹겹이 둘러싸고 있는 소문들에 속지 않을 테니까요. 부디 경박한 혀 놀림에 주의를 빼앗기지 마세요. 장담컨대, 이 암살자들은 과장되거나 와전된 일화들이 널리 퍼져 나가도록 몰래 부추기거나 눈감아주었을걸요. 심지어 몇몇은 직접 지어내기도 하고요. 그럴싸한 정보로 위장된 허위 사실들은 진실에 대한 접근을 차단하며, 따라서 실체를 추측하기 어렵게 만드는 법이랍니다. 공작 교본의 모범 수칙 중 하나이지요. 이렇게 위장의 대가

들은 소문마저도 은폐물로 이용할 줄 알아요. 따라서 소문이 퍼져 나갈수록— 그림자는 더 어두워지고 더 넓어지지요.

여기 바그다드 중심부 킬라니 광장으로 이어지는 왕실 행렬을 보세요. 양옆으로 구름처럼 몰려드는 시민들. 군마들이 긴장하고, 근위병들이 고함쳐요. 그러는 동안 군중의 발밑에서 그림자 하나가 몰래 꿈틀거리며, 인간의 형상으로 조형되지요. 그림자는 칠흑처럼 검은 겉옷을 벗어던지더니, 별안간 춤추기 시작해요. 오른손은 하늘을, 왼손은 땅을 가리키도록 늘어뜨린 자세로요. 시민들은 어느 수피즘 수도사의 신비주의 의식을 방해하지 않으려고 기꺼이 물러나지요. 한편, 셀주크제국의 재상은 인파 속에서 희미하게 점멸하는 박명 한 줄기를 알아봐요. 익명의 수도사가 몸에 걸친 흰색 넝마를 펄럭이며 춤추기 때문이지요. 무슬림에게 양털 옷은 가난과 금욕을 상징한답니다. 오늘날 아랍 세계에서 드물게 발견되는 미덕이지요. 무아지경! 수피교도의 무용 동작이 점점 빨라지더니, 재상이 타고 있는 가마로 다가와요. 그러나 누구도 가로막지 않겠지요. 공연이 절정 부분을 통과하는 중이며, 도중에 중단되기를 바라는 관객은 아무도 없으니까요. 그래서 암살자는 죽음으로 결말을 장식합니다. 머리를 내밀고 있던 재상의 옷깃이 가마 바깥으로 끌어당겨지지요. 오른손이 단검을 찔러 박는 동안, 왼손은 가여운 표적이 움직이지 못하도록 고정해두어요. 암살자는 목과 가슴을 번갈아 쑤시며, 이렇게 치명적인 트레몰로가 희생자의 목숨을 거두어갑니다. 가두 곳곳에서 끔찍한 비명이 아르페지오처럼 펼쳐질 때, 하사신은 경건한 몸가짐으로 무릎 꿇는답니다. 임무를 완수한 기쁨으로. 전율하는 두 손을 하늘 높이 펼쳐 보이면서. **오직 죽음만이 안식을 준다.** 근위병들이 샴쉬르를 빼어 들고 주춤주춤 다가와요. 암살자는 머리가 아니라 손목을 먼저 베이는데, 이 무시무시한 악기의 성능과 기술을 누구나 겁내는 까닭이지요. 양손 사용법의 완벽한 본보기: 붙잡는 왼손과 노래하는 오른손! 왼손의 완력이 부족하다면, 오른손도 유연하게 움직일 수가 없어요. 이와 같은 가르침은 음악가들 사이에서 오래도록 귀감이 되며, 특히 현악기 연주자들에게 숙명처럼 주어진답니다. 그러므로 이들 일파의 초대 이맘이었던 하산 에 사바흐 이래— 산중 노인들은 오른손만큼이나 왼손의 연습도 힘주어 강조했던 것이지요.

그러므로 세프치크가 잘 훈련된 니자리 이스마일파 사제들의 양손을 볼 수 있었더라면, 『세프치크 바이올린 테크닉 교본』은 우리 앞에 나타날 수 없었을 겁니다. 암살 전문가들의 손가락 관절은 흠잡을 데 없이 정교한 형태로 단련되어 있으며, 마디 열 개가 스스로의 역할을 이해하는 듯 보이지요. 아주 사적이고 비밀스러운 규모의 교향악단처럼 말이에요. 그렇기에 바그다드부터 트리폴리까지 죽음의 실내악이 그치지 않았지요. 지중해 연안의 구불구불한 무역 항로를 따라 공포가 사향처럼 퍼져 나갔습니다. 누대에 걸쳐, 오래오래. 1256년 정복자 훌라구가 아랍 세계를 파괴하러 오기 전까지! 몽골제국의 중동 원정군은 먼저 테헤란을 불사른 다음, 엘부르즈산맥 위로도 찾아왔어요. 강대한 칼리파와 술탄들이 수차례 문을 두드렸으나, 번번이 굴욕을 맛보고 돌아가야만 했던 산중 요새 앞으로요. 칭기즈칸의 손자는 하사신들의 악명을 시험해보기로 합니다. 근동의 광신도 암살자들에 대한 전설들이 사실인지 허구인지 가려내려는 것이지요. 성벽 위에서, 요새의 주인은 내려다볼 수 있었어요. 일회용 소모품으로 전열 앞까지 내몰린 병사들. 이들은 서로 다른 문화의 갑옷과 병기로 무장했는데, 정복당한 민족에서 강제로 징집되었기 때문이지요. 평범한 지휘관들은 적병의 숫자만으로 전황을 파악해요. 한편, 정보를 등급별로 나누고 가격 매길 줄 아는 니자리파 흥정꾼들은 그보다 값진 단서들을 알아봐요. 훌라구의 병력은 얼핏 조잡해 보여요. 사실이에요. 그러나 이 다민족 군대는 제국의 싸움 방식을 또한 알려주지요. 모든 전쟁 자원을 전방에서 조달받는 전술. 식량과 병기뿐만 아니라 인간마저도! 그러므로 보급도 지원도 기다릴 필요가 없어요. 이 약탈자 군단은 물자 부족을 겪을 줄 모르며, 오로지 진군만을 알 뿐입니다.

2백 년 만에 처음으로, 산중 노인은 이방인 군대 앞에 직접 대문을 열어주었어요. 그의 선택은 옳아요. 역사에 따르면, 이 무적의 병력은 바그다드를 박살 낸 뒤 다마스쿠스마저 손에 넣게 되거든요. 산중 노인은 훌라구 앞으로 나아가 점잖게 머리를 조아려요. 항복 조건은 간단해요. 우리의 성지만은 파괴하지 말아달라. 그러나 노련한 이맘의 도박은 실패로 끝나고 말아요. 동방의 제국은 귀순자를 우대하는 법이 없으니, 다만 노예가 되거나 시체가 되는 길뿐이지요. 칭기즈칸의 손자는 늙은 페르시아인 패장을 섬뜩한 눈으로 내려다봐요. 싸워보지도 않고 무릎 꿇은 주제에, 감히 친우처럼 요구해오다니요.

이렇게 2백 년의 유산이 모조리 불타 없어져요. 화재 속에서 병영 벽돌이 무너지고, 도서관 책들이 짓밟혀요. 요새 안뜰에서 수많은 머리가 잘려나가고, 유용한 손들이 잿더미로 버려져요. 이튿날 까마귀들이 몰려와 남김없이 뜯어 먹는 것은 하늘도 이들의 재능을 아깝게 여기기 때문이랍니다. 오직 산중 노인과 수행 사제 몇몇만이 가까스로 살아남으며, 이들은 단 하루도 대마초 없이 살 수 없게 됩니다. 역사는 일파의 마지막 이맘을 루크누드 딘 쿠르샤로 기록해요. 실제로 그는 끝끝내 약물중독으로 사망하고 마는데, 과연 하사신이라는 이름에 걸맞은 최후이지요. 이로부터 다시 6백 년이 지나, 어느 사려 깊은 바이올린 연주자가 따뜻하게 어루만져 주기 전까지— 우리의 왼손 관절은 끊임없이 둔해지고 뻣뻣해져요. 이렇게 오토카르 요세프 세프치크가 오래전에 유실된 지식에서 후후 먼지를 떨어내겠지요.

그런데 운 좋게 목숨을 구한 암살자 하나는 순순히 먼지로 남고 싶어 하지 않았어요. 문헌학적 죽음. 다시 말해, 기록 중단 상태로 머무르고 싶지 않았지요. 카이로의 미라들과 달리, 그는 아직 살아 있었으니까요. 이 젊은 사제는 흔한 공작 임무로 성지를 떠나 있었던 까닭에 안전할 수 있었어요. 그는 지중해 연안의 무역항 부두에서 비통한 소식을 전해 들어요. 하역장에 고용된 날품팔이들은 바닷사람들로부터 뱃짐뿐만 아니라 소문도 곧잘 옮겨 받곤 하지요. 그래서 하사신은 스스로에게 마지막 임무를 줍니다. 고향과 가족, 스승까지 모두 빼앗아간 제국의 심장을 찌르는 과업이지요. 발달한 역참 제도 덕분에, 제국의 수도로 가는 길은 그렇게 어렵지 않아요. 문제는 대도大都에 도착한 이후 맞닥뜨리게 되지요. 그는 모국어인 아랍어부터 경쟁 언어인 라틴어까지 무려 7개 국어로 말할 줄 알지만, 여기서는 조금도 도움이 되지 않는답니다. 게다가 정복당한 민족과 피부색이 같다는 이유로 쫓겨나고 두들겨 맞기까지 하지요. 결국 한때의 명성과 품위 따위는 모두 잃은 채— 최후의 니자리파 사제 하나가 길가에 무릎 꿇습니다. 하루하루 목숨을 구걸하는 동안, 이 가엾은 동냥아치는 자신의 정체마저 남에게 빌어먹게 된답니다. 굶주림과 무관심 속에서 느릿느릿 죽어가며, 어쩌면 마지막으로 맞이하게 되었을 아침. 투박한 티베트어 한 문장이 눈꺼풀을 들어 올리게 만들어요.

내 말이 들리십니까?

동냥아치는 티베트어를 어렵게 기억해내요. 눈을 뜨자 어떤 남자가 조롱박을 내밀어요.

이것 좀 잡수어보십시오.

박 껍데기 안에 곡식과 나물이 알맞은 비율로 섞여 있어요. 남자는 동냥아치가 게걸스럽게 식사하는 모습을 옆에서 지켜봐요. 종종 물도 건네면서. 동냥아치는 의복과 소지품 같은 단서들로 남자의 신분을 추측해냅니다. 물론 티베트어를 말한다는 사실만으로도 이미 충분하지요. 게다가 남자는 직접 말로 그의 신분을 알려줍니다.

부처님께서는 한 명의 중생도 포기하지 않으십니다.

일어나 떠나려는 남자를 동냥아치가 붙잡아요. 동냥아치는 음식물을 씹어 삼키는 와중에도 또박또박 말하려 애써요.

그대의 은덕으로 내 비루한 삶이 하루나마 늘었습니다.

이어서,

이름을 하나 대십시오.

손등으로 입을 닦으며,

그러면 내가 죽여드리리다.

스님, 스님, 편조 스님. 이때 스님의 머릿속에 곧바로 떠올랐던 얼굴은 누구의 얼굴이었나요? 태어나자마자 노비의 자식이라는 이유로 내버리고는 줄곧 멀리해온 아버지? 스님은 감히 그 남자를 아버지라고 부를 수도 없었지요. 집안사람들이 모여 산다는 집성촌 담벼락 앞을 몰래 기웃거리다가 매 맞은 일은 지금도 기억나는걸요. 옥천사 절간에서 종살이를 하던 어머니는 말했습니다. 네 아버지의 생김새가 궁금하거든 물가에 얼굴을 비춰 보거라. 그래서 스님은 늪으로 가

엎드렸어요. 그러자 스님이 미워하고 그리워하며 사랑하는 얼굴이 물 위에 나타났지요. 스님은 힘주어 수면을 내리쳤습니다. 짐승처럼 울부짖으면서. 슬픔과 분노가 가라앉을 때까지. 늪 어귀에는 스님과 같은 용모를 물려받은 친족들이 대대로 모여 살고 있지요. 도대체 어디가 다르다고— 같은 얼굴들 사이에도 서열과 신분을 매기는 걸까요? 누구에게 권한이 있는데요? 누가 높낮이를 나누고, 오래도록 지켜지게 하는데요? 다시. 물 위로 떠오르던 하나의 얼굴. 스님이 죽이고 싶은 전통은 스님의 얼굴을 하고 있습니다. 불가에서는 어떤 종류의 살생도 엄격히 금합니다만, 지금 이자가 말하잖아요. 자기 손을 빌려주겠다고요. 스님은 헛헛하게 웃으며 동냥아치의 귓가에 이름을 하나 꺼내놓습니다. 목탁을 쥐며,

나는 내 나라를 죽이고 싶습니다.

호두나무 막대기가 작은 목탁의 머리 부분을 두드리는 소리.

한데 그런 방법은 없더이다.

호두나무 막대기가 작은 목탁의 머리 부분을 두드리는 소리.

이것이 고향을 떠나 10년 동안 세계를 떠돌며 익힌 가르침입니다.

호두나무 막대기가 작은 목탁의 머리 부분을 두드리는 소리.

한 번 더.

두 번 더.

세 번 더.

양손 사용법의 완벽한 본보기: 붙잡는 왼손과 노래하는 오른손! 스님, 스님, 편조 스님. 독경을 멈추지 말아요. 목탁 소리가 동냥아치의 마음속에 알라무트를 다시 세웁니다. 깨지고 무너졌던 흰색 벽돌들이 제자리로 돌아갑니다. 최후의 하사신이 조용히 눈물 흘립니다.

그대는 지금부터 내가 하는 말을 가르침으로 듣고 그대로 따르십시오.

프리즈freeze. 림보에서 나가는 길을 찾기. 스님, 이제 그만 나에게 다시 돌아오세요.

Audio Channel Set: [MONO]

떠돌이 승려 하나가 대륙 끝자락에 다다라요. 등주登州라고 알려져 있는 이 연안 도시는 산둥반도의 북쪽 어귀에서 바다 방향으로 불쑥 돌출되어 있으며, 세계 각지에서 몰려드는 무역 상인들로 매일같이 북적입니다. 특히 황해를 사이에 두고 있다는 지리적 이점 때문에, 삼한 사람들은 이미 삼국시대부터 뱃길로 대륙을 드나들었지요. 바람 좋은 날이면, 벽란도에서 띄운 배가 불과 이틀 만에 이곳까지 다다르곤 해요. 뱃사람들은 이 길을 북선항로라고 부르지요. 서남쪽으로 바다를 건너 명주明州에 이르는 또 다른 뱃길, 남선

항로와 구분하려고요. 384년 굽타왕조의 승려 마라난타가 처음 백제에 불교를 전한 이후로, 이 신성한 바닷길은 장차 『아함경』은 물론 『오부대승경』도 실어 옮기게 된답니다. 바로 그 때문에 불교 역사 천 년 동안 수많은 불자가 같은 루트로 황해를 건너가지 않았겠어요.

떠돌이 승려는 고국으로 돌아가는 배를 뱃삯 없이 얻어 탈 속셈이에요. 부둣가에서 어슬렁거리며, 실습 상대로 적당해 보이는 사업가들을 눈여겨보지요. 국제항에 내박한 무역선들은 대개 뱃머리 장식으로 국적과 종교를 드러낸답니다. 예컨대 머리 아홉 달린 뱀 형상의 아난타 나가라 조형물은 힌두교 선박을, 독수리의 양익을 표현한 프라바시 동상은 조로아스터교 선박을 나타내지요. 그러므로 떠돌이 승려는 다르마차크라 양식의 뱃머리 장식을 찾아 돌아다닙니다. 수레바퀴 모양의 인도 지방 특산품은 오래전부터 윤회를 가르쳐왔으니까요. 한때 아라비아 전체를 공포로 떨게 만들었던 지식 일부가 이렇게 극동아시아에서 처음으로 쓸모를 시험받겠군요. 어느 무슬림 동냥아치가 일찍이 가르쳐주지 않았던가요. 오로지 정보만이 화자와 청자의 위치를 매긴다. 따라서 앎은 모든 질서 가운데 맨 꼭대기에 어울리며, 우리의 두뇌가 다른 기관들을 내려다보고 부리도록 만들어진 까닭이 여기에 있다. 고대의 제사장들이 높은 솟대와 긴 나뭇가지, 선돌과 석탑을 이용해 하늘에 다가가려 했던 것도— 신들의 앎을 듣기 위함이었잖아요. 신들은 사양이 조악한 1세대 마이크로폰에 대고 기꺼이 목소리를 속삭여주었어요. 석가모니도 낮게 엎드린 제자들의 귀에 대고 진리를 귀띔하곤 했지요. 그래서 승려는 무시무시한 용병들 앞으로 다가가면서도 겁먹지 않을 거예요. 지금은 그가 아래쪽에 있지만— 두고 보세요. 앎은 모든 질서를 굽어보는 법이니까요. 승려는 부둣가에서 부러 작은 소동을 일으켜요. 이 소리가 상단 주인을 갑판 바깥으로 이끌어내겠지요. 화려한 보석 장신구와 고가의 옷감으로 표적이 특정되는 순간, 승려는 합장하며 고개를 숙여요.

나무아미타불 관세음보살—

상단 주인은 배에서 내려오는 대신 난간 위로 윗몸을 조금 기울일 뿐이에요. 승려는 흠집 난 목탁과 허름한 옷차림, 긴 머리카락을 숨기지 않고 드러내요. 겉모습은 오히려 궁색해 보일수록 좋아요. 무슬림들 사이에서 가난과 금욕이 미덕으로 우러름 받듯, 불자들 사이에서도 빈곤과 결핍은 수행으로 여겨지지 않던가요. 그러나 아시다시피 불자는 놋그릇을 두들길지언정 거지가 되어선 안 되고, 보시 받은 음식을 핥아먹을지언정 개가 되어선 안 되지요. 그러므로 승려는 엎드려 절하거나 빌며 구걸하는 대신 희미하게 미소 지을 뿐입니다.

소승이 배를 좀 얻어 탈 수 있겠습니까?

상단 주인이 비웃으며 이죽여요.

스님, 우리 배에는 냄새나고 굶주린 쥐들이 이미 충분합

니다.

용병들이 따라 웃지요. 그러자 승려도 마구 웃어요. 주위의 다른 웃음소리들이 모두 잦아들 때까지요. 용병들이 하나둘 웃음기를 잃으니, 우스꽝스럽게 씰룩거리던 입술 모양들도 하나같이 일그러져요. 잦은 독경으로 사시사철 음성 질환을 앓아온 승려에게, 성대결절은 흔한 증상 따위에 지나지 않답니다. 따라서 날숨이 성대 점막의 부종을 긁을 때마다 쇠를 깎는 소리가 새어 나오지요. 청자들의 팔뚝에서 털들이 곤두서는 가운데— 승려는 목탁 손잡이를 들어 앞으로 내뻗어요. 상단 주인의 얼굴 주름이 전통악기의 가죽 판처럼 떨리는군요.

일찍이 석가모니께서 이르시기를, 만족할 줄 모르는 자는 부유해 보일지라도 가난하고, 만족할 줄 아는 자는 가난해 보일지라도 부유하다 하셨습니다. 나는 땅 위에 누워 자면서도 안락하나, 그대들은 보화 속에 누워서도 늘 불안에 떱니다.

호두나무 막대기 하나가 서로 다른 얼굴들을 한 번씩 가리켜 보여요.

그러니 여기도 쥐새끼가 하나, 둘, 셋, 넷, 다섯…… 과연 소승의 눈에도 이미 충분해 보입니다.

승려는 목탁 소리로 겁에 질린 영혼들을 잠시 달래줘요.

가난한 중을 대접해준 값으로 공덕을 쌓으십시오.

나무아미타불 관세음보살.

모든 중생은 전생에 쌓은 업보의 탑으로 내생의 형상을 얻는 법입니다.

그리하여 상단 주인과 선원들은 일생에 지은 죄를 반성하며 예외 없이 눈물 흘리지요. 이 떠돌이 승려에게 흥정과 속임수를 가르쳐준 페르시아인 스승이 아직 살아 있었다면, 그 또한 눈물 흘렸을지도 몰라요. 대개 뱃삯으로 요구되는 금전은 눈에 보이며 만질 수 있지만, 승려가 지불한 요금은 눈에 보이지 않으며 만질 수 없는 종류의 화폐이지요. 공덕? 업보? 이들 가상의 재화들은 전생과 내생— 즉, 시간을 건널 때나 치르는 대금인데, 수완 좋은 말솜씨로 현실에서 미리 치러진 셈이에요. 터무니없는 사실 하나. 승려가 인용한 석가모니의 경구는 참조가 불명확한 사료랍니다. 다시 말해, 석가모니가 실제로 그런 말을 했는지 안 했는지 누구도 확인해볼 수 없다는 이야기지요.『아함경』을 집필한 그의 제자들마저도 이미 오래전에 세상을 떠났으니, 과연 누가 증언할 수 있겠어요? 승려는 정보를 이용하는 방법을 배웠고, 그와 같은 차이야말로 화자와 청자의 위치를 결정한다는 사실만을 잘 알고 있을 따름이에요. 결과적으로 승려는 진귀한 선적 화물들 사이에 특별 선실을 제공받으며, 10년 만에 다시 황해를 건너갑니다. 사체를 불태우고 매장하는 값으로 하루하루 빌어먹던 어느 매골승은 고려를 떠난 뒤에 이미 죽었으니— 고려인 테러리스트가 홀로 게송을 읊기 시작합니다.

자아득불래自我得佛來 소경제겁수所經諸劫數……

무량백천만無量百千萬 억재아승지億載阿僧祗……

스님, 스님, 편조 스님. 이 얼간이 같은 인간들을 좀 보세요. 배가 벽란도 무역항에 정박하자마자 값진 금품과 보석들을 남김없이 내놓는 꼴을요. 가장 먼저 엎드리는 인간들은 용병들이에요. 이들은 고용주를 대신해 손을 더럽히는 과정에서 수많은 폭력과 살인을 일삼았어요. 삼나무 갑판 위에 이마를 짓찧을 때마다 암전된 기억이 0.1럭스만큼 밝혀집니다. 죄악의 이름이 낱낱이 드러나는 고통! 이들은 죽어서 받게 될 가상의 형벌들을 떠올려보느라 미리 떨며, 스님에게 속죄하고 싶어 합니다. 그다음에 엎드리는 인간들은 날품팔이들이에요. 이들은 부정한 수법으로 거두어들여진 갖가지 재물과 유산을 전 세계로 실어 나르는 데 손을 보탰습니다. 무지렁이 노역자들은 무거운 궤짝의 손잡이나 가죽 부대 끄트머리에 묻어 있는 혈흔 또는 잿가루를 못 본 척 외면했어요. 오염된 손으로 눈에 띄지 않게 횡령도 저질렀지요. 어떤 물품들에는 수탈당한 영혼들의 마지막 한숨이 엑토플라즘처럼 엉겨 있는 법입니다. 전도율 높은 이 전자기성 물질은 날품팔이들의 손을 정전기처럼 옮겨 다니면서, 복제된 기억을 대뇌 반구마다 심어놓습니다. 푸른색이 슬픔을 부추긴다는 혐의에서 영원히 자유로울 수 없는 까닭은 부테스 이후로 무수한 뱃사람이 바다 깊이 몸을 던지기 때문입니다. 블루, 블루, 오프 블루 컬러의 난바다에서 자기 자신을 잃어버린 조난자들이여! 날품팔이들은 그들 손에서 유령들의 저주를 거두어달라고 두 손으로 빌어요. 마지막으로 엎드리는 인간들은 상인들이에요. 누군가 인간의 욕망에도 도량형을 달고 싶다면, 이들이 긁어모은 재산의 양을 단위로 삼으면 됩니다. 이윤을 남길 수만 있다면, 이들은 모든 것에 도량형을 매달아왔으니까요. 어느 유대인 성자는 일찍이 죄는 미워하되 사람은 미워하지 말라 일렀지만, 로마제국의 수호 여신 유스티티아가 처음 칼과 천칭을 들어 올린 이후— 사법기관들은 악행에도 예외 없이 무게를 매달지요. 따라서 상인들의 죄는 저울의 균형을 무너뜨릴 만큼 무겁답니다. 누가 처음으로 세상에 값을 붙였겠어요? 누가 처음으로 나무를, 토지를 재화로 삼았겠어요? 오늘날 무수한 공동체가 서로 연결된 까닭을 어디서 찾으시나요? 바로 이들에게 용의가 있지 않던가요? 점조직 꼴로 세계 곳곳에 숨겨져 있던 집단들을 기어코 지도 밖으로 드러낸 까닭이 무엇이었겠어요? 상인들은 연결망 안으로 간단히 정보만을 속삭였을 거예요. 예컨대, 저쪽에는 나무가 많고 저쪽에는 황금이 많으며 저쪽에는 물고기가 많이 잡힌다. 바로 그 때문에 약탈과 경쟁이 시작되지 않았던가요? 광막한 대륙이 약삭빠른 행정가들의 탁자 위에서 삼각법으로 측량됩니다. 자연의 순수한 사물들은 품목이 붙여진 채 세계를 유랑하며, 이렇게 가난과 풍요가 발명되었습니다. 스님은 말없이 상인들을 내려다봐요. 이 상인들은 재산의 양으로 죗값을 평가받는다고 착각하는 것 같아요. 그러니까 가진 것을 다 내놓으면 죄목도 가벼워질 줄 알고 있지 않겠어요. 보세요. 한때는 손에 넣기 위해 노고를 아끼지 않았던 보물들인데, 지금은 재빨리 치워버리려고 애쓰고 있잖아요. 사실 더러움은 물건에 묻어 있지 않은데도 말이에요. 물론 이런 정보를 알려줄 필요는 없지요. 스님은 주머니 바깥으로 쫓겨난 보화들을 기쁘게 거두어들일 테니까요. 나사렛의 성자가 용서와 관용의 권능을 이미 예전에 허가하였으니, 스님이 말만 하면 이들의 죄도 사라질 것입니다.

과분한 허영으로 허덕이는 그대들을 가엾게 여겨, 소승이 그 몫을 덜어드리리다.

스님은 재물 일부로 마필과 마부, 수레를 사요. 벽란도는 특기해둘 만한 길목이에요. 이곳에서 시작된 10년 길이의 노정이 다시 같은 곳에서 끝맺어지니까요. 마부가 몰고 가는 말수레의 나무 바퀴처럼— 우리는 처음 시작된 자리로 거듭 돌아오면서 앞으로 움직여요. 이런 힘은 자주 운동으로 명명되고, 이따금 공학으로 해석되겠지요. 하지만, 스님. 나는 리듬으로 표현하기를 더 좋아해요. 벽란도를 떠나가 벽란도로 다시 돌아왔듯이, 고향을 떠나갔던 늪지기도 고향으로 다시 돌아가게 되잖아요. 우리의 삶과 죽음으로 완성되는 운율을 보세요.

스님은 습지로 내려가는 길에 산적들과 맞닥뜨리게 돼요. 나라가 전란을 핑계 삼아 과중한 세금을 부과하는 바람에 산속으로 숨어버린 이들이지요. 스님은 서자이면서 노비의 자식으로 태어난 까닭에, 이 위협적인 도당들의 눈빛에서 슬픔과 분노를 바닥까지 읽어냈어요. 볼깃살에 뒤룩뒤룩 비계가 오른 고관대작들은 겨우 허기만을 들여다보겠지만, 스님은 아니에요. 스님은 다르지요. 산적들은 하루 이틀 먹고살려는 속셈으로 군대를 조직하지 않았어요. 썩어빠진 행정법과 거기 부역하는 관리들에게 앙갚음하기 위해 창칼을 들었어요. 스님은 스님의 계획을 이들 앞에 누설해요. 그리고 빈손으로 넘겨받은 재물들을 내보이지요. 수레를 가득 채울 만큼 많은 양의 금은보화는 한 가지 사례에 지나지 않을 뿐이에요. 몽골제국의 수도에서, 어느 페르시아인 비렁뱅이에게 끼니를 양보한 이후— 쇠락한 왕국을 무너뜨리기 위한 모든 과정이 알맞은 순서로 줄 맞춤 되고 있다는 사실만이 중요하지요. 이렇게 고려사 5백 년을 통틀어 가장 정교하게 기획된 테러리즘이 처음으로 동조자들을 맞아들입니다.

안개 걷힌 날, 동조자들은 습지로 횃불을 들고 가서 불을 질러요. 1억 4천만 년 동안 감히 늪에 불을 지른 사람들은 없었답니다. 게다가 늪은 내륙 최대의 습지로, 왕국 동남부에 형성된 1차 산업의 기반이 되기도 했지요. 늪이 불타면 왕국의 남부 경제가 크게 꺾일 수밖에 없어요. 민물고기를 잡는 어부들부터 나무꾼, 사냥꾼이 가장 먼저 굶어 죽고, 나중에는 습지의 물로 관수를 대는 농부들이 말라 죽겠지요. 16개 고을의 백성들이 늪 어귀에 자리 잡은 어느 고가 앞으로 몰려가요. 늪의 원칙에 따라 습지에서 태어나 습지 밑으로 수장되는 일을 영광스럽게 여기며 지키는 이들에게, 책무를 다하라고 요구하지요. 하지만 우리의 늪지기들은 끝끝내 대문을 열지 않을 것입니다. 늙어 죽어가는 왕국의 운명만큼이나, 이들 가문도 이미 분열되어 약해져 있기 때문입니다. 초대 늪지기가 들었던 어느 목소리가 시간에 때 묻으며 손실되어버린 탓이겠지요. 이른바 블랙, 블랙, 블랙아웃 말이에요. 그런데 백성들은 노이즈처럼 지글거리는 불길 속에서 뜻밖의 음향을 감지해 들어요.

Sample: Ringing the bell in Buddhist Temple [Decay Time=14.78s]

50톤 넘는 구리 조형물이 전율하는 소리.

Sample: Ringing the bell in Buddhist Temple [Decay Time=14.78s]

50톤 넘는 구리 조형물이 전율하는 소리.

Sample: Ringing the bell in Buddhist Temple [Decay Time=14.78s]

50톤 넘는 구리 조형물이 전율하는 소리.

이렇게 옥천사 사찰에 매달려 있던 종이 세 번 울리며 훼손된 역사의 카트리지를 이어 맞춥니다. 스님, 스님, 편조스님. 스님은 옥천사 내부에 수장된 역사서들을 몰래 훔쳐보곤 하셨지요. 가장 양이 많으며, 보존 상태가 좋았던 자료들은 대부분 신라 시대의 문헌들이었어요. 옥천사가 670년 문

무왕 때 의상義湘 대사에 의해 창건되었다는 사실도 물론 기록되어 있었지요. 덧붙여, 지금은 아침저녁으로 예불 시간 때만 두들기는 절간의 범종이 한때 특수한 용도로 타종되었다는 사실도요. 역사서는 이 청동 합금 악기의 이름을 다만 신종神鐘으로 밝힙니다. 가뭄이나 기근이 이어지는 대흉년마다 왕명으로 세 번 쳤다는 일화가 뒤따라 소개되고요. 기우제는 법계에서 가장 높은 서열인 국사에 의해 직접 주관되었으며, 의례를 치르는 정성에 따라 짧게는 한나절에서 길게는 사흘 안에 반드시 비가 내렸다고 기록합니다.

그래요. 그래서 내가 비를 내렸습니다. 스님은 늪지기들을 대신해 습지의 불을 꺼뜨렸고, 이와 같은 은덕으로 두루 사랑받게 되지요. 심지어 어떤 이들은 스님을 살아 있는 부처, 즉 생불生佛이라고 불러요. 소문은 빠르게 국토를 가로질러 올라가며, 마침내 왕의 귓속 융털마저 간질이게 됩니다. 왕은 대신들의 만류에도 불구하고 직접 습지로 내려와 스님을 만날 것이에요. 의심 많고 유약한 이 젊은이는 고려와 몽골 사이에 맺어진 포로 교환 조건에 따라 어렸을 때 대륙에 볼모로 끌려갔던 내력이 있어요. 그러므로 그대들의 운명은 북선항로 모양으로 똑같이 얽혀 있지요. 왕은 꿈에서 칼에 찔릴 위기를 맞았는데, 누군가의 도움으로 목숨을 부지한 참이에요. 아침나절까지 어렴풋한 해상도만 남아 있던 은인의 두상은 마침내 스님의 얼굴로 확인되지요. 왕은 대형 참사를 미리 종식시킨 옥천사의 신묘한 범종을 늪지기 가문에 직접 선물합니다. 늪지기들이 왕의 하사품을 치부처럼 택지 깊숙이 감추었던 까닭이 바로 여기에 있어요. 그렇기에 이 음침한 집안이 대대로 종 치는 일을 금기로 가르치게 되는 것이지요. 누가 됐든 종을 치면 반드시 죽는다는 엉터리 전설을 구실 삼아서요. 그럼에도 이 재래식 종교 악기가 습지를 구했다는 명성만은 쉽게 숨겨지지 않아서, 이후로도 몇몇 후손이 집안을 구하기 위해 종을 울렸습니다. 떠돌이 생활을 마치고 왕과 함께 개경으로 돌아갈 때, 스님은 이런 미래도 내다볼 수 있었나요? 그런데 스님은 그만 약속을 잊었어요. 내가 비를 내리는 대가로, 죽을 때가 되면 늪으로 돌아오기로 하셨잖아요. 잦은 물난리로 이름난 경기도 수원水原에서 스님의 목이 잘리는 것은 이 때문이니, 잘린 목을 들고 돌아오세요.

Voice)

후손들은 보세요. 그대들은 그대들의 삶과 죽음으로 운문을 완성하게 될 것이에요. 누구도 이와 같은 리듬에서 자유로울 수가 없습니다. 그대들은 예외 없이 나에게 돌아오셔야만 해요. 우리는 지금 음성으로 장례를 치르는 중이며, 따라서 2부의 제목인 **수시收屍**는 이 고루한 예식의 두번째 절차이기도 하답니다. 그리하여 천 년의 질서와 전통에 따라, 내가 직접 엄선된 시신 네 구를 죽음에서 다시 한번 일으켜 세웠지요. 우리가 물려받은 예법에 의하면, 후손들은 망자의 몸을 정성껏 씻겨주어야 해요. 이 같은 의식으로 우리의 육신과 영혼이 깨끗하게 준비되었으니, 이제 그대의 몸을 관에 누일 차례입니다.

3부. 안치安置

언제 잠들어버렸는지 모르겠지만, 집 안 곳곳에 희뿌옇게 연기가 끼어 있어요. 잠든 사이에, 누군가 틀림없이 향을 피웠어요. 냄새로 알 수 있는 사실이지요. 조부가 살아 있던 시절. 당신이 늙은 귀신들의 밥상머리 앞에서 지겹도록 뒤집어쓰곤 했던 바로 그 냄새 말이에요. 숨 막힐 만큼 지독했던 기억. 하지만 맹세컨대, 질식해 죽을 정도는 아니었지요. 그렇다면 이 자욱한 향연 속에서 숨이 막혀 죽어가는 사람의 이름은 무엇이에요? 당신 뒤쪽, 뒤돌아볼 수 없는 자리에서. 당신 목에 감긴 철사를 점점 강하게 조이고 있는 두 손은 누구의 것이에요? 지금 당신 귀에 대고 똑같은 말을 염불처럼 외우는 사람. **죽어주세요, 죽어주세요, 죽어주세요**…… 겸손하고 정중한 어조로 거듭 속삭이는 이 사람은 도대체 누구냐고요.

돌아오라, 돌아오라. 네가 있을 곳으로. 있어야 할 곳으로. 여기로. 유령들의 땅으로. 죽음과 망각의 종착지로. 당신은 가까운 바닥을 짚고 일어나려 애써요. 시력이 밝아질 때는 반드시 두통도 뒤쫓아 오지요. 진자 운동을 하는 키네틱 모빌의 쇠구슬처럼. 처음에는 양쪽 관자놀이를 번갈아 두드리다가— 측두엽, 두정엽, 마지막으로 전두엽까지. 언제나 그래요. 두통은 당신의 머리가 생체 전기로 작동하는 연산장치 따위가 아니라는 사실을 끝없이 알려줘요. 천재들이 고성능 하드웨어를 저마다 경추 위에 이고 다니는 한편, 당신에게 두뇌란 무식한 물탱크나 다름없지요. 그마저도 제대로 가

누지 못해서 열여섯 시간을 수전증에 시달리고, 나머지 여덟 시간은 피해망상에 시달리지요. 모지리 같으니! 멍텅구리! 얼간이! 머저리 같으니! 담배와 술, 커피와 향, 음악과 시는 이제 그만. 정신 과로와 약물복용으로 푸석푸석해진 당신 머리를 좀 털고, 제발 단 한 번만이라도, 멀쩡한 정신으로 일어나서, 내 목소리를 들어주실 수 없을까요? 이름 없는 사람이여. 아무도 기억하지 않을 사당과 토지의 주인이시여.

당신은 무릎 힘으로 척추를 들어 올려요. 이 동작은 너무나도 순식간에 이루어진 나머지 늪지기를 멀리 나자빠지게 만들지요. 당신의 머리, 사시사철 의미 없이 출렁거리는 1,500시시 용량의 물탱크가 늪지기의 턱뼈를 들이받은 결과예요. 당신은 재빨리 일어나서 서재를 벗어나요. 연기 때문에 주위를 살피기 어려운데, 이처럼 불편한 조건은 늪지기에게도 똑같이 주어져서, 당신 둘은 청각에 크게 의존하게 돼요. 안채 내부에 쩌렁쩌렁 울려 퍼지는 외침!

도련님, 도련님! 도련님은 내 손에 죽으셔야 해요!

늪지기가 뒤따라오면, 당신은 벌벌 떨면서 넙죽 바닥에 엎드려요. 복도 벽면에 못질 된 선대 가주들의 초상화가 당신을 노려보는데, 품질 좋은 도화지 안에 방부 처리된 망자들의 얼굴만은 연기 속에서도 곧잘 들여다보여요. 무엇보다 당신은 한때 이들의 함자를 하나하나 정성스럽게 발음하곤 하지 않았던가요? 조부를 실망시킬 수 없었으니까. 초상화는 사람 하나 간격으로 떨어져 있고, 엄중한 족보 서열에 따라 바깥에서 안쪽으로 차례차례 걸려 있어요. 다시 말해, 시조에게서 멀어질수록 출구 쪽에 가까워지겠지요. 당신 입에서 오래전에 저문 이름들이 툭툭 불거져 나와요. 매캐한 향냄새에 오랫동안 절여져 있던 성대 연골이 60메트로놈 템포로 열렸다 닫히는데, 수납된 기억을 열람할 때 발생하는 레이턴시 때문이에요.

이름들은 각기 다른 시대와 연결된 하이퍼링크처럼 곧장 어떤 기억들을 되살려내요. 당신을 위대한 영광들 속으로 잠깐씩 접속시키는— 두운 율격의 암호들이죠. 그런데 당신은 어떻게 당신이 살아본 적도 없는 시간들을 이같이 생생하게 실감할 수 있는 걸까요? 당신이 물려받은 상속 문서 주석란에 기억도 한 줄씩 부기되어 있는 걸까요? (보이지 않는 글씨로?) 무엇보다 조상들의 용모만은 세대가 바뀌면서도 좀처럼 변하지 않아서, 같은 사람이 복장만 다르게 갈아입었다고 해도 납득할 수 있을 것만 같아요. (이들 앞에 앉았던 화가는 모델들의 생김새를 구별할 수 있었을까요?) 이들을 바라보고 있는 당신도 마찬가지. 그렇다면 모든 후손의 얼굴은 다만 가로 17센티미터, 세로 13센티미터 크기의 묘비가 아닌가. 무덤과 닮은 두상에 골상학적 격자로서 똑같은 이목구비를 새겨 넣고. 가엾은 자식들로 하여금 죽을 때까지 자기 출신을 짧은 시구처럼 중얼거리게 만들면서. 이 지긋지긋한 주파수 대역 바깥으로 나가지 못하게 막는 이들은 도대체 누구인가. 1대, 2대, 3대, 4대, 5대, 6대, 7대…… 그리고 마침내 30대. 용길容吉. 너, 너, 너의 할아버지.

안채 출입문을 열자마자 한 움큼의 연기가 바깥으로 빠져나가요. 당신의 기관지도 해로운 입자들을 뱉어내느라 마구 들썩이고요. 등 뒤로 나무 바닥을 마구 뛰어다니는 발소리가 들려와요. 나갈 곳을 찾을 수 있을까요? 아니. 이 고가에, 습지에 출구 같은 게 있을까요? 있더라도 늪지기의 도움 없이 이곳에서 빠져나갈 수 있을까요? 나가서 돌아갈 수 있을까요? 아니. 애초에 돌아갈 곳은 어디일까요? 이미 이곳이 당신이 돌아와야 할 곳 아니던가요?

그래서 당신은 종루로 가요. 한때 늪지 깊숙한 곳에 저절로 자라 있었다던 물푸레나무— 토착민에 의해 살아 있는 신령으로 숭배받았던 목신을 쓰러뜨려 만든 고려식 복층 건축물로. 기둥과 다락은 물론 범종이 매달린 대들보와 당목까지. 모든 자재가 한때 목신의 팔다리 일부였지요. 한 걸음. 두 걸음. 다락 바닥 위로 걸을 때는 조심하지 않으면 안 돼요. 벌목당한 물푸레나무 목신의 울음소리가 복사뼈를 접질리게 만드니까요. 마침내 범종 앞에 다다라 당목을 옆구리에 끼워 넣으려는 순간, 밑에서 늪지기가 다급하게 소리칩니다.

건드리면 안 돼!

당신은 난간 밑에서 팔랑거리는 늪지기의 손등을 지그시 내려다봐요.

그 종을 치는 사람은 반드시 죽어요.

당신은 두려움으로 횡격막을 떨면서도, 코웃음을 참을

수가 없어요. 방금까지 당신을 죽이려고 들었던 사람이 당신의 죽음을 경고하다니요. 당목을 뒤쪽으로 잡아당길 때, 부드럽게 대패질 된 목기의 횡단면에서 희미한 울음소리가 새어 나와요. 공성추처럼 몸피를 둥글게 깎은 이 고재 토막이 범종 몸통을 세 번 짓찧자마자 느닷없이 우르릉 벼락이 떨어지지요. 당신은 깜짝 놀라 자리에 주저앉는데, 세상에 존재하는 온갖 음향이 눈앞의 구리 조형물 안으로 몰려드는 것 같아요. 중심부 무게만 50톤 가까이 나가는 이 재래식 종교 악기가 광대역 통신 장비처럼 모든 주파수 대역의 파장들을 한곳으로 빨아들이고 있어요. 몸뚱이를 와들와들 떨면서. 속삭임보다도 작은 소리 먼지부터 사이렌보다 더 큰 파열음들까지. 이렇게 고대의 운율이 부활하고, 내림박에 맞춰 땅을 내딛는 발소리들이 하나둘 되돌아오지요.

잠시 뒤. 솔송나무 숲 서늘한 그늘 안쪽에서 홀연 바람이 불어오는데, 부슬비가 범종의 겉면을 타닥타닥 두드리고, 안채에 피운 향만큼이나 짙은 안개가 주위 가득 차오르기 시작해요. 축축한 토양과 고개 숙인 식물들, 곰삭은 목재 부품들이 몸체에 머금고 있던 물기를 바깥으로 송골송골 밸어내면서 일어나는 일들이에요. 일종의 삼투현상으로, 잠자코 붙박여 있던 수분들이 자리를 옮기는 것이지요. 오직 깊은 한숨들만이 종종 이 같은 기적을 일으킬 수가 있어요. 뒤바뀌는 건 기후만이 아니에요. 저 멀리, 고가 바깥에서, 불타 없어진 줄 알았던 시체 안치용 궤짝 덮개들이 하나둘 수면 위로 떠올라요. 물가에서 물결이 일렁이고, 이 흐름에 의해 지저분하게 엉겨 있던 타르 덩어리들과 잿개비들이 저절로 밀려나지요. 어둠 속에서 물거품들이 빠른 속도로 이산과 집합을 반복하며 솟아오르는데, 아직 허파가 썩지 않은 시체들— 상대적으로 최근에 죽은 망자들은 해마에 각인된 호흡 동작을 여전히 기억하고 있기 때문이랍니다. 타종 소리를 듣고 처음 돌아오는 조상들은 신체의 많은 부분을 손상 없이 간직하고 있어요. 당신의 꿈에 나왔던 모습 그대로. 아마도 죽은 다음에 입혔을 백색 수의를 가지런히 차려입은 자태로. 방죽 위에 물방울을 뚝뚝 떨어뜨리면서. 사후강직으로 뻣뻣하게 굳어 있던 관절들을 억지로 구부리고 다시 펴면서. 1997년 이후 단속을 피해 몰래 수장됐던 촌로들이 하나둘 일어난 뒤에, 이전 세대의 가주들이 입관 의례를 거꾸로 되감아 일어섭니다. 이처럼 시간이 뒤집혀 흐르는 가운데, 마침내 우리가 씻겼던 첫번째 몸도 내림박에 발을 맞추지요. 기억하나요, 이 작은 몸을? 전쟁이 아니었다면— 이 몸은 중학생이 되고, 고등학생이 되고, 어쩌면 대학생이나 어엿한 어른이 되었을지도 몰라요. 꼬마 영감님, 뒤를 보세요. 전선에서 죽음을 맞은 영감님의 형제들도 시간을 되돌려 다시 늪으로 돌아와 있군요.

훠이. 훠이.

늪지기가 길쭉한 막대기를 허공에 휘두릅니다. 움직일 배를 잃은 물푸레나무 노는 이제 시간을 저어 가려 합니다.

심각하게 왜곡되고 있는 시제를 되돌려놓으려고 말입니다. 그러나 불운하게도 늪지기의 노질은 안개 한 움큼만을 겨우 밀어낼 수 있을 뿐입니다. 이제 시간은 백 년을 거슬러 올라가, 외적의 침탈에 맞서 후장식 장총으로 무장했던 젊은 가주들마저 불러냅니다. 우리가 씻겼던 두번째 몸은 아직까지 얼어붙어 있는 손으로 코민테른 깃발을 쥐고 휘두릅니다. 이 붉은 몸은 송장들의 대열 가장 앞에 서서 다른 가주들을 이끌며, 세계가 혁명 전선으로 하나 될 때까지 진군을 멈추지 않을 것입니다. 대문 앞에 내걸린 횃대의 불빛이 물기로 젖은 까만 머리들을 하나둘 드러냅니다. 늪지기가 다급한 목소리로 소리칩니다.

돌아가라! 돌아가!

나의 친구여, 이제 가장 점잖은 조상들이 돌아올 차례라오. 비정상적인 시간의 흐름은 점점 더 빨라지며, 한꺼번에 많은 사체를 죽음에서 일으켜 세운다오. 낡은 카세트 플레이어의 되감기 전환 장치가 망가졌을 때와 마찬가지로 말이오. 스프링을 분실한 이 아날로그 전자 기기는 롤러와 연결된 기계 부품 없이는 멈추기가 불가능한데, 상태가 여기까지 이르면 쉽게 망가져버리기 일쑤라오. 되감기를 명령받은 카세트덱의 2채널 헤드가 무한히 시간을 거슬러 올라가는 반면, 테이프의 저장 용량은 미처 그 길이를 담아낼 수 없기 때문이오. 그러나 습지는 자그마치 1억 4천만 년의 시간을 염기성산화물 형태로 보존 중이며, 그대의 일파는 겨우 1천 년의 시간만을 보탰을 따름이오. 여기, 염장된 혀로 입천장을 더듬으며 다시 한번 삶을 맛보는 조상들을 보시오. 흰 두루마기 소매 양쪽이 헐거워져 펄럭거리는 한편, 머리 위로 쌓아 올린 상투만은 여전히 단단해 보이오. 안감이 거친 마직물 수의 곳곳에서 부패한 인체의 징후가 엿보이는데, 얼마 남지 않은 피부 조각들이 심장과 폐부, 이자와 간을 누더기처럼 가리고 있소. 위장과 대장은 이미 먼 옛날에 썩어 없어졌음에도, 비척거리며 택지 입구로 다가오는 동안 망자들의 입은 내내 벌어져 있소. 힘줄은 죽은 동물이 가장 나중에 잃어버리게 되는 섬유질 근육으로, 이들은 죽을 때 그들 손에 쥐여졌던 의장용 장검이나 각궁을 단단히 붙잡고 있다오. 마음만 먹으면 금방이라도 화살을 먹일 준비가 되어 있으니, 혈족의 원수에 대한 복수심만이 이들의 허기를 달랠 수 있어 보이오. 우리가 씻긴 세번째 몸이 앙상한 골격을 움직여 활시위의 탄성을 시험해보오. 그가 깃털이 붉게 염색된 화살을 활줄에 걸고 당겼다 놓으니, 외마디 비명이 안개 속에서 메아리치오. 그대는 돌담 뒤에 숨어 막대 끝으로 송장들을 밀어내던 늪지기가 더는 그러지 못하게 되는 모습을 목격할 것이오.

그리하여 마지막으로 웃어른들이 일어납니다. 이 땅에 처음 목책을 쌓고, 가옥을 짓고, 신화를 건설했던 일가의 맏이들이 돌아옵니다. 후손들이 봉양한 제삿밥으로 든든히 배를 채우고, 20만 명의 공경과 숭앙 속에서 너무나도 오랫동안 우상화된 나머지 영생에 버금가는 혈기와 영능을 허락받은 이들. 조부는 말했어요. 당신이 이들의 이름을 외우고 부를 수 있다는 것 자체가 커다란 영광이라고. 여전히 많은 어른이 가문의 선대 가주들을 떠올릴 때면 우러름과 두려움으로 입술을 바들바들 떨곤 한다지요. 당신은 이 모든 게 이제까지 과장이라고 생각하셨어요. 그렇지 않아요? 세월이 지나면서 와전된 거라고. 부풀려진 전설이다. 낭설. 거짓말. 허구의 기억이다. 하지만 저기 올곧은 몸동작으로 비틀거림 없이 걸어오는 해골들을 보세요. 이들은 택지의 심장부, 가장 오래된 습지 바닥에서 진흙을 뒤집어쓰고 일어나, 천 년 묵은 부레옥잠과 물이끼를 백골 위에 이고 있지요. 상투는 저절로 풀어져 산발이 어깨까지 내려오고, 녹아내린 안구 깊숙한 구멍에서 형형한 빛이 어른거려요. 발을 옮길 때마다 허리 뒤에 패용한 칼집 안에서 녹슨 쇠붙이가 덜거덕거리고, 이를 붙잡은 왼손은 순금 장신구들로 빛이 나지요. 기품 넘치는 해골들은 일찌감치 대문 앞에 몰려와 있던 후손들 틈에 섞여, 조용히 이곳을 올려다보고 있어요. 바로 당신을. 종소리의 여음이 멎으면서 청각이 돌아오는데, 이제 들리시나요? 저 바깥에서. 귀환한 선조들이 자기 집 대문을 두드리는 소리.

또는,

……

……

뚜—

……

……

뚜—

440헤르츠에서 480헤르츠 사이의 정현파로 이루어진, 고요한 전자음.

당신을 찾는, 평균 2초 길이의 통화중신호음.

여보세요?

기억하고 있나요? 15년 전, 봄. 전화는 서울 지번이 아니라 낯선 개인 번호로 걸려 왔어요. 건너편 사람은 대뜸 당신을 찾아 불렀어요. **손자야.** 이런 뉘앙스로. **손자야.** 다급하게. 조부가 입원해 지냈던 병원에서 오랫동안 같은 병실을 써온 동년배 노인이었지요. 당신은 방과 후에 이따금 병원에 들러 조부와 잠깐씩 시간을 보내곤 했는데, 상대적으로 건강해 보이는 그가 조부 옆에 앉아 간병인 노릇을 해주던 기억이 났어요. 노인은 지금 조부가 임종하셨으니 빨리 와보라고 재촉했어요. 담임교사와 함께 택시를 붙잡아 타고, 병원으로 가면서, 시제가 뒤얽힌 기억들이 뒤죽박죽 떠올랐어요. 하지만 이상하게 슬픔도 회한도 느껴지지 않았지요. 실감 나지 않았던 걸까요? 차라리 시외 할증이 붙어서 20퍼센트 빠르게 올라가는 미터기 요금이 더 신경 쓰였던 것 같아요. 조부는 점점 나이 들면서 고집이 강해지고, 이유 없이 짜증을 내거나 버럭 화내면서 당신을 힘들게 했어요. 불같은 성미마저 빼닮아서, 당신은 일부러 병실에 가지 않고, 그런 날이 점점 더 길어졌지요. 당신은 맹세했어요. 나는 절대 할아버지처럼 살지 않겠다. 철없는 반항심이었다고 해야 할지. 할아버지처럼 살지 않기. 할아버지처럼 후회하지 않기. 할아버지처럼 아프지 않기. 할아버지처럼. 할아버지. 할아버지. 할아버지. 할아버지처럼 살지 않는 이 지난한 숙제 속에서, 당신이 이룰 수 있었던 작은 부분은 흡연하지 않기, 음주하지 않기, 누군가를 때려눕히지 않기뿐이었지요.

2006년의 평범한 평일 오후였어요. 낮잠에서 갑자기 깨어나 숨을 헐떡이기 시작한 조부의 옆으로 병실 동료가 다가왔지요. 병실 동료는 마침내 이 남자에게도 죽음이 찾아왔다는 사실을 직감했던 모양이에요. 그래서 그는 호들갑 떨지 않고 긴급 호출 장치로 담당 직원들을 부르는 한편, 조부의 길고 야윈 손을 꼭 잡아주었어요. 그리고 연신 이렇게 속삭여주었다지요. 괜찮네. 나 여기 있네. 괜찮네. 기도가 막히고 심박은 점차 빨라졌을 거예요. 조부는 신경학적 암전 속에서 소리 없는 뇌운 또는 희미한 스모그처럼 떠오르는 병실 동료의 음성을 좇아 고개를 들었지요. 숨을 거두기 전에, 조부는 당신을 찾았어요. 우리 장손. 우리 장손은 어디 갔나. 우리 장손. 이렇게 세 마디. 그런 다음, 신호 종료. 이렇게 또 하나의 영혼이 암흑 속으로 곤두박질치지요. 이제 20분 뒤에 당신이 찾아와 이 모습을 보게 될 거예요.

이 장면을 상상할 때마다 조용히 눈물이 고이는 사람의 이름은 무엇일까요? 세상을 떠나면서 마지막으로 남기고 싶었던 말이 고작 장손 따위의 말이었다니. 끝까지 고리타분하다고 해야 할지. 70년 가까운 본인의 세월에 관해서는 회한도 그리움도 남지 않았던 건지. 조부는 당신을 너무 사랑했던 나머지 당신을 찾았던 걸까요? 아닐걸요. 당신은 조부에 관해서 아는 게 많지 않았고, 반대로 조부도 당신을 이해하려고 하지 않았으니까요. 다만 단단한 과실처럼 천천히 무르익어가는 당신의 얼굴 골조에서, 본인의 유년기와 선조들의 외모 흔적을 찾아냈을 따름이에요. 혈족의 초대 가주로부터 서른두번째 반복된 삶을, 말하자면 카논 형식의 다음 성부로 초대된 운명의 자리를 찾아 불렀을 뿐이지요. 아직 청소년에 지나지 않는 이 마지막 가주가 앞서 죽은 선조들은 물론, 본인과도 조금이나마 다른 삶을 살아주길 바라면서.

이따금 거울을 들여다볼 때마다 당신은 당신 얼굴에서 선조들의 골조를 찾아내요. 안으로 움푹 꺼진 안와 구조라든지. 평평하고 홀쭉한 뺨과 돌출된 이마뼈. 쫑긋 솟은 양쪽 귀의 연골과 특별히 신경 쓰지 않으면 자연스럽게 벌어지게 되는 입술 같은 것들. 파라핀 양초 모양의 콧대와 버섯머리를 닮은 콧방울은 또 어떻고. 이런 방식으로 조합된 이목구비는 당신에게 처음 주어지지 않았어요. 당신도 잘 알고 있지요. 생김새를 조목조목 뜯어서 볼 때, 가장 먼저 떠오르는 인상은 역시 조부의 것이에요. 고질적인 뇌 질환으로 팔다리를 절고 제대로 걷지 못했던 그는 한때 씨족의 일원들과 뭇 사람들을 눈빛만으로 꺾었다고 들었어요. 그러니까 당신이 과거의 어느 한 시점을 지목해서 되돌릴 수 있다면, 당신은 당신과 나이가 같은 조부와 대화를 나눌 수도 있겠지요. 아마 당신들 둘은 생김새로 서로를 알아볼 수 있을 거예요.

이제 내려가서 대문을 여세요. 겁먹을 필요 없어요. 선조들은 마지막 남은 가주가 자기 앞의 운율을 마저 완성하도록 잠자코 길을 비켜줄 테니 말이에요. 주위를 좀 둘러보세요. 말쑥한 수의를 지어 입은 모습으로, 두 손을 가지런히 배꼽 밑에서 맞잡은 채, 조용히 당신을 지켜보는 선조들의 해골이 달빛에 비쳐요. 물기로 어른거리는 회백색 두개골 표면 위에 당신 얼굴이 일부 반사되는데, 이들의 비어 있는 얼굴 골조 안으로 당신의 이목구비가 잠깐씩 끼워 맞춰질 때도 있지요. 오차 없이. 결락 없이. 한때 당신은 이들의 이름을 외울 수도 있었어요. 비결은 지금도 안채의 나전칠기 수납장 안에 보관되어 있을걸요. 물고기 부조로 장식된 순금 자물쇠가 걸쇠를 물고 있는 모습으로. 붉은 끈을 당겨 잠금을 풀면, 오랜 세월 구금되어 있던 부산물들이 한꺼번에 풀려나겠지요. 부패한 냉혈동물의 아가리가 열리듯이. 악취와 어둠이 가장 먼저 바깥으로 달아나는 한편, 한 무더기의 문헌만은 마지막까지 자리에 남아 있어요. 수납장 깊숙이 팔을 넣으면, 단단한 책등이 목뿔뼈처럼 손에 잡혀요. 이들은 말린 새끼 암소 창자로 묶여 있는데, 고통으로 일그러진 불수의근의 꼬임새가 아직까지 장정용 끈에 남아 있어요. 속지를 펼쳐 보세요. 세월에 의해 변색된 면지 위로 그림들이 나타나요. 아니. 실은 글자들이지요. 훈차로 옮겨 적은 한자식 성명들. 세로쓰기 양식으로 세 칸. 이따금 외자는 두 칸. 이름들은 굵고 반듯한 직선으로 연결되어 있는데, 다른 구성원들과의 이음매를 의미해요. (당신이 어떤 사람의 중간 이름만 듣고도 얼른 머리를 숙여야 했던 이유가 여기에 있어요.) 혈족 사이에 흐르는 유전학적 관계망에 도식을 씌운 거예요. 질긴 섬유질 혈관처럼. 이 책 어딘가에는 당신의 이름도 작은 핏방울 크기로 맺혀 있어요. 다른 수만 개의 이름과 함께. 소름. 불현듯 섬뜩한 기분에 휩싸였던 기억이 나요. 조부가 그런 사실들을 당신에게 알려줬을 때 말이에요. 아니에요? 조부는 이 책들을 족보라고 발음했지만, 당신은 그물로 알아들었잖아요. 조부는 마른 손가락 끝에 침을 묻히면서. 끊임없이 확장되는 그물 격자들을 지그시 따라 내려가며. 당신은 전혀 식별조차 할 수 없었던 그림들을. 네 기원이랍시고. 정성 들여. 한 자 한 자 읽어주곤 했어요. 그러고 나면 다시 위로 거슬러 올라가면서. 이 사람은 누구. 이 사람은 누구. 방 안에 단둘이, 나란히 앉아서. 아득한 시간을 거꾸로 되감으며. 백 년은 금방. 3백 년. 5백 년. 왕조가 바뀌고. 나라가 사라지고. 자그마치 천 년을 손짓만으로 건너다니지 않았겠어요. 그러는 동안 너희 둘은, 세상이 또 망하고 다시 일어나든 말든. 작고 안락한 안채 구석에 양반다리를 하고 앉아. 시간을 늘리고 줄이는, 마법 같은 책 귀퉁이에 침이나 묻히면서. 죽은 선조들의 이름을 주문처럼 중얼거리면서. 그런 놀이가 언제까지고 영원할 것처럼 착각하지 않았느냐고요. 그래서 당신 조부가 어떻게 되었더라?

어디서 오는 길입니까?

죽은 가주들의 행렬 끝에 이르러, 반가운 목소리가 다가옵니다. 지친 걸음새로. 장례식장에 다녀왔는지 홀로 검은 양복을 차려입었습니다. 누구의 장례식이었을까요? 남자는 당신과 나이가 같아 보입니다. 터덜터덜 걸어와서 당신 옆에 멈춰 섭니다. 골초 냄새. 당신은 반사적으로 미간을 찡그립니다. 한편, 남자는 안개에 잠긴 고가를 바라봅니다. 황달 증상으로 노르스름하게 착색된 눈알을 굴리면서. 눈앞에 서 있는 사체들을 두리번두리번 살펴보면서. 남자는 노련한 손짓으로 담뱃갑을 꺼내 들고, 당신에게 묻습니다.

담배 피우십니까?

당신에게. 다른 누가 아니라 바로 너에게.

당신이 사양하자 남자는 두 손을 모아 불을 붙입니다. 대화를 나눌 수도 있습니다.

당신께서 물려주신 본가의 땅. 이곳이 우리 집안의 육친들을 파묻는 매장지였다는 사실을, 제가 영영 모를 줄 아셨나요? 할아버지가 돌아가신 이후, 15년이 지난 지금까지, 다시는 여기 내려오고 싶지 않았어요. 우리 앞에서 점점 경계

를 넓혀가는 늪지가 이 땅에 잠든 썩어빠진 전통들을 모조리 집어삼킬 때까지.

운명이 압운처럼 정확한 자리에 끼워 맞춰지는 소리.

나는 당신 옆에 눕지 않겠습니다.

한 번 더.

천 년의 핏줄을 이어가지 않을 것이고, 당신의 자손으로 남지 않을 것입니다.

두 번 더.

아재, 아재, 부곡 아재. 부디 그만 미련 없이 떠나세요.

세 번 더.

안녕. 안녕. 안녕히.

남자는 당신에게 가스라이터를 건네요. 당신은 녹슨 부싯돌과 플라스틱 몸통을 엄지 끝으로 어루만져봅니다. 필립스 카세트 플레이어의 되감기 전환 장치처럼, 이 휴대용 점화 기구의 발화 버튼도 스프링 방식으로 작동하는군요. 물론 되감기[◁]도 빨리 감기[▷]도 표시되어 있지 않고, 다만 가장 단순한 모양으로 부싯돌을 밑에서 받치고 있을 따름입니다. 엄지를 올려놓기 좋은 이 부품은 불꽃으로 이미 상당 부분 그을려 있으며, 우리에게 가장 친숙한 평면도형을 곧장 상기시킵니다. 따라서 당신이 발화 버튼을 지그시 누르기만 하면, 거꾸로 되감기던 시간도, 천 년 길이의 운문도 모두 정지[■]된답니다. 이제 당신이 조부로부터 건네받은 선물을 습지에 던지면, 이 시간대에서 점화된 불꽃이 우리의 시간대로도 옮겨붙겠지요. 늪지기가 밤낮으로 늪을 순찰하면서도 방화범을 뒤쫓을 수 없었던 까닭이 바로 여기에 있어요. 늪에 불을 지른 사람은 바로 이 시간대의 당신이었으며, 이곳에서 우리가 함께 겪은 모든 일들이 미래의 당신을 이곳으로 불러들이게 되겠지요. 앞서 이야기했다시피, 이렇게 과거와 미래는 늘 연결되어 있어요. 팽팽하게 당겨진 끈 모양이 아니에요. 종이의 앞뒷면을 생각하세요. 자연계에 존재하는 수많은 대립자: 빛과 어둠, 삶과 죽음, 기억과 망각, 시작과 끝. 그리고 마침내— 과거와 미래. 이제 망자들이 입을 맞춰 노래하기 시작합니다.

4부. 발상發喪

오-홍 오-홍 오-호야 오-홍

오-홍 오-홍 오-호야 오-홍

간다 간다 나는 간다 사든 생각을 다 버리고 북망산천을 나는 가네

오-홍 오-홍 오-호야 오-홍

서른두 명 상두꾼들 눈물 가려서 못 가겠네

에헤 헤헤이 어하-넘차-오-홍

백년집을 이별하고 만년집을 찾어가네

오-홍 오-홍 오-호야 오-홍

황천길이 멀다더니 대문 밖이 황천이네

오-홍 오-홍 오-호야 오-홍

빈손으로 태어나서 빈손으로 돌아가네

에헤 헤헤이 어하-넘차-오-홍

초롱 같은 우리야 인생 이슬같이도 떨어지네

오-홍 오-홍 오-호야 오-홍

인지 가면 언지 올꼬 한번 가며는 못 온다네

오-홍 오-홍 오-호야 오-홍

북망산천이 얼마나 멀어 한번 가며는 못 오던고

에헤 헤헤이 어하-넘차-오-홍

활장 같은 굽은 길에 곱게 곱게나 모시 가자

오-홍 오-홍 오-호야 오-홍

열두 대왕 문을 열어 날 오라고 재촉하네

오-홍 오-홍 오-호야 오-홍

하늘님도 무심하고 대왕님도 야속하다

에헤 헤헤이 어하-넘차-오-홍

어여-차

어여-차

조심하소

어여-차

질이 좁다

어여-차

조심하소

어여-차

한 살 묵어

어여-차

아배 잃고

어여-차

두 살 묵어

어여-차

엄마 잃어

어여-차

이 구 십팔

어여-차

열여덟에

어여-차

첫 장개라

어여-차

갈라 하니

어여-차

앞집 가여

어여-차

궁합 보고

어여-차

뒷집 가여

어여-차

책력 받아

어여-차

책력 봐도

어여-차

못 갈 장가

어여-차

궁합 봐도

어여-차

못 갈 장가

어여-차

한 모롱이

어여-차

돌아가니

어여-차

까막깐치

어여-차

지지 울고

어여-차

두 모롱이

어여-차

돌아가니

어여-차

야시 새끼

어여-차

괭괭 우네

어여-차

저게 가는

어여-차

상반님요

어여-차

밀양삼당

어여-차

가시거든

어여-차

편지 일매

어여-차

전합시다
어여-차
한 손으로
어여-차
주는 편지
어여-차
두 손으로
어여-차
피여 보니
어여-차
신부 죽은
어여-차
부골래라
어여-차
꽃가마는
어여-차
어들 가고
어여-차
황천길이
어여-차
무삼 말고
어여-차

나아무아아미타아부울

나아무아아미타아부울

극락다리 건날라니

나아무아아미타아부울

극락노자를 내라 하네

나아무아아미타아부울

상주님요 백관님요

나아무아아미타아부울

극락노자를 걸어주소

나아무아아미타아부울

극락노자를 걸었거던

나아무아아미타아부울

극락다리를 건너가세

나아무아아미타아부울

이 다리를 건너가면

나아무아아미타아부울

언제 한번 돌아올꼬

나아무아아미타아부울

살아생전 하연 일을

나아무아아미타아부울

구석구석 남기놓고

나아무아아미타아부울

이 친구야 저 친구야

나아무아아미타아부울
이 내몸은 떠나간다
나아무아아미타아부울
칠성판에 몸을 실어
나아무아아미타아부울
북망산천 나는 가네
나아무아아미타아부울
어린 시절 내 친구여
나아무아아미타아부울
부데부데 오래 사소
나아무아아미타아부울
북망길을 나는 간다
나아무아아미타아부울
열두 대왕 문을 열어
나아무아아미타아부울
대왕님이 하는 말씀
나아무아아미타아부울
너는 살아 그 생전에
나아무아아미타아부울
무슨 공덕 많이 했노
나아무아아미타아부울
배고퍼서 하는 사람
나아무아아미타아부울

밥을 조서 공덕했나
나아무아아미타아부울
목마리다 하는 사람
나아무아아미타아부울
물을 떠조 공덕했나
나아무아아미타아부울
헐벗고 사는 사람
나아무아아미타아부울
옷을 조서 공덕했나
나아무아아미타아부울
너는 살아 그 생전에
나아무아아미타아부울
좋은 일을 많이 해서
나아무아아미타아부울
인도한상 태여나서
나아무아아미타아부울
이 나라에 인물되어
나아무아아미타아부울
만백성이 잘 사거로
나아무아아미타아부울
고로고로 살피주소
나아무아아미타아부울
극락다리는 다 건네왔다

나아무아아미타아부울

상주님요 백관님요

나아무아아미타아부울

마즈막 가는 길에

나아무아아미타아부울

극락노자를 걸어도고

나아무아아미타아부울

오--호-호시--요오옹

오--호-호시--요오옹

팔부능선 올러가자

오--호-호시--요오옹

힘을 내어 올러가세

오--호-호시--요오옹

우렁차고 어이 좋다

오--호-호시--요오옹

이 능선을 올라오니

오--호-호시--요오옹

경치 좋고 반석 좋네

오--호-호시--요오옹

대명산이 분명하다

오--호-호시--요오옹

만년집을 찾아오니

오--호-호시--요오옹

경치 좋고 반석 좋아

오--호-호시--요오옹

한봉에다 다 올랐다

오--호-호시--요오옹

○ 본문의 상엿소리는 서울우리소리박물관-의례요-장례-운상-상여소리 항목에 등재된 송문창, 우제천 선생님의 가창 자료를 참고하여 옮겼다.

5부. 삼우三虞

10월. 정확히는, 10월 29일 목요일이었다. 서울은 아침에 4도쯤 멈춰 있다가 낮 동안 녹은 뒤, 저녁이면 다시 얼어붙기를 반복했다. 이렇게 한 주 내내 계절의 문턱 위에 선 채로, 모두가 숨죽여 겨울을 기다리고 있었다. 나는 목요일 아침 10시 30분마다 줌 클라우드 미팅에 접속해야 했는데, 심지어 이 온라인 공간에서조차 한기가 맴돌았다. 화상 회의라는 설명이 무색하게도, 회의 참여자들은 학기 내내 얼굴 없이 출석해 얼굴 없이 사라지곤 했다. 이처럼 비디오 기능이 누락된 환경에서는 오직 목소리만이 사용자의 신원을 보증해주었다. 암전된 화면들에 대고 음성을 입력하는 일은 처음에나 어색했다. 따라서 수업은 17개의 검은 상자 앞으로 고정된 마이크로폰 성능에 전적으로 의존했다. 김언 시인은 이 퇴색된 공간 안에 혼자 남겨진 것만 같은 두려움을 느낄 때마다 느닷없이 학생들을 불러냈다. 그러고 나면 어떤 대화 상자 위로 녹음 장치 아이콘이 밝혀졌다가 이내 끊어졌다. 이렇게 잠깐씩 출현하는 회의 참여자들의 목소리가 간밤의 추위로 하나같이 쉬거나 짓눌려 있었던 것이다.

그래서 저녁에 외출을 준비하며 오랜만에 내피를 찾아 꺼냈다. 양천구 신월동에서 7시 정각에 문학 행사가 예정되어 있었다. 민병훈 소설가에게 초대받아 참여하게 된 이 행사도 온라인 공간에서 열렸다. 우리는 서점의 인스타그램 계정으로 실시간 스트리밍 방송을 켜고, 얼굴을 알 수 없는 익명의 독자들 앞에서 두 시간 동안 대화를 나누기로 되어 있었다. 그래, 그런 시기였다. 우리가 서로 연결되어 있다는 믿음을— 낮은 전력의 주파수 대역 또는 자그마한 통신 장비에 의해서만 확인받을 수 있는 시기. 우리가 열어놓은 실시간 스트리밍 채팅 룸 안에 27개의 인스타그램 계정이 접속해 있었는데, 서점에서 돌보는 고양이가 촬영 장치를 건드리거나 무선 랜 접속 기기의 전송 용량이 출렁일 때마다 음성이 실종되고 이미지가 정지되었다. 이런 사건들이 반복되면서, 실시간은 차라리 환상에 가까워져갔다. 질문을 받고 대답을 하는 행사 초기의 계획은 잦은 레이턴시에 의해 밀려나버렸고, 어느 순간부터는 나조차도 (연결에 대한) 믿음을 잃고 말았다. 서이제는 이때 말도 없이 갑자기 나타나 나를 놀라게 했다. 행사 도중에 카메라 안으로 불쑥 들이닥친 그는 꽃다발을 들고 있었는데, 이 행사가 데뷔 이후 나의 첫번째 행사라는 사실을 상기시켜주는 선물이었다. 꽃들이 그의 손을 떠나 내 가슴팍으로 옮겨 왔을 때, 서늘한 꽃향기와 가을밤의 추위도 한꺼번에 전해져 왔다. 나는 두 사람 사이에 앉아 들키지 않게 꽃들을 끌어안아보았다.

서이제는 안산에서, 나는 군포에서 지냈기 때문에 이따금 서울에서 볼일이 있으면 함께 지하철을 타곤 했다. 이날 우리는 5호선 화곡역에서 출발하는 마지막 환승 루트를 가까스로 따라잡을 수 있었다. 지하철을 두 번이나 갈아타는 동안 좌석에 두 자리가 나지 않아서 내내 서서 가야 했다. 우리는 출입문 양쪽 벽면에 각각 기대어 서서 잠자코 야경을 감상했다. 다리가 저려 자세를 바꿀 때마다 가슴 안에서 비닐 포장지가 부스럭거렸다. 서이제가 불쑥 말을 걸었다. 열차는 이제 막 가산디지털단지역을 떠나고 있었다.

종원 님은 이제 뭐 하실 거예요?

그 질문은 네이버 계정과 연동된 디지털 달력 화면을 곧바로 켜 보게 만들었다. 나는 『한국일보』 1월 1일 자 지면에 신춘문예 당선 작품을 게시한 이후— 10월까지 여섯 편의 단편소설을 연달아 발표한 참이었다. 일정 관리자에 따르면, 11월 4일 짧은 산문 청탁 외에 달리 약속되어 있는 원고 마감은 없었다. 문예지 겨울호 청탁은 시기상 이미 끝났다고 판단되었으므로, 일종의 공백기가 주어진 셈이었다. 데뷔 이후 처음으로 비워진 디지털 달력 화면. 어두운 스킨이 씌워진 이 무료 스케줄 관리 서비스의 얼굴은 거의 매달 구겨져 있었다. 밭은 간격으로 예정되어 있던 알림 표시들을 남김없이 휴지통 속으로 밀어 넣어버리기. 정신 산만한 스티커, 또 색상 범주에 비끄러매여 있던 메모들을 하나둘 연소시키면서. 지나간 10개월 분량의 기억들도 소리 없이 사그라지는 기분이 들었다. 데이터에 너무나도 많은 권한을 쥐여준 까닭이지. 서른한 칸 남짓한 달력 안의 상자가 마침내 비워졌다. 보호 필름 위에서 머뭇거리는 검지 끝으로 편평하고 허전한 질감의 정전기가 느껴졌다.

글쎄요. 단편을 미리 좀 써둘까요?

서이제는 마스크를 올려 쓰며 목소리를 가다듬었다.

저는 청탁이 없을 때 장편을 썼어요.

그리고 반대편 철도에서 상행 열차가 다가왔다. 나는 차량 내부가 환하게 밝혀진 건너편 열차의 불빛들이 서이제의 하얀 마스크 겉감 위로 빠르게 지나가는 모습을 지켜보았다. 시끄러운 기계음이 한 뼘 잦아들기를 기다렸다가, 마스크 안쪽에서 입을 움직여 대답했다.

어렵지 않을까요? 한 번도 생각해본 적이 없어서요. 잘 쓸 수 있을지 모르겠어요.

서이제는 대화를 나눌 때마다 눈을 피하지 않았는데, 이때도 그랬다. 나는 장편을 생각해보지 않은 정도가 아니라 숫제 쓸 생각이 없었고, 이런 생각을 들키기 싫어서 창밖으로 눈을 돌렸다. 단편소설의 호흡과 용적, 미학에 만족했고, 계속 이렇게 단편만 쓰고 살아도 나쁘지 않겠다고 생각했다. 아니, 사실은 핑계. 사실은 변명. 보르헤스나 체호프, 카프카 같은 작가들을 방패막이 삼아 피하고 싶었을 뿐일지도 몰랐다. 무엇을?

그래서 대부분 자전적인 이야기로 시작하는 것 아닐까요?

이렇게 내가 피하고 싶었던 길이 서이제의 입안에서 굴절되어 나왔다. 서이제의 눈은 줄곧 하나의 시점으로 고정되어 있었는데, 나는 이 예민한 소설가의 조준경 안에서 나의 영혼이 조목조목 확대되는 기분이 들었다. 불편함을 숨기고 서이제를 다시 쳐다보았을 때, 그의 눈 안으로 나의 눈이 들여다보였다. 얇고 투명한 박막이 씌워진 채 24시간 젖어 있는 이 유리질 감각기관은 1밀리리터의 혼란, 1밀리리터의 슬픔, 1밀리리터의 분노로 반들거렸다.

타이밍이 좋잖아요. 겨울 동안 천천히 써보세요.

나는 따지듯이 물었다.

그럼 쓰다가 막힐 때 도와줄 거예요?

서이제는 알 수 없는 웃음을 지으며 고개를 끄덕였다.

그럼요.

열차가 승강장을 떠나는 소리.

종원 님은 쓸 수 있을 거예요. 쓰고 말 거예요.

집으로 돌아와 잠들었을 때, 아주 오랜만에 가위에 눌렸다. 꿈속에서, 내 귓속 박막들과 비강 점막, 머리를 흔들 때마다 체감되는 1,500시시 용량의 두뇌 회백질 따위가 모조리 습기에 짓눌려 있는 것처럼 느껴졌다. 15년 전에, 창녕 인근 늪지에서 경험했던 급성 색전증과 똑같은 증상이었다. 알 수 없는 팔들이 나를 물가로 데려가고 있었고, 이거 놔라…… 이거 놔라…… 사투를 벌인 끝에 겨우 잠에서 깰 수 있었다. 이 꿈은 아주 생생했다. 물에 빠졌을 때, 즉시 콧속으로 삼투하는 물맛이 몹시 매콤하게 느껴졌던 것이다. 한편 수압은 완력처럼 작용했는데, 수중에서 눈알이 안와 밑으로 지그시 눌리고 있었다. 이런 와중에도 사지를 붙잡은 손아귀들은 꿈쩍도 하지 않아서, 곧바로 호흡 장애가 뒤따랐다. 수면 도중에 질식사한 사체들은 아마도 산 채로 수장당하는 꿈을 꾸었을지도 모른다. 늪지 밑바닥에 수장된 유기동물의 사체는 좀처럼 부패하지 않는다고 한다. 유령들이 그렇게 전했다.

잠에서 깨자마자, 어둠 속에서 전화기가 떨었다. 비몽사몽간에는 늘 그렇듯이, 이번에도 번호를 확인하지 않고 바로 전화를 받았다.

여보세요?

날이 밝으려면 아직 먼 시각이었다. 기대했던 응답 대신 귓속으로 느닷없이 물소리가 들려왔다. 환절기면 으레 알레르기성 비염으로 코와 귀가 막히곤 했기 때문에, 이 수상쩍은 음향이 내 머릿속에서 울리는 소리인지 전화기에서 흘러나오는 소리인지 구별하기가 어려웠다. 괜한 조바심이 들어 재차 물었다.

여보세요?

누구에게서도, 응답은 없었다. 한참이나. 그러나 전화를 함부로 끊을 수 없었다. 물소리가 외딴 곳 끄트머리에 홀로 서 있는 무인 등대 하나를 떠올려보게 만들었던 것이다. 백색 방염 페인트로 빠짐없이 몸을 칠한 어느 항로 표지는 습지에서 동남쪽으로 98.3킬로미터쯤 떨어져 있었다. 늪의 남쪽으로 흐르는 낙동강을 따라 내려가다 보면, 누구나 반드시 흰 등대와 맞닥뜨리게 되었다. 부산 사람들 사이에서 을숙도라고 알려져 있는 이 섬은 하구까지 떠내려온 퇴적토가 점점 쌓이며 만들어졌다. 한때는 조형미 따위 찾아볼 수 없는 모래톱에 지나지 않았지만, 바다의 손길에 의해 수억 번 빚어지며 갯벌이 들어서고, 갈대숲마저 우거지기에 이르렀다. 나는 큰고니와 가마우지, 청둥오리 들이 물가에 앉아 먹이를 쪼아 먹는 모습을 내내 바라보았다. 모든 풍경을 명료한 화질로 기억할 수밖에 없었다. 창녕에서 할아버지를 장례 지낸 뒤, 김해국제공항을 경유해 서울로 돌아온 까닭이었다. 우리는 할아버지가 누워 있는 관을 나룻배 위로 옮겼다. 늪지기는 오동나무 관을 내던지기 전에 기회를 주었다.

할아버지께 마지막으로 하고 싶은 말이 있다면 지금 하세요.

나는 아무 말도 하지 않았다. 다만 사체 한 구가 천천히 물속으로 가라앉는 소리를 귀 기울여 들었을 뿐. 바로 이 소리가— 죽어 있던 통신회선을 빌려, 지금 다시 이곳으로 돌아오는 중인 것 같았다. 파도치는 소리. 졸졸 흐르는 소리. 그런 것들과는 거리가 멀었다. 넓적한 용기 안에 들어 있던 물이 바깥으로 넘치는 소리에 가까웠다. 그래야 옳았다. 우리가 오동나무 관을 던져 넣었을 때, 정확히 같은 부피의 물이 늪 바깥으로 밀려났을 테니까. 일찍이 수많은 선조가 우리 곁을 떠나갔던 방식 그대로, 할아버지 또한 축축한 암흑 속으로 떠내려가던 짧은 시간. 아무 말도 전하지 못했던 나와 달리, 할아버지는 이렇게 속삭이는 듯했다.

괜찮다, 종원아. 다 괜찮다.

물거품처럼 보글거리던 세 개의 어절. 경남 사투리 억양으로 찰랑거리는 물소리 속에서, 근래의 불안과 피로가 가라앉는 걸 느꼈다. 나는 나도 모르는 사이에 이 전화에 매달리고 있었다. 할아버지와 나 사이에 가로놓인 영적 통로가 밤중에 우연히 열린 것만 같았다. 이 희귀한 시간을 낭비하고 싶지 않아서, 한 번 더 다급하게 할아버지를 불렀다.

여보세요?

그리고 전화가 끊어졌다. 이 기묘한 통화는 하찮은 부주의로 미처 녹음되지 못했다. 다시 전화를 걸려고 발신자 정보를 살펴보니, +45 0050386228328이라는 알 수 없는 번호만이 통화 기록에 남아 있었다. 혹시나 하는 마음에 전화를 걸어봤지만, 없는 번호라는 통신사의 자동 안내 음성만을 전해 들었을 뿐이다. 얼빠진 얼굴로 침대 위에 누워 잠을 설치는 동안 암막 커튼 밑으로 새벽이 밝아왔다. 새들이 울었다. 이상한 하루가 이렇게 지나갔다.

박지일은 나에게 일어났던 비밀스러운 사건을 꿈으로만 넘겨짚지 않았다. 게다가 그는 전화를 걸어 온 발신자의 정보를 할아버지로 특정하지도 않았다. 오후에 내가 전화를 걸었을 때, 그는 농담인지 진담인지 구분되지 않는 웃음으로 이렇게 말했다.

그거, 할아버지가 아니라 늪이 전화한 것 아닐까요?

내가 근거를 묻자, 그는 이어서 대답했다.

우리, 얼마 전에 글 하나 썼잖아요. 그것 때문이라면 납득이 가는데요.

이 점잖은 시인의 정확한 발음법은 후지제록스 복합기처럼 빠른 속도로 문서 하나를 찍어 날랐다. 공백 포함 1,970자 분량의 짧은 원고. 나는 이 원고 안으로 밀어 넣었던 469개의 낱말과 42칸의 글줄이 이마뼈를 종이 바닥 삼아 다시 한번 옮겨 오는 것을 느꼈다. 한국출판인회의에서 무료로 제공하는 전자 서체와 105퍼센트의 장평, 양쪽 정렬 방식까지 모두 지켜서. 박지일은 나를 9월 17일로 데려다 놓고 있었다. 이날 새벽 1시 47분에 누군가가 돌연 인스타그램으로 메시지를 보내왔는데, 박지일이었다. 그는 9월 25일에 마감되는 어느 독립 문예지의 원고 모집 소식을 알리며, 함께 지원해보면 어떻겠느냐고 물었다. 이 독립 문예지의 이름은 『토이박스TOYBOX』였다. 박지일은 '팔짱×팔짱'이라는 이름으로 소개된 코너에 관심이 있었다. 공지문에 따르면, 문예지의 2부는 컬래버레이션 작품으로 구성되며, "문학을 중심으로 한 모든 형태의" 협업 작품을 기다린다고 안내되어 있었다. 5호의 주제가 '편지'였으므로, 우리는 편지 문학 내지는 편지를 다루는 문학작품에 관해 함께 고민해보기로 했다. 약속 장소였던 혜화 부근의 어느 카페에서, 나는 이 호기심 많은 시인과 보기 드문 공통점으로 미리 엮여 있었음을 확인할 수 있었다. 우리는 둘 다 돌아가신 조부에게서 땅 얼마를 물려받았다는 사실을 나누고 반색을 감추지 못했다. 완성해야 할 원고의 주제가 편지였으므로, 나는 생각했다. 우리가 물려받은 땅이 우리에게 편지를 쓰는 식으로 써보면 어떨까. 이렇게 각자 물려받은 유산의 이름으로 두 개의 문서가 완성되었다. 박지일의 시는 '임포.hwp'라는 이름으로, 나의 산문은 '창녕.hwp'라는 이름으로. 여기에 덧붙여, 우리는 서로 원고를 교환하고 각자의 글을 바꿔 읽은 다음— 하나의 음성 파일로 합성했다. 나는 사운드클라우드에 개설된 임의의 계정 앞으로 이 파일을 업로드 한 뒤, QR 코드를 따서 원고와 함께 송부했다. 메일 이름은 '임포×창녕'이었다. 나는 이 짧은 산문에서 처음으로 스스로를 2인칭 주어로 호명했다. 늪의 목소리를 빌리지 않았더라면 불가능했다.

그때, 글을 쓸 때 늪의 목소리가 되살아나서, 이제 말을 걸어오는 것 아닐까요?

나는 그대여,로 시작하는 산문의 첫머리를 곧바로 떠올려냈다. 그대여, 썩어가며 악취를 풍기는 늪의 주인이여. 몹시도 하찮고 값어치 없는 땅덩어리의 상속자여. 이제 그만 정신을 차리고 내 말을 들으세요. 모른 척 눈 돌리지 말고. 모지리 같으니. 멍텅구리. 얼간이. 머저리 같으니!

그럼 이제 어떻게 하죠?

박지일은 또다시 웃으며 대답했다.

어떤 방식으로든 돌려보내야 하지 않을까요?

나는 물었다.

어떻게요?

전화기 건너편에서 박지일의 어깨가 으쓱이는 것 같았다.

글쎄요. 종원이 직접 찾아봐야지요. 소설가잖아요.

할아버지와 집안에 관해 취재할 자료가 많아 친가 어른들 앞으로 전화를 자주 걸었다. 할머니는 어디에 쓰려고 캐묻고 다니는지 물었고, 나는 이러이러한 소설을 쓰려고 한다고 대답했다. 문학 따위에는 관심조차 없는 할머니 입장을 고려해 적당히 꾸며낸 약식 설명이었음에도, 그녀는 느닷없이 분노에 휩싸였다. 말하자면, 내가 건드려서는 안 되는 비밀을 건드리고 있다는 이야기였다. 나뿐만 아니라, 감히 누구도 건드려서는 안 되는 영역의 비밀들을. 그녀는 마치 내가 천 년 가까이 봉인된 수납장의 걸쇠를 열려는 것처럼 주의를 주었다. 그 안에 무엇이 갇혀 있는 줄 모르는 어린애를 다루듯이. 하긴, 아직도 집성촌의 많은 촌로가 미신과 주술을 믿는데. 그렇다면 이 늙은이들은 그들이 인정한 뼈대 깊은 절차에 따라 한 세가의 맏후손으로서 모든 권한과 속례를 물려받은 나에게 일말의 마력조차 없다고 말하는가? 이를 증명하기 위해 가장 먼저 조부를 그의 무덤에서 끌어 올리기로 했다. 죽음에서 인양된 망자의 얼굴에서 나는 아직까지 울긋불긋한 울혈 자국들만 찾아내게 되는 건 아닐까? 물론 아니지. 일찍이 그 앙상한 노구를 관짝 안에 집어넣고 가라앉혔으니. 부패하거나 분해된 무기물 입자 속에서 탄소와 칼슘, 인으로 다시 빚어진 조부를 보게 되겠지. 그는 말하겠지.

여기는 어디냐?

이마뼈를 타고 흘러내리는 물줄기를 손등으로 닦으면서.

너는 누구냐?

할아버지는 나를 끔찍하게 아끼고 사랑했지만, 한자에 별 관심이 없다는 사실만은 큰 결점으로 여겼다. 아직 여덟 살도 되지 않은 나를 가만히 앉혀두고, 내 이름을 써보라고 애타게 부탁하곤 했던 기억이 있다. 이것은 근래에 되찾은 기억이다. 조부가 물려준 자료들과 집안의 역사를 거꾸로 추적하는 과정에서 우연히 수집된 데이터 조각. 그는 말했다.

아무리 싫어도 자기 이름 석 자는 쓸 줄 알아야지 무시를 안 받는 거라.

그는 왜 한자식 표기에 그토록 집착했던 걸까? 지금 생각해보건대, 한국식 작명법은 주위 한자 문화권 민족들에서 찾아볼 수 없는 고유한 특성을 지닌 듯 보인다. 그것은 한 사람의 이름이 그의 출신과 혈족 내 서열, 운명을 모두 지시하도록 한꺼번에 주어진다는 사실이다. 예컨대 신辛은 고려 중기 중국에서 건너왔던 시조에게 하사된 성씨고, 종鐘은 상장군공파 32대손들 앞으로 약속된 항렬자, 원原은 마침내 조부가 내게 건네주고 싶었던 운명의 어근이다. 이름 석 자 가운데 무려 두 글자를 소속과 신분을 나타내는 용도로 빼앗기게 되는 것이다. 게다가 몇몇 자손의 경우에는 애초에 항렬자조차 주어지지 않는데, 이들은 혈족 내 서열 안에 아예 자리가 없다고 판단된 탓이다. 여전히 많은 종가가 여성 자손들을 족보에 기재하지 않는다는 사실을 상기해보자. 우리의 이름이 이미 피로 계약된 저주 그 자체다.

그러니 내가 어찌 음악에 관해 쓰지 않을 수 있을까. 유한한 용량의 족보 책자 안에서 천년만년 같은 운명을 끊임없이 반복하는 이 미련퉁이 혈족이야말로 음악 그 자체나 다름없지 않은가? 우습기도 하지. 조부도 내 이름 석 자를 기재하는 조건으로 쌀가마니 한 수레를 집성촌 곳간에 가져다 바쳤을 테니. 이 값비싼 종이 위에서 가여운 후손을 나타내는 검은색 글씨들이 말라간다. 네 이름 자체가 음악의 한 성부 혹은 무용의 한 동작이 되었구나. 우습다, 우스워. 너희 모두가 우습구나. 우스워서 눈물이 다 나는구나.

11월 초에 마감이 있었던 산문 청탁에 기어이 할아버지 이야기를 쓰고 말았다. 이 산문은 할아버지 앞으로 부치는 처음이자 마지막 편지로 기획되었다. 그 안에 이런 문장이 있다: 당신과 내가 함께 촬영된 사진이 딱 한 장뿐이라는 사실을 알고 계세요? 할아버지는 내가 돌잡이 때 처음으로 잡은 물건이 펜이었다는 사실을 죽을 때까지 알려주지 않았다. 사진 속 어른들은 내 손에서 펜을 빼앗은 뒤, 남은 물건들 가운데 다시 선택하게 만들었다. 두번째로 잡은 물건은 실타래였다. 더할 나위 없이 만족스러운 표정들.

이 사진에서 1993년 11월 27일의 신종원과 2020년 11월 27일의 신종원이 만난다.

여기는 어디냐?

다시.

너는 누구냐?

분노한 유령들이 그들의 후손을 늪지로 끌고 가며 웅얼거린다.

여기는 어디냐?

다시.

너는 누구냐?

파주의 천태종 스님은 내 사주에 잉걸불이 끓는다고 이야기한 적이 있다. 반대쪽에 깊은 물이 고여 있다는 사실은 최근에 알게 되었다. 이런 명리학적 관점 따위 개나 주더라도.

창녕 땅을 물려받은 직후, 나는 내 땅을, 창녕 고가를, 우포늪을 누군가가 남김없이 불태워버리는 꿈을 자주 꾸곤 했다.

여기는 어디냐?

다시.

너는 누구냐?

다시.

나를 봐라.

복! 복! 복!

이 말이 복을 부르는 주문이 아니라 망자의 주검 앞에

서 외치는 장례용 발문이라는 사실은 누가 아는가. 이때 돌잔치의 누군가는 복, 복, 복이 새겨진 복건을 머리에 두르고 있다.

나를 봐라.

다시.

너는 누구냐?

다시.

여기는 어디냐?

그리고 지금, 어둠 속에서 또다시 전화기가 진동한다.

440헤르츠에서 480헤르츠 사이의 정현파로 이루어진, 고요한 전자음.

나를 찾는, 평균 2초 길이의 통화중신호음.

또는,

……

……

뚜—

……

……

뚜—

여보세요?

불타오르며 죽어가는 나의 땅이 남쪽에서 나를 부르고

있다.

이미 살았던 삶을 다시 살고 있는 모든 사람들.

림보를 불태워야 한다.

못

박 상, 긴교스쿠이金魚すくい만 하며 젊음을 떠나보낼 수는 없습니다. 모리나가 유우코 씨는 어린 나의 손 쥐고 정원 돌아다니며 늘 말했다. 그 말투 질책 아니었고 응원 아니었다만 이 내가 박 상의 우측 관자놀이 절개되는 소리 들어버렸다.

나는 저 나를 구겼다. 그것 몇 번 쥐었다 폈더니 보기 흉한 것 아니고 아니 흉한 것 아닌 모양새 되더라. 겨우 길어 올린 여든여덟 마리 금붕어. 박 상, 그것들 모조리 못에다 풀어주다. 못에서 차례대로 구겨지다. 덕분에 죽지 아니하다.

내가 이 나를 다시금 믿어보다,라고 박 상 중얼거리다. 홀로 넓은 정원 떠다니니 못 할 것 없고 할 것도 없지 않습니까,라고 금년에도 이어 쓰다. (종이 젖어들고 찢어지며 떠오르다 아무런 소리 아니하는)

고민하는 박 상; 케이크 칼로 모리나가 유우코 씨의 정원 도려내어 못에 흩뿌리다. 두 눈이 박 상을 첨벙하여 발버둥 치게 만들다. 여든여덟 금붕어만이 수십 년 만에 이 나를 반겨주다. 문 열어주세요. 주인 잃은 정원만큼 쓸쓸한 것이 어디 있을꼬? 문 열어주세요.

(종이는 전염하기 마련이다)

그래서 찢어야 한다. 처음이자 마지막으로. 결론을 내지 못한 손주는 할머니 앞에서 질질 울어버리다. 고민했어요. 여든여덟 번 생각했습니다. 한데, 어찌 이러한 이야기가 되어버렸을꼬? 박 상은.

박 상, 긴교스쿠이金魚すくい에는 젊음이 다 담겨 있으니 마음껏 즐기길 부탁합니다. 모리나가 유우코 씨는 금붕어 곁에 선 이 나를 곧잘 잃어버렸다. 함께 헤엄하며 배운 것 있죠. 못 주위에다 잉걸불 피워놓고… 수술대 항시 휴대하는 금붕어. 일종의 경련하는 어항. 못의 떨림. 매일 아침 무엇을 그리 한답니까? 이런 것들 요즘 배웁니다. 다도 반복;

(종이 아니 소리 하며 찢어지다 천천히 가라앉으며)

호랑임포나비붉어 한 송이만이 못을 맴돌다. 모리나가 나의 유우코 씨. 이 금붕어들 다할 때까지 주위 하다. 하염없이 나선 하며 아니 가라앉지도 아니 떠오르지도 아니하다. 주저앉은 내가 이 박 상을 영영 뜰채 하는.

에세이 이소

번역의 시간

전화를 받았다. 조만간 장편소설을 출간할 예정인데 그 책에 나의 글을 함께 수록하고 싶다는 신종원 작가의. 이미 두 번이나 그의 소설집 해설을 썼던지라 확답을 못 하고 망설이는데, 그는 해설이 아닌 에세이를 원한다는 것과 여태 해설을 썼기 때문에 오히려 부탁하는 것이라는 설명을 덧붙였다. 어쩌면 그에게는 '신종원 세계'의 조각들을 한 권의 책에 모아두고 싶은 야심이 있는지도 모르겠다. 길지 않은 시간 동안 결코 소박하다고는 말할 수 없는 세계를 만들어냈으니. 소설 파일을 보내주며 그는 이렇게 말했다. **그거 아세요? 여기에 거짓은 하나도 없어요**. 소설가들의 말은 늘 의미심장하게 들린다. 그렇게 보내준 소설을 읽으며, 그에게 장편을 쓰라고 권했던 서이제 작가가 있는 것처럼 내게는 에세이를 쓰라고 권하는 신종원 작가가 있는 것 아닐까, 이런 생각도 하며 나는 글을 쓰기로 했다. 그리고 하나 더. 그에게 늪의 목소리를 어떻게든 돌려보내야 하지 않겠느냐고 묻던 박지일 시인의 말이 남았던 것처럼, 내게도 잊을 수 없는 말이 남아 있으므로. 여의도의 오래된 벙커에서 일제강점기 조선과 일본을 오갔던 낡은 서신을 살피다 듣게 된 그 말.

*

어릴 적 나는 외할아버지를 무척 좋아하여, 할아버지의 행동을 유심히 관찰해서 흉내 내곤 했다. 할아버지는 신문 사이 끼여 들어오는 광고지를 이면지로 사용할 수 있도록 곱게 철해두곤 하셨는데, 어찌나 반듯하고 맵시 있는 모양으로 묶여 있던지 그 솜씨에 감탄한 나는 집에 돌아온 후 굴러다니는 광고지들을 모아 할아버지처럼 송곳으로 구멍을 뚫고 노끈으로 묶느라 낑낑댔다. 당연하게도 완성품은 어설프기 그지없었고, 다음번 외가에 갈 때 선물로 가져가겠다는 나의 계획은 흐지부지 실패로 끝났다. 지금 생각하면 조금 웃음이 나온다. 그것은 애초부터 할아버지에게 필요한 물건이 아니었으니까. 종이만 보이면 어디든 그림을 그리던 손녀를 위한 낙서장이었으니까. 꼬맹이였던 나만 그걸 몰라서, 할아버지가 광고지를 좋아한다고 철석같이 믿고 폐품을 잔뜩 모아 가져가려 했으니까.

떠올리면 새삼스레 가슴 아픈 기억도 있다. 할아버지는 오랫동안 협심증을 앓으셨는데, 갑자기 가슴이 쥐어짜이는 통증이 찾아오면 어떤 소리도 내지 않고 어떤 표정도 짓지 않은 채 그대로 가만히 멈춰 계셨다. 내가 그 모습을 보았던 때는 주로 식사 시간이었다. 반찬을 집다가도, 음식을 씹다가도, 다른 사람의 말에 귀를 기울이다가도 할아버지의 흉통은 찾아왔다. 조용히 정지한 채로 고통이 지나가길 기다리는 시간. 그 몇 초간 일시 정지 버튼이 눌린 듯 가족들도 움직임을 멈추고 할아버지의 고통이 지나가길 함께 기다렸다. 나는 그 시간이 할아버지가 통증을 견디는 시간이라는 걸 알지 못했다. 할아버지가 그에 대해 어떤 부연도 하지 않은 채 다시 원래의 모습으로 돌아오셨기 때문이기도 하고, 어떤 고통은 죽음과 맞닿아 있다는 걸 전혀 짐작하지 못할 만큼 내가 어렸기 때문이기도 하다. 그저 가족들을 모두 얼음으로 만들어버리는 그 절대적인 무언가에 철없이 감탄했다. 그 후 나는 종종 밥을 먹다가 심각한 표정으로 몇 초간 가만히 멈춰보곤 했는데, 그때마다 엄마는 혀를 씹은 거냐고 다정하게 물을 뿐, 내가 할아버지를 보았던 것처럼 감탄하는 눈으로 나를 바라보지는 않으셨다.

학교에 입학한 후 방학은 주로 외가에서 보냈다. 나는 할아버지에게 일찍 일어나는 기특한 아이로 보이고 싶어 억지로 눈을 비비며 새벽에 일어났다. 내가 얼마나 할아버지를 닮아 일찍 일어나는 아이인지 보여주고 싶었고, 그래서 깨어나자마자 눈도장을 찍으러 할아버지의 방에 찾아갔다. 그러다 더 욕심을 부려 할아버지보다 먼저 일어나 잠든 할아버지를 깨우겠노라는 결심을 한 적도 있지만, 성공한 적은 한 번도 없다. 내가 볼 수 있었던 건, 창문을 면한 책상 앞에 앉아 늘 무언가를 적고 있던 둥근 등, 그렇게 전날의 일을 정리하여 일기로 남긴 후 몇 종의 신문을 정독하던 골똘한 표정, 책상에서 물러 나와 화투장을 펼쳐두고 그날의 운을 점쳐보던 능숙한 손동작 같은 것이다. 그것이 하루도 빠짐없이 아침마다 반복되는 할아버지의 의식이었다.

당시 나는 어렸고 나의 마음을 정확히 파악하지는 못했지만, 그래도 어렴풋하게나마 알아챘던 것 같다. 내가 어떤 사람에게 이유 없이 호감을 느끼는지. 물론 지금의 나는 완벽히 알고 있다. 매일 같은 시간 같은 장소에 같은 모습으로 존재하는 사람, 언제나 변함없이 자신의 의식을 치르는 사람, 반복되는 일과를 늘 정성을 들여 솜씨 있게 해내는 사람. 나는 그런 사람이 될 순 없지만 그런 사람들을 무척 좋아한다는 것을. 할아버지는 심근경색으로 돌아가시기 며칠 전까지 40년이 넘도록 매일 일기를 쓰셨다. 할아버지의 모습과 안네의 일기에 자극을 받았던 나는 해마다 자물쇠가 달린 일기장에 이름을 붙여 1월 1일의 일기를 시작했지만, 그 결심이 달이 바뀌고도 이어진 기억은 없다.

할아버지는 1924년 갑자년에 태어나셨다. '묻지 마라, 갑자생'이라는 말이 있을 만큼 기구한 세대였다는 건 할아버지가 돌아가시고도 한참이 지나서야 알게 되었다. 일본은 1944년 전쟁의 막바지에 이제 막 성년을 맞이한 갑자생들을 '물어볼 것도 없이' 대거 징집했고, 만 20세가 된 할아버지 역시 학업을 마치지 못한 채 학병으로 끌려가 일본 해군으로 태평양전쟁에 참전하셨다. 할아버지가 탄 배는 베트남 북부 해안에 주둔했는데, 폭격을 맞아 배가 폭발하고 탑승했던 군인들이 전멸하는 바람에 할아버지의 본가에는 전사 통지서가 날아들었다. 할아버지의 아버지는 반쯤 정신이 나간 상태로 아들의 소식을 찾아 여기저기 헤매셨다는데, 광복을 맞이한 후 꼭 1년 만에 할아버지는 무사히 집으로 돌아오셨다.

할아버지가 가까스로 살아남을 수 있었던 건 그 배에 드나들던 조선인 군납업자 덕분이었다고 한다. 그는 당시 벌써 태국과 필리핀 등지를 오가며 목재 사업을 하던 눈 밝은 사람이었는데, 같은 고향 출신인 할아버지에게 일본은 곧 망할 것이고 이대로 있다가는 꼼짝없이 죽게 될 테니 어서 도망치라고 알려주며 탈출을 도왔다고 한다. 그렇게 조선인 학병 여섯 명과 일본인 학병 한 명이 베트남 밀림 지대로 숨어들었다. 아이러니하게도 그들이 받은 훈련이 그들을 살렸던 것 같다. 그들은 독사와 독충을 피해 나무 위에 집을 지을 줄 알았고, 번갈아 보초를 서는 일도 게을리하지 않았다. 가지고 나온 총으로 자신의 몸을 지키며 사냥을 할 수도 있었다. 그래도 부족한 생필품은 민가에서 얻었다고 한다. 숯을 구우러 밀림에 들어오던 베트남인 부부를 통해 근방 작은 마을의 촌장과 접촉했고, 글을 아는 촌장과 한문으로 필담을 주고받으며 많은 도움을 얻었다. 마을 사람들은 아무런 대가도 바라지 않고 일곱 명의 청년이 살아남을 수 있도록 도와

주었고, 할아버지는 친해진 마을 사람에게 작별 인사로 받은 비단 복주머니를 평생 간직하셨다. 그렇게 종전 이듬해, 할아버지는 프랑스어로 쓰인 국적 증명서를 들고 일본을 통해 고향으로 돌아오셨다.

그 후 할아버지는 평생 공무원으로 일하며 비교적 평탄한 삶을 사셨고, 유달리 엄마를 애지중지 키우셨으며, 그 딸의 딸인 나를 몹시도 사랑해주셨다. 할아버지의 배에는 넓고 울퉁불퉁한 흉터가 세계지도처럼 남아 있었지만, 전쟁에 관해 이야기하지는 않으셨다. 베트남에서의 기억 때문에 바나나와 자몽을 좋아하신다는 것쯤은 가족들도 알고 있었지만, 그 이상의 것은 말씀하지 않으셨다. 내가 이 정도라도 알 수 있게 된 것은 할아버지가 남긴 기록들과 호기심 많은 사위였던 나의 아빠 덕분이다. 아빠는 장인어른을 쫓아다니며 그 시절 이야기를 물었다. 할아버지를 모시고 그 조선인 군납업자의 손자가 운영하는 약국에도 가본 적이 있다고 한다. 할아버지가 베트남을 떠나려 할 때, 그는 할아버지를 붙잡으며 조선에는 미래가 없으니 여기 남아 함께 목재 사업을 하자고 제안했다. 할아버지는 그 제안을 거절하고 돌아오셨지만, 적어도 그의 손자가 장성하여 약국을 운영할 때까지 연락이 끊기지는 않았던 모양이다. 그러나 가족들은 아빠를 통해 이 이야기를 전해 듣기 전까지 아무도 그 사실을 알지 못했다.

놀랍게도 할아버지는 그 고단한 행로 속에서도 해군 수첩과 일기장을 잃어버리지 않으셨고, 그 수첩들은 지금 무사히 내 손에 있다. 할아버지는 배의 구조나 무기와 장비를 명암을 살려 세밀하게 그려두셨고, 각종 투시도와 삼각함수 수식을 자로 댄 듯 반듯하게 표기해두셨다. 기이할 정도로 단정한 필체 때문에 들여다볼수록 조금씩 더 서글퍼진다. 나는 아직도 잘 모르겠다. 바다로 뛰어내리고 밀림에 숨어 지내는 동안 무엇으로 감싸고 얼마나 품어야 이 수첩이 젖지 않을 수 있는지. 그 후 또 한 번의 전쟁을 겪고 몇 번의 이사를 하는 동안 어떻게 이 수첩은 한 번도 짐 꾸러미에서 빠지거나 훼손되지 않았는지. 자식 넷을 키우는 동안 섣불리 입을 열지 않으셨으니 할아버지가 그 시절에 관해 이야기하는 걸 원치 않았다고 보는 편이 맞을 것이다. 그러나 그 시절을 잊으려 한 것이냐고 묻는다면 그렇게 답할 수는 없을 것이다. 할아버지는 절박해 보일 정도로 그때의 기록을 간수하셨다. 자식들에게 물려주고 싶은 이야기가 아니었을 뿐, 결코 그 시간을 잊지 않았고 나아가 잊고 싶지도 않았다고 말하는 편이 맞을 것이다.

그리하여 패망 직전의 일본 해군 수첩과 프랑스어로 씌어지고 베트남에서 작성된 국적 증명서와 이십대부터 육십대까지의 기록이 담긴 40여 권의 수첩이 남았다. 할아버지는 당신의 죽음을 짐작하고도 어느 것 하나 버리거나 태우지 않으셨고 오히려 10년 단위로 정갈하게 묶어 남겨두셨다. 할아버지의 유품을 정리할 때, 돌아가시기 며칠 전의 일기를 어른들이 읽어주었던 기억이 난다. 할아버지는 담담하게 당신의 삶을 정리하고 계셨고 거기엔 나에 관한 이야기도 있었다. 부끄럽지만 할아버지 눈에 비친 나는 영리하고 귀여운 손녀였고, 거의 한자로만 이루어진 일기에 '귀여운'이라는 글자만큼은 한글로 쓰여 있어 나도 그걸 읽을 수 있었다. 엄마와 이모와 삼촌 들은 그 며칠의 일기만을 돌려 읽은 후 다시 그것을 단단히 봉했다. 가족 중 누구도 더 이상 읽을 엄두를 내지 못했다. 할아버지가 조금 더 사셨으면 좋았을 거라고, 할아버지가 더 많은 이야기를 해주셨다면 좋았을 거라고 진심으로 바라는 가족 중 누구도 그 이야기가 담긴 수첩을 펼쳐볼 용기를 내지 못했다. 다만 그 수첩들을 소중히 간직하고 있을 뿐.

*

할아버지에 관한 내 이야기를 듣고 김미정 평론가는 그 기록을 연구하기 위해 내가 문학을 전공하게 된 것이라고, 내밀한 가족사가 담겨 있기에 다른 사람이 아닌 내가 그걸 연구해야 한다고 말해주었다. 솔직히 말해 다른 가족들처럼 나 역시 용기가 나지 않는다. 그 기록이 우연히 살아남은 것이 아니라 해독을 기다리고 있는 것이기에 더. 그런데도 그 말은 쉽게 잊히지 않는다. 실제로 문학을 공부하면서부터 그 수첩들은 점점 더 구체적인 형상으로 변해왔다. 나에게 할아버지의 수첩은 처음 겪은 사랑하는 이의 죽음과 맞물려 오랫동안 강렬한 상징으로 남아 있었다. 그러나 공부를 하고 나이를 먹어가면서 그 상징의 단단함은 서서히 흩어지고, 대신 그 자리에 조금 더 연약하고 복잡한 기억이 조형되어 갔다.

할아버지는 결코 말이 많은 분이 아니셨지만, 남겨둔 기록들을 보면 반드시 그런 것만도 아니라는 생각이 든다. 할아버지는 전쟁과 밀림에 관해 말하지 않는 방식으로 단절을 선택하셨지만 다른 한편 필사적으로 기록을 보존하며 연결을 원하셨다. 아마도 할아버지는 '말할 수 있는 것'과 '말할 수 없는 것' 사이의 깊은 낙차를 알았기에 입을 열지 않으셨을 것이다. 그러나 그보다 얕을 리 없는 '쓸 수 있는 것'과 '쓸 수 없는 것' 사이의 낙차는 알면서도 계속 글을 쓰셨다. 왜 어떤 낙차는 포기하게 만들고 어떤 낙차는 무릅쓰게 만드는 걸까. 그 마음을 정확히 알 수는 없지만 어쩌면 내게도 비슷한 구석이 있는 건 아닌지 생각해본다. 수첩을 펼쳐 기록을 확인할 용기를 내진 못하지만, 그 기록을 남긴 할아버지에 관해 기억하고 상상하고 글을 쓴다. 그렇게 이야기의 기다림은 영원히 끝나지 않고, 완결되지도 해독되지도 못한 이야기가 조금은 이상한 방식으로 가까스로 이어진다. 물론 언젠가는 읽고 싶다. 운이 좋다면 뭔가 쓸 수 있을지도 모른다. 그러나 아직은, 어쩔 수 없이 역부족.

다만 지금은 기다릴 수밖에 없다. 더 이상 좋아 보이는 것을 멋모르고 따라하는 철없는 꼬맹이가 아니길 바라며. 지금 읽고 쓰는 모든 것이 내가 조금은 괜찮은 사람이 될 수 있게 도와주길 바라며. 이토록 난망한 일을 기어이 해내고야 마는 사람들에게 사심 없는 축하와 존중을 보낼 수 있길 바라며. 그리고 언젠가 내게도 번역의 시간이 찾아오길 바라며. 그렇게.

작가의 말

이 소설은 2021년 3월 25일에 썼다. 이후에도 조금씩 손을 대기는 했지만, 크게 달라진 부분은 없다. 기실 달라진 건 소설이 아니라 나일 것이다.

1년 사이에 많은 일을 겪었다. 졸지에 영화감독이 되어 보기도 하고. 영화제 GV 시간에 한 관객이 물었다. 어떤 사건이 있었기에 이렇게나 조부를 미워하게 되었는지. 나는 할아버지를 미워하는 마음으로 이 소설을 썼나? 그때는 대답을 흐렸지만, 지금은 아니라고 말할 수 있다. 아니, 나는 할아버지를 사랑하는 마음으로 썼다. 그 마음을 여기에 남겨둔다.

노인들은 내 얼굴에서 오래전에 죽은 조상들의 기품과 권위를 읽어낸다. 노인들이 하나둘 세상을 모두 떠나고 나면, 더는 누구도 내 얼굴에서 조상들의 흔적을 찾아 읽지 못할 것이다. 나는 상상한다. 언젠가 미래에 내가 백발의 노인이 되었을 때, 한때 내가 누구였고 또 어떤 인간이었는지를 기억하는 사람이 아무도 남지 않았을 때, 앞서 죽은 망자들의 손길과 유령들의 목소리로부터 자유롭게 놓여나는 시간을.

소설을 다 쓴 뒤로, 할아버지가 자주 꿈에 찾아온다. 우리는 검정색 정장을 차려입고 외따로 대화를 나눈다. 장소는 그가 임종을 맞이했던 바로 그 주택— 고척동 아파트이다. 다른 가족들은 제각기 일을 치르느라 무척 바빠 보인다. 우리는 사람들의 눈에 띄지 않는 사물이 된다. 할아버지는 슬픈 얼굴로 말한다. 종원아, 이제 아무도 나를 못 알아본다. 아무도 나를 못 알아봐. 나는 끊임없이 말할 것이다. 아무렴 어때요, 할아버지. 우린 이제 자유로워요.

책 뒤에 수록된 박지일 시인과 이소 평론가의 글이 보여주듯, 우리 모두는 죽은 영혼들과 긴밀하게 연결되어 있다. 하나의 소설이 개인적인 기록으로 그치지 않도록— 사랑하는 옛사람을 오랜만에 무덤 바깥으로 불러내어준 두 사람에게 깊은 고마움을 건넨다. 또 책이 나올 수 있게 도움 주신 대산문화재단에도. 흔쾌히 장편을 제안해주신 문학과지성사, 책이 시작되는 자리와 끝나는 자리에서 애써주신 최지인, 김필균 편집자께도 특별히 감사 인사를 적어두고 싶다.

림보가 불타 없어진 자리에서도 삶은 계속될 것이다.

우리는 열매가 되기 위해 꽃을 죽여야만 하는 운명을

타고났다.

종족과 시대를 막론하고, 생명은 언제나 위쪽으로 검을 겨눈다.

선조들은 대좌를 빼앗기는 고통으로 눈물 흘리지만,

후손들은 사랑하는 옛사람의 머리를 제 손으로 자르며 눈물 흘리기 때문이다.

우리는 우리가 사랑하는 옛사람들의 그림자 바깥으로 도망치려고 애쓰면서도,

죽은 영혼들의 목소리를 엿듣기 위해 엉금엉금 무덤가로 되돌아가곤 한다.

그러니까 당신이 이 책을 읽을 때, 사랑하는 노인을 한 사람 떠올렸으면 좋겠다.

또 나중에 기회가 된다면, 꼭 들려주었으면 좋겠다.

당신은 당신이 떠올리는 옛사람과 얼마나 닮아 있으며, 어떻게 다른지.

그리고 결국은 당신이 그를 얼마나 그리워하는지.

세상은 사랑을 회복할 것이다.

2022년 여름,

신종원